阿　来 主编

巴 金 文 学 院 签 约 作 家 书 系

# 蓝 霜 狐

骆　平◎著

四川出版集团　四川文艺出版社

图书在版编目（CIP）数据

蓝霜狐 / 骆平著. — 2版. — 成都：四川文艺出版社，2019.4
ISBN 978-7-5411-5285-6

Ⅰ.①蓝… Ⅱ.①骆… Ⅲ.①短篇小说—小说集—中国—当代②中篇小说—小说集—中国—当代 Ⅳ.①I247.7

中国版本图书馆CIP数据核字（2019）第038039号

LAN SHUANG HU

# 蓝 霜 狐

骆 平 著

责任编辑　王　冉
责任校对　韩　华
封面设计　邹小工/经典记忆
版式设计　史小燕

出版发行　四川文艺出版社（成都市槐树街2号）
网　　址　www.scwys.com
电　　话　028-86259285（发行部）　028-86259303（编辑部）
传　　真　028-86259306

邮购地址　成都市槐树街2号四川文艺出版社邮购部　610031
印　　刷　三河市华东印刷有限公司
成品尺寸　148mm×210mm　　　开　　本　32开
印　　张　7.625　　　　　　　字　　数　190千
版　　次　2019年4月第二版　　印　　次　2020年4月第二次印刷
书　　号　ISBN 978-7-5411-5285-6
定　　价　38.00元

# 编委会名单

## 主任
朱丹枫 赵明仁

## 主编
阿来

## 执行主编
赵智

**编委成员**（按姓氏笔画排列）
朱丹枫 吕汝伦 牟佳 阿来 陈小海 罗勇
赵明仁 赵智 张京 叶勇 胡焰

# 序

阿 来


　　我们说如今是文化繁荣的时代，通常是以生产的规模与数量而言。

　　这样的数量与规模，常常是由于定制性的生产。

　　我们甚至可以说，今天的文学已经进入了定制时代。

　　由出版商定制的长篇小说批量出版。电视剧脚本、网游脚本和卡通脚本大量生产。特别是属于非虚构的我们称之为纪实文学或报告文学的文体，目前大多由企业团体和政府部门所定制。正是由于这种定制，造成了今天的文学特殊的繁荣景观。

　　在为这种繁荣景观倍感鼓舞的同时，我们心中也怀有一种隐忧。原因在于，各种各样的文学定制，是在大面积收获数十百年文学探索与原创所积累下来的那些成果：思想的，技巧的。因为各种文学定制需要尽量面向大众的写作，有了这样一个特定的前提，定制的写作从艺术角度而言，通常会成为降低难度的写作。不是创造新的方式，而是消耗已有积累的写作。在这种文学生产形态中，最原创，最具探索性的写作常常被忽视。

　　原创文学与定制生产之间的关系，犹如自然科学中基础理论研究与应用技术的发明的关系。如果没有前者，后者的繁荣是难以想象的。如果要找一个更浅显的比喻，就譬如大自然，如果没有众多看起来无用的草木，也就无法生长出那些有用的植物：可以建造房屋的大树和富含营养的果实。所谓可持续发展理论的一个重要方面，就是提醒我们，对于这个世界的一切构成，不能只关注当下就能被充分利用，产生各种利益的部分，更要关注使那些"有用"的部分构成得以发展，得以呈现的基础条件。

文学的持续生产，也要仰赖于文学最基本部分的建设。这个建设是帮助新人涌现，是期待新人带来的新作品，带来新的感受力，产生出新的思想方法与表达的艺术。

基于这样一种认识，四川省作协巴金文学院，取得四川省省委宣传部的大力支持，和四川出版集团·四川文艺出版社合作编辑出版"巴金文学院签约作家书系"，着力发掘富于原创能力的新锐作家，资助出版他们在文学创新方面的文学成果。这种举措的唯一目的，就是为四川文学长远的可持续发展，做一些计之长远的人才培养与新的艺术经验积累方面的基础性工作。

# 【目录】

# 蓝霜狐

　　他无比忧伤地获得了让他苦思而迟迟不得的结论，由于他的枯萎，长菊把年轻健康的身躯里潜藏着的巨大的情欲转化成了稀奇古怪的癖好，其中之一，就是对裘皮大衣的贪恋。

　　她有个稀罕习惯。翻着书，到钟点吃饭了，或者是手头有其他的事情了，顺手抄起一张人民币，往书页中间一夹，算是记号，相当于别人使的书签。那些钞票，面额有大有小，百元大钞也有，零散分币也有。有些书，是浏览过一次，一辈子都不再触碰的，也不见她清理里头的宝贝，票子不论多寡，都是永生永世不见天日的意思了。

　　守木长到这么大，还从来没见过这么不把钱当钱的人。不过说她糊涂呢，她却又精明得很。她的书桌是老式的，有三格抽屉，最底下的一格，满满当当的，塞着大把大把的纸币，需要书签的时候，她就从里边抽一张，稀松平常。但你要真以为她视金钱如粪土，那你就大错特错了。

　　有一天，守木把一碗热气腾腾的红枣莲子羹端到她面前，说，段老，趁热吃吧。她正看书呢，拉开抽屉，顺手抓了一张纸钞，夹在书里。守木下意识地看了一眼，就一眼。像一只小心谨慎的、试探着的、怯生生伸出的手，被她的目光给逮了个正着。

她说话了。面无表情的，慢条斯理的，却是顺溜娴熟，颇有句句惊心之势。她说，抽屉里的钱，加上我前前后后夹在书里的，一共是三万二千零九十六元零七分。她说，这三万二千零九十六元零七分里边，有百元币六十五张，五十元币七十二张，二十元币两百一十六张，十元币九百八十一张，五元币一千二百三十六张，两元币三百五十三张，一元币六百六十六张，五角币四百二十八张，两角币一百九十四张，一角币五百七十一张，五分币六十四张，两分币七张，一分币八十三张，这当中，有先后发行过的五套人民币的各种版本。

你想听吗？她话锋一转，目光炯炯地盯着守木。守木是早就歇菜了，脑子里像闯进了一群大马蜂，发出嗡嗡的低鸣声。他对自己说，坏了。多年前在简陋的乡村小学教室里考数学时的恐惧与惊慌，他妈的又回来了！

你想听吗？她重复了一次。守木艰难地摇了摇头，他畏惧那些烦乱的数字，自打幼年时期开始，它们就像天空中的星子抑或草甸里的花朵，密密麻麻的，看得人眼晕。守木读到小学五年级就自动辍学了，理由之一是他的数学成绩从来没有超过20分，当然别的科目也基本不及格，他坐在教室里，不是睡觉，就是打架。有一段时间他甚至迷上了武术，整天忙活着压腿、扎马步，捣弄着不知是蛤蟆功还是螳螂功，嘴里发出呵呵呵的声响，胆儿小的女生被他吓得哭鼻子。没有谁为守木的离开感到惋惜，每个人都认为念书对于这位少年版的武林高手，无异于酷刑之一种，且饶他一条小命吧。

逃离的守木反倒频繁露面，他几乎天天到学校，帮着挑水烧饭。村小的老师往往兼具知识分子与农民的双重身份，赤着脚，沾着泥，在田地与教室之间来回奔忙。守木腿勤脚快，为老师分担了不少耕种稼穑的活计。那个头发像杂草的数学老师经常嗟叹，这娃娃，气力不小，可惜就是脑子不开窍……不过大家很快就知道，虽然守木是天生的数字盲，但他在经济学领域却是无师自通，他用低成本付出，换取了高利润回报——他把班里最美的女生长菊弄到了手。

长菊跟守木同岁，跟守木截然相反，她的分数永远高居榜首，她一路蹭蹭蹭地读到了高中二年级，直到一桩小小的意外让她的校园生涯戛然而止。她怀孕了。17岁的长菊做掉了她与守木的第一胎，跟随守木到城里打工。两年以后，她再度怀孕。这一次，她生下了一个粉嘟嘟的小女婴，眼瞳清澈、肌肤胜雪，像是她的翻版。守木任劳任怨地照顾她们母女，挥霍着家里所有的存货。长菊差不多每日消耗二十几枚鸡蛋，守木一大早起床烧开水，在大海碗里磕五个鸡蛋，搅匀了，冲一大碗热腾腾的鸡蛋花，额外添两大勺子红糖，上午加餐是葱花炝锅下细挂面，面条当中卧五个鸡蛋，午饭还是炝锅挂面卧五个鸡蛋，晚上是小米稀饭一大碗加两勺红糖，再加白水煮鸡蛋五个，消夜是红糖水煮荷包蛋。月子坐完，守木黑瘦了一大圈，长菊则珠圆玉润，如同一只透明的鸡蛋。守木和长菊生长于古风盎然的偏僻乡村，一个大老爷们儿如此耐心细致地伺候婆姨，简直有些逆天而行的意思了。守木却是丝毫不在意那些条条框框，他毫不掩饰对长菊的切肤之爱。

守木携妻带女返回老家，在村子里大摆宴席，两口子的喜酒以及女儿的满月酒合二为一，这在民风刻板的山乡算得惊世骇俗之举，雷倒了一大帮耄耋老人。给孩子上户口更是费尽周章，因为他们根本不够法定婚龄。结婚证是后来补办的。

美色与智慧同样超群的长菊其实一直都是各阶层少男垂涎的猎物，资质平庸、家境贫寒的守木之所以能够所向披靡，起初靠的是劳力，渐渐地就转变成暴力了，仿佛一只雄壮的公狼，守木用拳头喝退了长菊身边层出不穷的觊觎者。最血腥也最彻底的一次，是守木将一位给长菊写热辣情诗的白面书生打到了内脏出血，在医院里足足躺了两个月。守木在少管所的铁窗里度过了那年的春节，长菊托人捎给他一件厚实的毛衣，是她亲手编织的。这种近乎幼稚的粗暴行为，在长菊的人生词典中显然被误读成了英雄主义的代名词，她从此没有正眼瞅过那些手无缚鸡之力的细瘦男生，守木高大的身胚和健硕的肌肉让她感到一种大地般的坚实，哪怕这样的坚实跟金钱、学识、人脉等毫无关联。

女儿出世后，守木与长菊的家庭格局在最初呈现出分离的状态，守木在城里打工，长菊留守村庄，种地、带孩子、服侍公婆，与大多数农村夫妻别无二致。但长菊的劣势很快就暴露无遗，她按照书本哺育女儿，按照书本春种秋收，而事实是，体质羸弱的女儿被斥责为娇生惯养，田地里经她手的秧苗亦总是病快快的，她自己，每日在奶粉锄头锅灶间搞得蓬头垢面。在婆家人一日比一日更加冷淡的面容中，长菊收拾行囊，怀抱幼小的婴儿，投奔城中打工的丈夫。

有过前科的守木没有仗着天生的彪悍身材以及三脚猫的功夫，往业余打手的路子上发展，他洗心革面，拖家带口地在一处工地上安营扎寨。作为占地面积多达九百余亩的超大型住宅小区，其修筑工程历时五年之久，守木就是在这里找到了养家糊口的活计。平日里他做搬运工，长菊料理家务，即使是居住在工地上的一间破败狭小的工棚里，即使守木的进账仅能保证温饱而已，可是浸淫在宽广博大的城市气场中，长菊的小资情结慢慢地衍生出来，她尽忠职守地扮演着全职主妇的角色，从旧书堆里淘出的时尚刊物里吸取着精致生活的知识，把庸常的日夜过得像细瓷器一样婉约润泽，并且从不增加丈夫的经济压力。守木每日汗流浃背地返回工棚，总能看到贫寒却漂亮的小窝，砖头木板搭建的床上覆盖着碎花粗棉布，沿墙一溜空酒瓶空罐头瓶，全都栽种着郁郁葱葱的花草，一张捡来的瘸腿餐桌摆满了清爽养眼的小菜，老婆和女儿有着同样亮晶晶的双眸、散发着同样淡香宜人的爽身粉气息。在一群粗枝大叶的农村婆姨中间，长菊和娇滴滴的女儿犹如两副美丽而脆弱的绣品，闪耀着炫目的光芒。守木的生活宛如清甜的甘蔗汁，啃了一截又一截，唇齿余香。

守木的幸福岁月持续到了他23岁的那一年，在此之前，他们一家三口稳稳地待在喧闹且杂乱的工地上，犹如繁茂健壮的作物，守木是硕壮的瓜果，长菊跟女儿是两簇脆嫩的香葱，城市的阳光雨露把他们滋养得结实灿烂。然而，一根从天而降的钢筋咣当一声，将他们清洁有序的日子砸得粉碎，将他们的甘蔗林彻底摧毁。

相较于其他受伤的民工，守木算得上是幸运的，他的东家没有推诿搪塞，没有打太极，而是义不容辞地把他送到一家三甲医院，及时送去厚厚一沓医药费。在充足的经费保障下，守木在医院里躺了整整三个礼拜，医生宣告他痊愈了。只是，此痊愈非彼痊愈，是残缺的、不彻底的、不完整的，甚至带着点悲凉的意味。

他做不成男人了。

大夫的解释是，这是器质性的，不同于功能性的起因，后者的治疗成效远胜于前者。守木迫不及待地截住大夫的话，守木一口气地说下去，他说，我得治，我一定得治，大夫求求你帮帮我，无论花多少钱我都要治，砸锅卖铁我都要治。大夫用同情的目光看着他，大夫说，这不是钱不钱的问题。这时，一旁的东家说话了，东家说，大夫你就试试吧。东家说，守木你放心，费用我会负责到底。

于是守木继续他的治疗，价格不菲的药物源源不绝地进入他的体内。可是，一切毫无起色。他在无人的厕所中，在深夜的被褥底下，悄悄地拨弄着自己，他的身体完好无损，却像建筑工地上停电的塔吊，死气沉沉。

终于，某一天就诊的时候，大夫破天荒地没有使用处方笺，而是停下笔，委婉地告诉守木，所谓心急吃不了热豆腐，这种病急不得，越急越坏事，你这头，急得满头大汗了，它那边是不声不响、静静悄悄的，往往是，你忽略了，冷落了，甚至是，认命了，突然地，一切恢复正常，就好像是，什么都没有发生过。

这位大夫年届六旬，是那一科的权威，每次挂号都要排一整夜的队，他很严谨，是不屑于吃药品回扣的样子，不欺不哄，如实相告。守木央求他无论如何开些药片片，他摇头，说是调养将息就成，再问，回答是，这病要痊愈，难度大，大意是跟中五百万彩票的几率不差什么。

大夫的坦诚却让守木有些受不了，出了诊室，在阴凉的走廊里茫然走着，心里空空落落的，像是刚刚丢了赖以生存的饭碗，有点不知何去何从的迷惘。就在这时，有人叫住了他，那人问，小伙子，这儿有新到的病人，五十块钱一天，做不做？人家把他当作在医院里出出进进的护工了。

这其间，受伤治疗，加上频繁出入医院检查开药，守木对护工这行当有了基本的了解。在他卧床不起的那段时光，长菊拖着蹒跚学步的女儿，没法儿24小时待在医院，东家特地派了一名工友全天候地陪伴守木，端屎端尿，递茶送水。同病室的病人有的是家属陪床，剩下的就是请护工。护工有男有女，以青壮年为主，报酬不等，大多在四十元到六十元一天，管吃，夜里就在病床边搭一张钢丝床。这待遇，比守木在工地上拼死拼活都还要好，还没风险，既安全又实惠，遇到大方的雇主，常常是病人出院了，鲜花水果各类大盒小袋的营养品，一股脑儿送给了护工。护工自是不肯消受的，人前脚一走，后边就如数拎去了医院门口的小卖部，多多少少换些现钱，小卖部乐得贱价回收，重新出售，这样循环往复地，利润就大大地出来了。

因此被人误作了护工，守木并未辩解，他几乎是不假思索地点了头。既然男人没得做了，跟长菊保持适度的距离是守木求之不得的。东家仍然让他们两口子睡在工棚，每晚一上床，躺在长菊身旁，守木就手心冒汗、心跳如鼓，紧张得跟审判庭上的罪犯似的。发生事故以前，守木仗着年轻气盛，差不多是夜夜都要的，两个人都习惯了入睡前的一番甜蜜捣弄，久了，就成了某种仪式，比如睡前洗脸刷牙洗臭脚丫子，是已婚男人的规定动作。如今缺了这重要的一环，而且原因在自个儿，守木就觉得愧疚，觉得不安，觉得欠着长菊什么，总想躲着避着。到后来，简直成了神经质，长菊的身子一贴近，他就发慌，慌得仿佛借了高利贷，眼瞅着还款期限到了，口袋里却是涩得连利息都掏不出来，那情状，抖抖床单，估摸着能落下一地的鸡皮疙瘩，那个瘆人劲儿啊。

于是守木像抓救命稻草一般抓住了他的新职业，尽管东家拍胸脯许诺，但凡他有一日的活路，绝不让守木一家子失业。东家其实不是什么大商贾，那块辽阔的建筑工地的归属权跟他一点儿关系都没有，属于一家如日中天的开发公司。大开发商手底下由若干的中小承建商组成，基本形成一个倒金字塔形的结构，越到基座，人数越多，有钱大家赚，说的大概就是这意思。守木的东家只是其中的一名承建商，在整个倒金字塔当中位于中不溜的地段，有钱，但尚未步入豪富行列。

东家是仁义的，够男人，出了事，没有急于脱身，而是大包大揽负责到底的做派，言之凿凿地表示，守木康复得好呢，就接着做工，搬运工、架子工、电焊工、木工、安装水暖器材的工人、开塔吊的工人、卷扬机司机，哪个工种都行，若是落下了伤残，工地不是还有轻松活儿吗？看大门成，守材料也成，反正是不会亏待他的。守木感激他的担当，却是不肯再留下了。混在一帮虎虎生威的男人中间，他是浑身的不自在，犹如误打误撞摸进了狼群的羊，汗毛倒竖、瑟瑟发抖。再则，护工赚钱更多，又能名正言顺逃离老婆的床，一举多得。

谁都知道，护工本人是有得吃有得住，可是老婆孩子就该自力更生了。守木与长菊商量，让她带孩子回婆家待着，长菊一听，脸都变了，连连摇头。她早在城里住惯了，公公婆婆的严苛，老屋的脏污，庄稼的繁重，都是她避犹不及的。长菊就使性子，长菊不是辣妹类型的，不会撒泼骂街地发脾气，她是被子一蒙，与世隔绝似的——孩子哭，不管，锅清灶冷，不管，就算天塌了，也不管。守木一根接一根地抽烟，不知道打哪儿安慰起。僵持不下，仍是东家出面解了围。东家说，你们夫妻闹到今儿这地步，我多少是有责任的，长菊我留下，重活儿女人干不了，你就到饭堂里打打下手吧。

原来建筑工地有若干的小型饭堂，手下雇工上了百的承建商，总是开设临时的饭堂，用木板跟塑料布扯起来，灶台是砖头垒的，条件好些的，烧气罐，通常厨子就一位，多半还是业余的，三脚猫功夫，一两个打杂跑腿的，大锅饭菜，供应两三百工人的三餐。长菊果真就到了饭堂里，淘米、择菜，东家在堆积材料的库房里腾了一小块空地，杂七杂八的残木一遮，拨给她们母女住，简陋归简陋，被长菊拾掇拾掇，看着挺清爽的。守木放心了。

守木就这样跳了槽。守木就这样进入了护工的行列。守木就这样碰到了段老。就这样开始了服侍段老的漫长时日。段老的抽屉里塞满了零钞，那天，她一边用勺子搅动着红枣莲子羹，一边闲闲地报出了每一种面值的钞票数额，听得守木头晕目眩，脑中群蜂乱舞。

这些钱的总数，一共是三万二千零九十六元零七分。段老加重了语气。而后，她漫不经心地说了一句话。这话语，却是掷地有声的金石之声，差点没把守木震一大跟头。

她说的是，这钱，等我百年后就留给你吧。

她是较真的。说说还不算，当即就叫守木拿笔拿纸，黑纸白字地写下来，大意是，她段某人身后无子嗣，自愿将三万二千零九十六元零七分现钞交由守木继承。本是薄薄的一张字条儿，到了守木手中，却是千钧万钧，他的心跳怦、怦、怦的，一下比一下沉重，一声比一声响亮，大有破膛而出之势。他自是有感恩戴德之语，没想到一张口，就被老太太挥手打断，很是不耐烦地，我正看书呢，别打岔！守木一肚子激情澎湃的表述被生生斩断，如骨鲠之噎喉，如洪水之冲堤，憋得他难受。

这狂喜得迅疾找人分享呢，好容易吃过简单的午餐，挨到段老午睡，守木脚不沾地地出门了。他要去找长菊。他估算了一下，段老小憩是在一个钟头左右，他骑自行车到工地，单趟约莫二十五分钟，往返就是五十分钟，还能有十分钟叙谈叙谈。十分钟足够了，打从受伤以后，他就避着长菊，长菊似乎也无话可说，以往嘻嘻哈哈的小夫妻，一下子就静默了，连眼神都闪躲着。

长菊待在库房角落的棚屋里，生着火，煨汤，一眼看到守木站在门口憨憨朝她笑，一愣，道，做啥？老太太放你假？守木避过她诧异的眼光，挠挠头，说，就待几分钟。

女儿的小手里拽着半根玉米，啃得津津有味、口水滴答的。宝贝儿……守木轻唤一声，女儿抬头看他一眼，不感兴趣，接着狂啃玉米。女儿一岁零八个月了，喜欢吃，无论什么都想吃，番薯干、小馒头、面包、糖果、各种水果、奶制品以及一切大人正在往口里放的东西（包括药丸），甚至牙刷、奶粉勺都往口中塞并且咀嚼，连铺餐桌的旧棉布都由左舔到右！

宝贝这两天又出牙，躁得很。长菊说。守木"哦"了一声。

女儿的名字叫作宝贝，是长菊给起的，曾经被婆家人笑掉大牙，农村里的女孩子，名儿都取得贱，什么囡囡大妞二丫，怎么土怎么选，说是越贱越好养，像田里的韭菜、坡上的野菊花，见风疯长。

长菊削了一个青苹果，守木接过来，女儿居然摇摇摆摆朝他走过来，仰起脖子，对着他眯眯笑，守木心里有数，这小丫头是瞄上了他手里的苹果。不给就哭这招她已经玩到过时了，如果别人把食物放入自己嘴里不给她，她会先用玫瑰花儿一样的小天使笑容和小树苗一般张开的双臂引诱你把她抱起来，然后用她嫩嫩的小指头强行把你的嘴巴撬开，一点一点地抠出来，不怕脏，不嫌累。守木没工夫与她嬉戏，直接缴械，把苹果递给她，小家伙喜新厌旧，扔了玉米，乐颠颠地两手抓住苹果，如获至宝。

饭堂歇着了？守木问。今儿我休假。长菊说。你有话？有话你就快说，说完赶早回，不过年不过节的，别耽误了上工。长菊用一把长勺子搅着锅里的汤，汤汁黏稠，看来是熬了不少时候了。守木从贴身的衣兜里摸出那张字条儿，默默递给长菊，长菊接过来看，看着看着，眼里像燃起一小堆火焰，火势蔓延，一下子就变得亮堂堂的。

全给你？她的嗓音有点哆嗦。

全给！守木肯定地说。

长菊不相信似的，不错眼珠地盯着那字条儿。锅里吱吱沸腾着，锅沿两侧浮泛出一圈白色的汤沫，长菊捏着汤勺，视而不见。守木笑了，笑着摇摇头，无声地轻斥一句，女人！拿过长菊手中的勺，替她搅动奔涌的汤液，浓郁的肉香窜进守木的鼻孔，热热地在他的五脏六腑间流淌，舒坦得他禁不住打了一个激灵。那汤真是好汤，花生大枣猪脚汤，淡白的花生米，深红的大枣，熟烂的猪脚，逗引得刚吃过午饭的守木肚子里咕咕叫，唇齿间仿佛生出一只只饥饿的爪子。

真香啊，守木使劲吸吸鼻子，说，老太太每天的饭菜清汤寡水的，闹得我一见肉就馋。

瞧你这肉欲大发的没出息样儿！长菊娇嗔道。没想到此言一出，空气立即两样了。长菊本是一句无心的玩笑话，却因为里头的双关含义而变得暧昧，两人一下子都没了声儿。

我得走了。守木定定神。这个，搁你那儿吧。守木把价值三万余元的遗嘱交给长菊，长菊顺手塞进衣兜，送他出门。守木抬腿上了自行车，骑出一大段，他蓦然想到那锅喷香喷香的猪蹄汤，见鬼了，长菊根本不喜欢吃猪脚，以往回老家的时候，一屋的男男女女围着一锅猪脚，人手半个，大啃特啃，唯独长菊嫌油腻，公婆挟给她的那一块，她皱起眉头，放到守木的碗里。婆婆背地里厌恶地斥责，瞧那臭美样儿，以为自己是谁家的千金大小姐呢！既然如此讨厌猪脚，怎么会巴巴地炖上那么一大锅呢？守木越想越狐疑，老觉得有什么地方不对劲儿，就连长菊刚洗过的头都透着一股子狐魅气息，湿漉漉地、芬芳四溢地散在肩头，还染了色，怎么看怎么妖娆。就有一粒硕大果核哽在了守木的喉咙，咽不下去，想一想，他一只脚点点地，掉转车头，回返工地。

屋里果然有人！仓库门前多了一辆车，可不是守木那又脏又破的二手自行车，人家是四轮的，漆亮得晃眼。守木心跳如鼓，围着汽车，左看看右看看，前看看后看看，总感到眼熟，在哪儿见过？这答案在他重新踏进门后得到了解答，而且，他立即释疑。

桌边坐的是张小裤，捧着一只缺了角的茶杯，嘘嘘吹着，一口一口地喝着。哟，兄弟回啦？他跳起来，热忱地一把握住守木的手，亲热地摇了摇。张小裤个子小，只及守木腰间，又是圆嘟嘟的脸，水滴滴的双眼，红殷殷的嘴唇，看上去像是未长成人的孩童。

忘拿东西了？长菊局促地在围裙边擦擦手。天冷了，我多带件毛衣。守木撒谎，一边埋怨道，是小裤哥来了？你怎的不说一声？长菊打开简易的木衣柜，取出守木的旧毛衣，包起来，递给他，低眉顺眼地说道，小裤哥给了咱家那么多的帮助，我赶巧儿熬着汤，就请他过来尝尝……

什么叫赶巧儿?!守木佯怒，小裤哥是什么身份？小裤哥多忙啊，你这么随随便便的，就将人家请来，亏你想得出来！真是妇道人家！说得长菊登时红了脸，嗫嚅着，不敢申辩。

没关系的，兄弟，弟媳妇是一番好意，再说，哥我也不是外人，你这么一说，倒叫我不安了。张小裤踮起脚，拍拍守木的肩膀。守木说，我那头没请假，是偷偷溜出来的，今儿没法陪哥，还请哥谅解。我去买瓶酒，哥好歹喝两盅。张小裤强拉不住，守木骑车去超市，花了五十几块钱买了一瓶金六福新三星，路过卤菜摊子，弄了一样五香牛肉，一样凉拌猪头肉，都是下酒菜。

见守木拎着酒啊菜啊什么的，张小裤又踮起脚，连连地拍他的肩膀，兄弟，你太见外了，太见外了……长菊拿过袋子，说，小裤哥给宝贝买新衣裳了。守木道谢不迭，招呼长菊多做些可口小菜，让张小裤别介意，说是改日一定请他去像样的大馆子好好聚聚。

这一耽搁，守木回去就迟了，段老的四君子汤就给耽搁了。四君子汤是段老每日晚餐前必服的，人参、白术、茯苓、炙甘草，加水煎服。据段老讲，这是益气养阴之物。煎熬汤药是守木每日的必修课，段老要赶在晚饭之前半个小时服下，不多不少，恰恰的，半个小时。而晚饭时段也是刻板的，雷打不动，多一分不成，少一分不成，所以守木就算是误了段老喝补药这件事儿。

守木直接进了厨房，做了炒鸡丝，凉拌西芹，麦片粥，匆忙地送进段老屋里。守木在烹饪方面是外行，不过段老的口味除了清淡二字，完全没有别的要求，很好应付的。

段老坐在桌前，沉着脸。那张桌子功能繁多，既是餐桌，又是案桌。对不起，段老，我家里来了客人，误了些时候……守木撒谎道。把我的遗嘱拿回家了吧？给你老婆卖乖去了？段老瞟瞟他，端碗喝粥，她从来不用勺子，汤啊粥啊全是哧溜哧溜地吸溜，卧床不起那阵，就用奶瓶，婴儿一般地吸。当然这只是段老的诸多怪癖之一。

守木没想到老太太心头明镜似的，搓着手，憨憨地笑。段老眼里就有了轻蔑的意思，段老说，看你五大三粗的，不过是只软柿子罢了。守木不晓得如何应答，继续傻笑。段老的轻蔑就更深了一层，且增添了奇怪的怜悯，她叹口气，说，女人不能太惯的。守木口中称是，是，段老看得出他是随口敷衍，便冷冷地说，我不管你有什么私人原因，你记住，我的作息是不能乱的。说完便别过脸，不再搭理他。

尽管长菊瞒着自己请客，守木对她的操守还是很有信心的。邀请的客人是男人，那也不打紧。张小裤嘛，若是别人，守木就该紧张了，不过张小裤他不是别人。第一条，这个身高不到一米五的微型男人，从外貌上不具备任何竞争力。第二条，张小裤有钱，他老婆是如假包换的美女。这一条包含了相对矛盾的两个要素，前者让他有资本瞄准各类极品城市美女，后者让他开了眼，过了瘾，足以抵制高强度的诱惑。第三条，从某种意义上讲，张小裤是守木和长菊的恩人。他是守木老板的独生子，所谓的富二代，老板理所当然承担守木受伤的一应费用，守木知道的，可是扔下奄奄一息的工人不闻不问甚至逃之夭夭的老板不也多的是吗？所以守木觉着能摊上这样有担待的老板还是很幸运的，是不幸中的万幸。老板终日奔波，照顾守木的事常常由张小裤来完成，也就是，老板定调，张小裤来具体执行。张小裤很细心，既充分考虑到守木的康复与谋生问题，又顾及到他的自尊心，连带的连他的老婆孩子都照顾得妥妥帖帖，守木住院期间，张小裤时不时地给长菊送米面送肉蛋，给宝贝买玩具买糖果，以至于宝贝见了这位张叔叔，比见了自己的亲爹都腻歪。守木不吃醋，他由衷地感激张小裤父子，显然的，这一切构成了长菊请张小裤吃顿饭的正当理由——若有丝毫疑问，参见第一条。

守木照应了老太太的晚饭，独自在厨房吃自己的那份，默默地想着长菊纵然是阅世浅显的乡下女子，做菜的手艺倒是十分了得的，即使做几道家常菜式，不见得就辱没了出入高档餐厅的张小裤。往常自己在工地干活，每逢中秋，长菊是连月饼这样繁复的点心都做得出来的，肉馅儿的、豆沙馅儿的、蛋黄馅儿的、水果馅儿的，盛在盘里，送给工友们。那些没成家的饶舌的小伙子成天围着长菊转悠，一口一个嫂子，这帮愣头青是守木防范的焦点。长菊虽是结了婚生了孩子，可那柔软的腰身、那水嫩的面庞，跟黄花大闺女不差什么。趴在墙头等红杏的人太多了，守木怕长菊一时糊涂，甚至含蓄地私下拜托过张小裤，请他代为费心。

小裤哥，你有所不知，我是有前科的，局子我也是进过的，不过那都是为了长菊，我这辈子没别的奢望，就想踏踏实实做个遵纪守法的人，有饭吃饭，有粥喝粥，绝不胡作非为，但要有谁想动我女人一根毫毛，我是连性命都可以拼的！守木对张小裤掏了心窝子。兄弟你的事儿，就是哥我的事儿！当时张小裤是极其爽快地一口应允。有张小裤监督着，守木是放心的，他是东家的少爷，掌管着采购、监工等工序，每日待在工地上的时间比谁都长，哪个工人生出了花花肠子，哪个工人对长菊动了歪脑筋，他必能最先嗅到气息。拜托了张小裤，等于是在长菊身旁安放了高精度的探测仪，守木可以高枕无忧了。

不过，张小裤既是如此仗义之人，守木不能扮冷血吧，眼看着快过年了，多少该略有表示才是，一念至此，守木当下就掏出荷包清理家当。从段老那儿领的薪水，都交给长菊了，做养家糊口之用，他自个儿倒还攒了一小笔钱，是住院时老板支付的营养费误工费赔偿费之类的，不多，区区三千余元，这钱长菊是知道的，他没想过要藏着掖着当成私房钱，不过一时没有用途，由他收着罢了。这钱正好买些年货赠予张小裤，算是聊表谢意吧。

守木性急，挨到段老睡下了，他急匆匆地跑到最近的一家超市。段老是新闻联播的忠实粉丝，每晚必看，半倚在床头，戴着老花镜，灯光调得暗暗的，通常是看到天气预报的前奏乐曲响起，人就睡着了。这时辰超市里却是人流熙攘，守木在货架前浏览，林林总总的货品看得他眼花缭乱，一溜达，就到钟点关门了。

第二天晚上他又去了，第三天他还去，弄得超市的保安挺紧张的，前后脚地盯着他，以为他是小偷。几天转悠下来，他心头有了数。老板抽黄鹤楼，两条极品软黄鹤楼就是两千块钱，张小裤嗜酒，来两瓶贵州茅台，这就是三千多了呀，临到过年前两三天，守木来超市采购妥当，一并送给张小裤，在守木这般收入阶层，是一份沉甸甸的大礼了。别看守木平素节俭，抽烟喝酒能省则省，关键时刻倒是很大方的。

出了超市，冷风飕飕飕地，兜头扑面而来，风里夹杂着细碎的雪。守木下意识紧了紧衣领，手机突然响了一下，掏出来，是长菊的短信。为了节省通话费，他们几乎不通话，以短信的方式联系。长菊在短信里说，她此刻正在段老家门外等他。守木拔足就往回跑，远远的，果然见长菊瑟瑟缩缩地站在风雪中。出什么事了？宝贝怎么了？守木奔过去，气喘吁吁地问。长菊不是黏糊的女人，从来不会有神经兮兮之举，如此寒夜造访，必定是出了了不得的大事情。

没什么要紧事儿，宝贝在家呢。长菊说。长菊的大半张脸都埋在围巾里，鼻尖仍是冻得通红通红的。这么冷的天，没事你干吗跑来？守木把她拉进过道里避风。你没在屋里？上哪儿去了？长菊问，但她似乎对这个问题本身毫无兴趣，没等守木回答，她迫不及待地说开了。长菊平日安静慎言，守木对她的滔滔不绝很是诧异，而话语的内容更让他惊奇。她说的是，跟着守木这么些年，都是捱穷受累，她没有抱怨，也不奢求能像别的女人那样过上吃香的喝辣的富裕生活，但是，她有一个愿望，这愿望原本让她感觉遥不可及，以为是永难企及的梦想，所以她深埋在心底，不想说出来增添守木的压力，直到前几天，守木给她看了段老的那份遗嘱。

她顿住了，她的眼睛因为过度兴奋而熠熠生辉，散发出一种类似猫眼的光泽。到底是什么呢？守木忍不住追问。长菊突兀地一把抓住他的衣袖，拉着他，一头冲进凄风冷雪中。哎，你说清楚，究竟是怎么了？咱们这是要上哪儿去啊？守木莫名其妙。长菊的手前所未有的有力，守木竟是挣脱不得。长菊一语不发地把他带到两站地开外的一家皮草店，店堂里空无一人，老板正要提早打烊，见他们挟风裹雪地进来，上上下下打量一遍，不是有钱的主儿，于是他打个哈欠，继续往下拉卷帘门。长菊置若罔闻地把守木带到靠里的一排货架前，那里密密匝匝地陈列着一长溜女式大衣。

你不是有什么愿望吗？来这儿干吗？守木一头雾水。

我的愿望就在这里。长菊肯定地说。

守木看一眼衣服，又看一眼长菊，一拍大腿，说，你想做服装生意？长菊一愣，打他一下。蠢货！长菊白他一眼，拎起一件毛茸茸的灰蓝色大衣，在自己身上比画着。好看吗？长菊歪着头问道。别摸别摸！脏了你们可赔不起！老板提高嗓门喊着。长菊急忙把大衣挂回到衣架上。

你的愿望就是这件大衣？！守木恍然大悟，笑了，大度地说，你要喜欢，咱就买下！扬手叫老板，多少钱？老板正拿抹布擦拭柜台，懒洋洋地抬抬眼皮，伸出三根手指。三百？守木说着就掏荷包，这数字还能接受。不就一件新衣裳吗？搞得神神秘秘的，居然还夸张到了梦想的程度。女人！

嗒，钱！守木数出三张百元大钞，老板做了一个轻蔑的表情，道，小伙子，你喝醉了不是？三百块钱你就想买下来？守木说，不是你自个儿说的吗？想反悔啊？

我说的？老板再度伸出三根指头，你以为这是三百？老板抱起双臂，戏谑道，三百块钱买裘皮大衣？我说小伙子，你从外省来的啊？你那儿要有货，卖给我，三百，我统统要，有多少我买多少！守木一怔，不是三百，难道是三千？

三千？老板嗤笑一声，不再搭理他。你这是什么态度？守木来了气，长菊拽了拽他，小声说，不是三千，是三万。

守木当即傻了眼，喃喃道，三万，人皮也值不了三万吧……

人皮？你是安心砸我招牌还是怎么的？人皮有这么强的保暖功效？再说了，上哪儿找人皮去？就算你提供我也不敢卖啊！你看清楚了，我这儿经营的全是世界名牌，你瞧中的这件，可是响当当的蓝霜狐，知道啥叫蓝霜狐？它爹是银狐，它娘是蓝狐，混血儿，稀有品种，自然繁殖稀少得很，要靠人工授精的！老板被守木的无知激怒了，居然长篇大论地对他进行了一番人工饲养蓝霜狐的普及教程。

后面那几句话，催发了守木一场淫亵的梦。那一晚被割裂成了两个互不干扰的段落，前半段，他揣摩着长菊的心思，三万元的貂皮大衣，对一个农妇而言，无疑是奢侈到了极致的念头，他是绞尽了脑汁都想不出长菊萌生这想法的渊源。后半段，他在缭乱的梦里沉沦，他梦到了蓝霜狐繁衍生息的过程。在乡下，他曾经见识过采集种猪的人工精液，经过物理方法处理，分别输入将近二十头母猪的生殖器内，银狐与蓝狐的人工授精，仿同此类，当浓稠的液体喷薄而出，一旁观看的他兴奋到了抽搐，然而，在最销魂的刹那，他醒了，跌入茫茫黑夜中。他摸索着干爽清洁的被褥，感到难以言说的屈辱。这样的梦境，以往带给他的，必然是脏污的衣物，他总是一边骂着娘，一边冲洗，暗暗厌恶着身体里黏稠丰沛的汁液，可是，那些被春情的梦、被旖旎的长菊所荡漾的夜晚，从此不再。他无比忧伤地获得了让他苦思而迟迟不得的结论，由于他的枯萎，长菊把年轻健康的身躯里潜藏着巨大的情欲转化成了稀奇古怪的癖好，其中之一，就是对裘皮大衣的贪恋。

守木决定满足长菊，等段老不在了的那一天，三万块钱交给长菊，任她挥霍，想买什么买什么，也许到那时，她的欲念已经发生了变化，不是服饰，而是一辆车，或是一套房子的首期款——显然守木希望是后面的两者，在他看来，那才是他和长菊所置身的阶层应有的消费方式。

可惜长菊没让他的畅想持续太久，翌日她又来了。她说，那张遗嘱让她心痒难耐，她彻夜失眠，恨不得立即穿上那件华美的裘皮大衣。守木挠着头，苦恼不已，他说，怎么办呢？那钱还没到手啊，谁知道老太太要活多久呢……长菊的眼中闪过一道炽热的光，像一簇小小的火焰，长菊说，只要你愿意，立即就可以。守木不解。长菊眼中的火焰开始燃烧，长菊说，只要你愿意，一切都在掌控中。守木益发糊涂。长菊看着他，那火竟呈熊熊之势，长菊说，只要你愿意，杀了她！

守木打了个哆嗦，无端端的，他觉得冷，虽然他俩是待在暖洋洋的宾馆大堂。紧挨段老居住的宿舍区，有一家中等规模的酒店，守木和长菊就在酒店里享受免费暖气。老婆，你听我说……顿了顿，守木艰难地开了口，他舔了舔嘴唇，他的整个口腔都干涩得厉害，他本能地低着头，盯住自己的脚尖，避免与长菊的视线碰触，一种恐惧的情绪沿着他的血管缓缓蔓延开来。事情会演变到这个地步，他没有想到，面若桃花心地善良的长菊口中会出现如此阴鸷的字眼。

你是怕蹲监狱，对吗？长菊打断他，声音冷得能凝出冰来。守木望一眼落地窗外的纷纷飞雪，有点晕眩，犹如坐在颠簸的长途汽车上，疲惫的旅途漫无边际，逶迤的山路不见始终。

老公，我怎么忍心让你蹲监狱呢？长菊蓦然靠过来，挽住他的手臂，媚眼如丝地朝他笑。守木有稍许的不自在，在温暖的大堂里，长菊脱掉了厚实的外套，里头是一件贴身的黑色毛衣，V领，露着一半的肩头，长菊一向衣着朴素而保守，守木没见过她如此性感的装扮，他来不及多想，因为长菊紧紧倚着他，久不接触的身体，疏离到了陌生。守木开始冒汗。

你是宝贝的爸爸，是我最爱的男人，我不舍得让你再次遭受牢狱之苦。长菊露出甜蜜的微笑，从包里掏出一个药瓶，递到他的手里，喏，我已经为你找到了帮手。

这是什么？毒药？守木连额头都渗出冷汗，他两手握拳，不肯接那烫手的山芋，一个劲地大力摇头，不行不行，毒死老太太，我是无论如何都脱不了干系的。

瞧你，这就吓破胆儿了？真是胆小鬼！长菊温柔地拭去他额角的汗珠，悄声道，这药瓶里装的，不是毒药，是可以增压的药，药店里到处都有卖，不信你自己瞅瞅去。守木如坠五里云雾，可以增压的药？那是什么意思？长菊耐心地说，医学上，遇到血压下降，大夫们会使用药物进行调适，诸如肾上腺素、去甲肾上腺素、麻黄碱等，都有升压的作用，这种药，就是用于改善低血压症状的。

这解释也太专业了，守木听不懂，面呈呆傻状。老太太不是有高血压吗？她不是每天都吃降压药吗？长菊索性直言以示，你把这瓶药换到她的降压药瓶里，让她天天吃，天天增压，这药剂量够大，保管不出一个月，她肯定玩完儿，到那时，咱就大功告成了！

守木恍然大悟，长菊的药瓶，对段老而言，不是毒药，胜似毒药。长菊误解了他的表情，进一步提示，这么做，是最最安全的方式，简便易行，没有丝毫风险，神不知鬼不觉地，人就没了，全世界都会以为她死于高血压，不会有人想到药瓶里有文章。

不费一兵一卒，你就能轻而易举地得到三万多块钱的遗产，就能满足我的夙愿，送我貂皮大衣，何乐而不为？长菊斜斜地睨他一眼，头头是道地分析着。

守木说不出话来，仿佛在平地上跌了一大跟头，整个人无比怔忪，脊背没来由地发冷，发冷又发热。长菊满嘴的医学术语，让他惊愕；长菊想出的阴险损招，让他惊愕；长菊眼神里的妖冶，让他惊愕。他愣愣地注视着她，有一瞬间，甚至产生了幻觉，怀疑自己压根就不认得这个女人。

那个恐怖的药瓶，守木最终还是没有接。他嗫嚅着，我想一想，我得好好想一想，他恳求着，长菊，你别急，行吗？这不是小事，人命关天呢。他劝慰着，宝贝还小，我们得为宝贝考虑，要是我有什么闪失，宝贝怎么办？宝贝能面对她爹是杀人犯的事实？我们想想看，还有没有别的招？长菊说，别的招？撬开门锁，去偷？你没看到人家店铺里的铁门铁窗？搞不好，安装着摄像头都是可能的，你就徒手去撞枪眼儿？守木无从辩驳，他只能近乎哀求地说，别急，长菊，咱们从长计议，好不好？

长菊拗不过他，抛下一句，你自个儿看着办吧，转过身，拎着外套，扭着牛仔裤包裹得紧紧翘翘的结实圆润的屁股，悻悻而去，她从前是不扭屁股的，她从前是不穿牛仔裤的，守木就又觉得恍惚了，他叫了一声，长菊，你等等。她不理睬，头都不回地沿着宾馆旋转门步出大堂，高跟鞋发出橐橐橐的脆响，那窈窕而决绝的背影宛若一柄菲薄尖利的刀，狠狠插进守木的心脏。这刀就在守木的心头生了根，时不时地，绞动一下，一绞，他就痛。他陷入多梦的困境，长夜乱梦，他反反复复地梦到银狐和蓝狐的繁衍，梦到长菊穿上蓝灰色的皮草，朝他看，朝他笑，不知为什么，长菊的目光与笑容里有一股妖邪之气。有时候，是噩梦，梦到一些扭曲的意象，月光如蛇，蓝狐与银狐发出咆哮，就连长菊亦是莫名地生出狐的面目，龇出尖利的牙齿。

　　他被过多的梦境搞得精神涣散，早晨醒来总是虚弱无比，他躺在床上，听着窗外的脚步声，门外有一块空地，晨练的老人小声交谈着，那语气竟像是密谋着一项不为人知的计划，让他在真实与虚幻之间彷徨。他打量着四周简陋的家具、杯子里的剩水、桌上的半碟腌菜等，渐渐地，他感受到了这些熟悉的家什在呼唤着他，他涣散的思维逐步回到正常的秩序，与眼前这个狂乱的世界平等对峙。

　　他打开煤气灶，熬红薯稀饭。甭看段老几十年来享有着城市文明的丰硕成果，她的胃倒还是农民的胃，早饭她吃稀饭馒头酱菜，跟守木的饮食习惯如出一辙。守木用托盘把碗碟送进段老的房间，段老一日三餐都在自己的书桌前独自完成，掩门退出之前，守木望了一眼段老的背影，由于头发稀疏的缘故，她的头颅显得很小，雪白的发丝间隐隐露出黄白的头皮，像一枚初落地的蛋，热气腾腾的，还沾染着新鲜的粪便和体液。守木在幻念中把这蛋一般的脑袋握在手掌中，轻轻一捏，咔嚓，碎了，裂了。

　　当然他什么都没做，想想罢了。难题在于，长菊不容许他的行动长久地沉陷于思考阶段，他坐在厨房里吃早饭的时候，长菊的短信来了。长菊的短信是一个意犹未尽的短句，呸，你这个窝囊废！长菊在短信里的口吻是彪悍的、霸道的、毋庸置疑的，犹如一记从天而降的耳光，在守木的脸上发出一声结结实实的闷响。守木还没有从虚无的耳光中缓过劲来，新的拳头再度降落，长菊的短信又来了，这一次，长菊下了猛药，长菊宣告，我们离婚吧！守木迅速地回了短信，守木的短信言简意赅，守木坚定地说，别！长菊的电话跟了过来，长菊在电话里变得啰唆，她的话语里反复出现三个关键词，蓝霜狐、药瓶、离婚，这些词语质地各异，有的软绵绵，有的硬邦邦，它们围追堵截而来，侵占了守木的躯体，侵占了他的全部空间，至夜，他还没躺下，它们就霸占了他的枕头，他还没宽衣解带，它们已经脱得赤裸裸，他还没入眠，它们已然满口呓语，哄得他腾云驾雾。

守木最终是怎么答应下来的，他自己都不甚明了，总之那药瓶稀里糊涂地就藏在他的床褥间了。接过药瓶的同时，长菊说，过年回老家吧。他对长菊笑了笑。长菊接着说，穿上那件大衣，让一家子都跟着体面体面，我们在外头打工这些年，公公婆婆也算颜面有光。守木想说，穷乡僻壤的，乡亲们看得见的，往往是青砖楼房、空调冰箱、汽车摩托那些，谁会在意你的行头？但是他什么都没说，长菊是着了魔了，皮草的诱惑让她面目全非，连杀人的心都生了，怎么可能听得进他的劝告，不如依从了她，否则，就是失去她。后者，守木是连想都不敢想的，长菊是他残缺的身躯在这世间唯一的慰藉，没有了她，他没法子活下去。

年关将近，来探望段老的人明显增多，都是大包小袋地拎着，间或还有来自异乡的包裹，寄来海鲜或是山珍。段老的吃食极为简朴，珍稀的食品一律不染指，封口都不启，一股脑儿地送给守木。喏，送去讨你老婆欢心！说着，以嘲弄的眼光定定地看着他，看得他腿软脚软。

守木其实没有全给长菊，他挑了挑，普通的点心糖果交给长菊，包装华贵的礼盒留了下来，积累着，算是给张小裤父子的拜年之物。前几日谋划的大礼是泡汤了，长菊鬼迷心窍地惦记着那件三万多元的蓝霜狐，把未来的遗产都给透支了，是命都不要的一番豪赌。这般架势，他可不能再齐搭伙儿地跟着花钱，日子终归是要过的，过日子就得有钱，守木尽管没上过两年学堂，这朴素的道理他是无师自通的。

上门探访的人随着年节的脚步密集起来，不多日守木的小床底下就堆满了形形色色的礼盒。段老睡下后，他就把盒子掏出来，一样一样地清点，就像守财奴掰着手指头数着自己的银两。都是吃的，没错，除了营养品，就是补药，守木被长菊的热望挟裹着，满眼晃动着皮大衣的影子，锲而不舍地逐盒查看。然后，在一天深夜，奇迹出现了，盒面上竟然写着某某皮草公司的标牌，守木大喜，心急火燎地拆开来，一串毛茸茸的东西滑落下来，光泽很美，一半是珍珠灰，一半是柠檬黄，他定睛细看，是皮草没错，可惜只是围脖而已！

围脖躺在守木的怀中，轻触微温，手感竟似长菊的肌肤，守木就亢奋起来，这亢奋却是精神层面的，抽象的、渺茫的，看不见摸不着，因为他的肢体一直很安静，安静得像一片澄蓝的湖泊。他又感到了愧疚，愧对长菊轻盈美好的身段。

守木没有立即跟长菊联系，他到冲凉房里，洗了个澡。受伤之后，他的体质大不如前，自来水管里涌出的冷水让他直打寒战，他坚持着，让冰冷的水流沿着他的头部、脖颈、胸脯，一路倾注而下，他用打战的牙齿，呼唤着自己的女人，长菊，长菊……

真实的长菊与他想象的温柔是两样的，长菊对那条围脖的反应是暴跳如雷，长菊指着他的鼻子骂，废物，用这玩意儿糊弄老娘？你当老娘是傻子？守木怔在那里，他从没听过长菊使用粗口。

尤其是，张小裤还在座。张小裤佯装不闻，逗宝贝玩。宝贝黏他得很，他挠宝贝的痒痒，宝贝咯咯地笑个不停。守木理解张小裤，他自个儿没孩子，喜欢宝贝是情理之中的。张小裤什么都好，爹有钱，娘子绝色，美中不足的是，西施式的老婆却患了习惯性流产，怀上一胎掉一胎，怎么保都保不住，即使成天躺床上一口大气不出，结果呢，打个喷嚏，还是流了。张小裤是独子，偏偏摊上这么个中看不中用的婆姨，也算在劫难逃了。

张小裤是跟守木前后脚到达的，张小裤看见守木，愣了愣，随即朗声一笑，说，这么巧？兄弟今儿有空回家？我上工地验货，顺道过来瞧瞧兄弟媳妇和侄女儿，问问她们缺不缺啥。守木就道谢，说我在外头挣口饭吃，家里这两母女，全靠小裤哥帮衬了。张小裤说你既然叫我一声哥，我这做哥的，就当做得有模样才是。守木说我当兄弟的，简直无以为报呢。

长菊冷着脸抛了几句粗话之后，张小裤就不能坐视不管了，他站到剑拔弩张的两口子中间，充当和事佬。由于身高的问题，他无法阻挡两人怒目而视的双眼。哦是的，剑拔弩张的，是长菊，怒目而视的，也是长菊，守木不过是被动地接招与回应。张小裤略仰脖颈，看看长菊，再看看守木，说，天下没有过不去的坎儿，有什么事，坐下来，心平气和地好好商量……他的话被长菊打断了，长菊气急败坏地说，有什么好商量的？凭他那副蔫儿吧唧的熊样儿，我还能指望跟他折腾出一件皮大衣来?！张小裤慢条斯理地开口道，我说弟妹……这话仍是被长菊不留颜面地斩断，长菊转头逼视着守木，声嘶力竭地控诉起来，他妈的怪老娘当初瞎了眼，人都说，豇豆茄子靠栅栏，嫁人之后靠丈夫，偏我就嫁了你这么只软柿子！瞧见小裤哥的派头没？他给小裤嫂买皮大衣，一买就是两件！

守木耷拉着脑袋，避过一旁去，想这女人脸丢大了，当着外

026

人的面，说出如此不堪的家事，该叫人家笑掉大牙了。张小裤没有丝毫取笑的意思，把守木拉到一旁，说，兄弟，咱男人委屈点儿不要紧，可千万别苦了女人，她们跟着咱吃苦受累，挺不容易的。这几句话是点中了守木的死穴，守木点点头，守木说，我懂，守木的眼眶就红了。

长菊野蛮泼辣地一闹，张小裤煽风点火地一劝，守木就下了狠心。守木对自己说，哪怕前程是个死字，哪怕是拼了性命，他也要为长菊弄回那件蓝霜狐！

狠心是下定了，时机却是难以把握。段老纵是独居，她的弟子却是络绎不绝。守木冷眼看来，段老的弟子竟是比嫡亲的子女还要体贴孝顺。

那天在医院里叫住守木的人，就是段老的弟子。段老的弟子数目众多，桃李满天下。形容某某资深年长，说的是，这人不光有徒弟，竟是徒子徒孙都有了。而段老则是连她的徒弟都有了徒子徒孙，并且，徒子徒孙益发有了下一代传人。这话听来就很纠结了，让人想起《愚公移山》里的那一句，"子子孙孙无穷匮也。"

话说到这里，段老倒不是什么身怀传世绝技的武林高手，更不是喽啰傍身的黑社会老大，她是一个普普通通的老太太。自然了，这普通不是指家长里短、平头布衣的普通，而是作为生命个体，其衰朽与病弱的不可抗拒。毕竟段老异于街巷市井的妇孺，人家是响当当的专家，是中医院泰斗级的权威人物，在她的斑斑白发与累累皱纹之间，隐藏着某些非凡的特质——在守木看来，这是特质，而非技术，他不止一次听到前来问诊的病人虔诚地称她为送子娘娘，甚至做了大红的锦旗、泥黄的牌匾，写了"妙手回春"、"医术精湛"一类的话，巴巴地送了来。段老一律不挂，锦旗叫叠起来，牌匾撂墙角，表现出充分的淡漠。说是不在乎呢，天气热了，却是叫拿出来晒晒，免得锦旗生虫、牌匾生锈。

守木简直说不上来段老是啥脾性，他入行有近两年了，由始至终，接触到的护理对象就段老一个。先是老人家摔断了腿，在医院里卧床七七四十九天，段老的弟子轮番来探望，好吃好喝的堆了个满坑满谷。奇怪的是，人来了，围着她嘘寒问暖的，她表情淡淡的，半天"唔"地应一声脑袋歪到枕头一侧，正眼都不瞅人家。若是有两天不见人来呢，她又焦躁得很，无着无落的，自言自语地惦记这个，牵挂那个，眼神空茫，跟游魂野魄似的，看了怪叫人心疼。盼星星盼月亮的，把人盼来了，照旧不理不睬，周而复始，让人摸不着头脑。

　　弟子们倒是真正的不介意，无论她态度如何，始终是段老长段老短的，跑前跑后，比嫡亲的子孙还要尽心，事无巨细，考虑周全，就连雇用护工这样的琐碎的事，都亲力亲为。待到段老临出医院，弟子们又与守木商谈，请他跟随回家，继续照看，月薪一千五百元，包吃住。这待遇颇有诱惑，比在医院里做零散护理少了空档期的风险，他立即满口应允。段老的家住在中医院的家属院里，旧楼，底层，面积狭小，两个房间的窗口全朝西，夏天晒得要死，冬天潮得连墙角都生出霉斑，室内没有装修过，水管电线全都裸露着，且破败，属于三天一大修两天一小修的主儿。守木粗通杂活，一般都是自己动手解决问题，他是吃苦耐劳惯了的，也还是被段老家的下水道搞得蔫蔫儿的。城里鳞次栉比的洋楼，守木没住过，但看是看过的，这屋子跟段老的专家身份确实太不般配了，守木问过，段老的回答噎死他，说的是，要那么大地儿干吗，种菜，还是喂猪？你当这儿是农村?！守木背地里跟段老的弟子抱怨过，这位弟子身份了得，是现任中医院的院长，有权势有声望，院长摇头嗟叹，说是以段老的资历，应当直接住进医院条件最好的住宅，关键是，段老不肯，她就愿意待在这阴冷潮湿的老屋，多人、多次、多角度地劝说，均无果。院长的原话是，这老太太，倔！

守木心里就说，怪道没人敢娶呢！段老一辈子小姑独处，无子无女，守木是一开头就晓得的。作为治疗不孕不育症的大夫，竟然终身不婚，未曾履行女人的天职，实在是诡异至极。守木昼夜服侍着她，渐渐就有个荒谬的疑问在心头冉冉升起：既然未嫁，难道仍是处女？真相当然不得而知，不过她是小心翼翼地回避着守木，可惜怎么避都避不了，腿折了，洗澡上厕所都不方便，实在没辙了，她就闭上双眼，满脸的悲愤，满脸的大义凛然，仿佛行刑场上的革命女战士，是宁死不屈的。守木就促狭地暗笑，八旬老妪了，身体跟枯树似的，要么干瘦，要么褶皱，全无观赏价值，有啥好藏着掖着的？

最麻烦的是，沐浴的时候，段老有本事穿着内裤跟背心，在水里哗啦哗啦冲着，洗完，热乎乎湿漉漉地躲进被窝里，自个儿动手换衣裤，结果是，被子也被弄得水汽蒸腾的，守木清理了浴室，还得洗换被褥，烦得要死。弟子来探望段老，守木就说，如此守身如玉的，就该聘女性护工才是呢。弟子说，段老自然是执拗地要女看护，原先请的保姆，全是女性，关键在于，段老虽不是排球队员，身高却足足有一米七五，人又壮实，小保姆轻易是挪移不了的，有了病痛，别人扶她如厕，累得气喘如牛不说，稍一松劲，就把她给摔了，上回摔断腿，就是因为突发低血糖，保姆搀不住，摔了。

守木一介壮汉，鼓捣一个老太太自是不在话下。他不顾段老的倔脾气，如厕更衣如影随形，尴尬也罢，老太太满嘴里念念叨叨地抱怨也罢，他一概不理，只管确保老人家不摔不跌。段老的弟子见守木尽心，就偷偷地塞些小费与他，有百元的大钞，有十元五元的散钞，更有一些旧衣物，让守木给老婆孩子穿。长菊对意外之物向来是抱持着欢喜之心，守木带去的旧衣服，她能化腐朽为神奇，过大的童装，她剪一剪，缝一缝，给宝贝穿上，再合身不过，污损了一角的宽身棉布罩衫，长菊绣一朵玫瑰上去，再点缀一根深色腰带，就成了不折不扣的时尚霓裳。在蓝霜狐出现以后，长菊的态度随即陡然改变，她对旧衣旧物嗤之以鼻，守木再度欢天喜地地驮回去，她恶毒地说，你直接扔给叫花子得了，要不，丢垃圾筒也成。

守木怎么舍得给叫花子呢，丢垃圾筒更是天方夜谭，他就转手送给昔日的工友们，有家有室的工友，人家千恩万谢地收了，就有好事者暧昧地提醒他，守木，你别光顾着赚钱，老婆要看牢！守木心头咯噔一下，追着问下去，口风就紧了，说看牢就成，没别的意思。就转移了话题，问他雇主好伺候不好伺候，工钱是逐月发放还是拖欠着，活路是烦琐是单一等等。一位有些年纪的电工先是蹲在工棚一角，一言不发地垂着头抽烟，抽了半截，突地往地下一掷，闷声说，小伙子，还是天天儿跟老婆一个炕头歇息的好。工棚顿时静了，这没头没尾的一句，让守木云山雾罩的，找不着北。他想了一想，老老实实地回答，做护工需要一天24小时待在雇主家里，连节假日都很少的，请一天假，是要扣工钱的。电工没好气地抢白他，工钱重要，还是老婆重要？守木觉得这问题的设置本身就很滑稽，他就笑着说，两个都重要啊，缺一不可的。电工脸就沉了，不耐烦地挥挥手，说，榆木疙瘩，等你开了窍，已经时过境迁了。大约是守木的恨铁不成钢很是令他气愤，他的一句话里，憋出了滥俗的俚语和文绉绉的成语，而守木则彻底被搅晕了，他直觉有什么不对劲的地方，可没有人为他解惑，他们同情的目光像一堆高大无序的荒荆野棘，将他彻彻底底地淹没。

守木把这一切归结于蓝霜狐，该死的皮大衣！回段老家的路上，他骑车晃到那家店铺，在街沿边支起一条腿，隔着橱窗张望着，透过各式陈列品，远远地，他看到了长菊中意的那一款，长可及膝，微蓝淡灰，并不十分起眼。但是，此刻，它就是守木的命根子了，守木已经失去了真正意义上的命根子了，他的救命稻草就是那件三万块钱的皮大衣了，没有它，他的婚姻就是一根浮木，浪头一来，就会被击沉。买得起皮大衣的男人是有的，愿意为长菊买皮大衣的男人也是有的。他不买，别人会买。他买不起，别人买得起。别人除了皮大衣，还能给予长菊生理的狂欢。他明白的。他统统都明白的。

守木回到段老的住处，段老当天的最后一个病人刚刚离开，屋外的走廊里却还滞留着四五个人，清一色的女人。见了守木，一个五十来岁的妇人一把拽过守木的胳膊，将他拖到转角处，不容分说地往他的衣兜里塞钞票，卷成一团的，有好几张老人头。这番架势守木见得多了，一边推挡，一边笑着说，这招没用，老太太不会听我的，明日请早吧。那妇人不甘心，死乞白赖地缠着，说什么你在她家帮工，好歹能跟她搭上话，又说什么我们是老远赶来的，都来好几回了，每回都轮不上，又说什么她儿子前年出车祸没了，她老公怕绝后，要休她，除了求段老妙手回春，她是无计可施。守木对这类悲情故事已然无动于衷，每个不孕症患者都有一大把辛酸泪，起先他还怀着好奇的心理认真地听，多了，就腻味了，麻木了，以至于厌恶了。

让一让，请让一让。守木口中不住地说着，拨开那些妇女同志们哀求的双手，大步流星地开门进屋。进了屋，深吸一口气，到底还残留着一些众星捧月的尊贵。因为段老，连带的，他沾光成了不孕女性的追随者，她们千方百计地拦截他，企求他，贿赂他，指望他能在段老跟前美言美言，开开绿灯——段老自退休后，问诊地点就改在了家中，却是逐年来形成了一套刻板的制度，每天上下午分别接待一名病人，这简直无法满足众多慕名而来的求诊者，连复诊都煞费苦心，你知道的，中药的疗效不比针剂什么的，一次两次难见奇效，幸运的，七八次可能症状有所改善，棘手的，怕是得服一年半载的药。守木开头不甚明了段老的脾性，帮着病人相劝，段老神色冷淡，白他一眼，不予理睬。时日一长，守木可就开了眼了，为了求段老一帖药剂，通过段老昔日的同事说情的、一把鼻涕一把泪跪求的、拳头刀子威胁的，啥花样都来了，段老山石一般的，任凭风吹雨打，自是岿然不动。

通宵达旦在段老门外排队的，就不乏其人了，要命的是，排队还没用，不抢到头一号，根本就没有任何机会，于是，就有排两天队的，携着睡袋、快餐跟水，蜷缩在段老楼前的自行车棚里，有些是寂寥的一个人，有些是呼朋引伴的一大帮。守木暗想，如此发展下去，也许有人索性扎起帐篷来，生火做饭，开PARTY，把日子有模有样地过下去，说不定就此派生出一座新的市镇呢。

是的，段老就有这样的号召力，她的药剂虽非仙丹神草，却是的的确确抢占了送子娘娘的风头，三甲医院宣告治疗无效的顽固不孕症患者，到了段老这儿，往往是妙手回春，不多久就抱着大胖娃娃、扛着锦旗来报喜了。更多求子不得的夫妻就疯了似的围聚过来，以为段老是华佗再世。当然她不是，所以守木时常听见她暴躁地呵斥那种不死心的男男女女，段老说的是，不要再来了，绝对不要再让我看到你们！不要浪费我的时间和你们自己的时间，留点光阴做做别的事儿，摆正心态，面对你们这辈子不可能有子孙的现实，明不明白？要嫌闷得慌，就抱养一个，成不成？孤儿院里的苦孩子多了去了，大街上间天儿就有被爹妈抛弃的，要是喜欢孩子，哪儿没有？别来找我了，找孩子去！

段老有本事把人家训得哭天抹泪的，连男人都垂头丧气，眼眶通红。专攻中医的女性多半沾染了古典文字的气韵，讲话慢条斯理，做派儒雅斯文，段老却是两样的，她态度极其不好，能治的不能治的，一视同仁，言辞间极尽冷嘲热讽之能事。比如，炎症这么厉害？这就是一朝贪欢的后果！比如，人流五次？不要命了？既然命都不要了，还要孩子干吗？再比如，是拈花惹草了吧？面皮够厚实的啊，外头玩够了，有脸回家找老婆生孩子？美的你！

守木听了，掩嘴偷偷笑，段老一把年纪了，还这么伶牙俐齿的，兼且气大火旺，得理不饶人，实数稀罕。段老的弟子深知她的脾性，是不会贸然请她破例的，倒是守木生过心，要为张小裤的生育大事求她开后门。张小裤结婚有几年了，娶了个面薄腰纤的女子，是芭蕾舞团的招牌演员，有身份有姿容，可惜肚子不争气。守木就打算帮张小裤的忙，领他太太去段老那儿查查病。张小裤听了，握着他的手摇撼不已，道谢不迭，而后苦着脸咬文嚼字地说，老弟啊，皮之不存，毛将焉附？守木张口结舌，张小裤就凑近他的耳朵，解释道，你嫂子生过病，动了手术，把子宫拿掉了，你说说，这该怎么治？守木就知道了，张小裤他老婆是连盛装孩子的容器都没了，他们夫妻算是彻底断了念想，要是在农村，绝后不啻于生死大事，谁家要没后代，那是要遭人戳脊梁骨的，连祖宗三代的功过都是要被人评说的，一家子在四乡里都是低人一等的，走路小心翼翼，说话小心翼翼，谁都不敢惹，谁都不敢得罪。张小裤虽说仗势着他爹，有了纨绔子弟的派头，骨子里流淌的，还是乡村的血液——他和他爹全是地地道道的农民，他爹做了包工头，发了财，在城里买房买车买户口，但毕竟这一切都发生在最近十几年间，张小裤出生在乡野、成长在乡野，这样的事实还是不能抹杀的。守木听说张小裤的娘迁移城里后，在自家的别墅里挖了一口大灶，到处搜罗木板木条，劈开来，就是一家子的燃料，木柴当然是不好找的，因而张小裤的娘每日主要的工作就是捡柴、劈柴。

作为正宗的农民子弟，张小裤断后的现实，就分外悲惨了，守木就格外同情他了。虽然他和张小裤若是同时放在天平的两端，从财力上是无法平衡的，从男性功能的完整性上也是无法平衡的，但是在家庭结构上，张小裤是输家，输到永无翻身出头之日，即便宝贝是女孩，不能承担传宗的重任，好歹，是守木的血脉。守木残了，守木不能再让宝贝有弟弟，不过守木可以高扬着捍卫计划生育这一基本国策的论调，遮掩他的缺陷，谁能判断他是不愿超生二胎还是不能超生二胎呢？张小裤就不成了，张小裤的不完美，一目了然。爹的财富，老婆的美色，哪样都无法弥补他的不幸。在守木看来，那是比自己失去男人性功能还要巨大的不幸。有了这样的不幸，守木在张小裤面前，就不那么卑微了，他们的交往就建立在了相对平等的基础上，张小裤称他为兄弟的时候，他是由衷地答应着，他放放心心地拜托张小裤照料长菊和宝贝，甚至思忖着，张小裤那么疼爱宝贝，要是张小裤不嫌弃，哪天主动提一提，两家再走近一步，让宝贝认张小裤做干爹。

守木脑子里的词儿不够丰富，每当触及张小裤的遭遇，他能想到的就是一句俚语，家家有本难念的经。张小裤的经难念，他守木的经同样不好念。长菊给了他一道天大的难题，题目的答案倒是现成的，然而解题的过程却是艰难的，艰难到了可怕的程度。

段老的降压药是每天必吃的，她吃药有个与众不同的习惯，先是捏弄着药丸，把玩一阵，然后随手往半空一抛，伸长脖子，噘尖了嘴，准确地接住，咕咚，吞下去，不用水送的。当着人她不这样，守木在侧，她是正正经经地将药放到嘴里，规规矩矩地喝一口水，咽进去。若是守木不在，她就像个淘气的孩子了，玩耍着药丸，抛向空中，稳稳地、毫厘不差地接住，脸上现出稍许的得意。这近乎可爱的小动作，守木无意中撞见过几回，只觉得好笑，并没往心里去。而今他却是刻意回避着段老了，服药时间一到，他便搭讪着走开，躲到门外，偷看段老饶有兴致地重复她的小把戏。

做观众的滋味并不好受，药丸进入段老口腔的过程，守木犹如面对一部惊悚片，心惊肉跳，手心脑门后背全是汗，好比凶手骤然发力，猛刺一刀，迅速闪身，遥遥地窥视伤者疼痛、血涌、挣扎、呻吟，直至呼吸停止。观看比出刀本身更为残酷，守木想象着下一秒钟，段老脸上就会现出痛楚的神情，晕厥，然后，死亡，他每每被虚构的意象搞得大汗淋漓，濒临崩溃。

偏巧段老的弟子纷纷提醒她，高血压是不能停药的。坚持服药，就是胜利。他们这样说着。守木在一旁斟茶送水，听到药这个字眼，手一抖，茶壶里滚烫的水倾倒而出，以守木的双脚为中心，泼洒一地。弟子们关切地询问，烫着没？烫着没？守木是急速地跳了起来，逃过一劫。段老的女弟子就帮着他清扫地面，清除残渣。忙活一阵，段老发话了，段老说，天不早了，守木你加两个菜。这意思就是留客了。段老极难得留弟子吃饭，弟子邀她出去吃大餐，她亦是不去的，她喜静不喜动，对热闹场面，本能地抗拒着。这几位弟子，是在地图版面上靠近边缘地带的一座县城医院的妇科大夫，穿山越岭而来的，倒算不得正宗传承了段老的衣钵，说是二十来年前到段老供职的中医院进修过，此番出行是为一例疑难病症，有试图攻克世界医学巅峰的气势，在正式进行手术前，已经遍访了省城三甲医院的西医，最后一站，是到段老处。段老详细看过了患者的材料，提笔开出几味草药，以作固本强身、辅助治疗之用。段老破例地放弃了午休，神采奕奕地与来自县城的大夫们畅谈此例怪症。

厨房里的储备有限，守木就又跑了一趟菜市场，一番煎炸烹煮，弄出了几样家常菜，有牛肉白菜粉丝煲，有清蒸鲈鱼，有素炒冬瓜虾皮，有菠菜猪肉丸，有香菇菜心，有青椒面筋，都是按照段老的口味来的，没有特意迁就客人。客人们却很捧场，喝彩不说，将盘碟都吃得见了底。

晚饭后客人们散了，守木洗过碗，以为段老歇息了，没想到她坐在屋子里等着他，没开灯，电视开着，屏幕闪着幽蓝的光，音量很小，以往这就是段老的催眠曲了。段老看着看着就睡着了，守木便去关电视，关窗户，关门。他从藤椅上拿起遥控器，正要按关闭键，床上半倚着的段老忽然开腔了，段老说，你有心事？

呃，那个，我……这问题来得唐突，守木舌头就有些打结了。下午就瞧你闷闷不乐的。段老接着说，并不抬眼看他，微眯着眼，声音低微，很疲倦的样子。守木的心轻微一颤。尽管是耄耋之年，行动不便，段老却是火暴脾性，嗓门很大，讲话干脆利落，以至于有简单粗暴之嫌。守木没见过她这样，温和、平缓，无限的熨帖，再加上语调与姿态中有无尽的倦意，简直有点、有点——美？不对不对，段老是鹤颜鸡皮的老太太了，即使年轻，估计也不能划拨入好看的行列，她的身胚属于牛高马大的类型，难以激发雄性软玉温香抱满怀的渴望。究竟是什么东西导致了守木心头那轻微的一颤？

守木想不清楚，他无法用言语来形容一个意象—— 一具庞大的身躯里栖居着一颗柔弱的灵魂，他只能诧异自己胸口的异常悸动。

这些天你都蔫头耷脑的，咋的啦？挨老婆骂了？段老说着说着，就把自己给逗笑了，是轻笑一声，在光影灰暗的蚊帐背后，有着说不出的蛊惑。这完全不是段老了，她从不这样笑的，她的笑通常只有两种，一种是讥讽的冷笑，挂在嘴角，不出声，另一种是朗声大笑，张开满是假牙的大嘴，呵呵呵呵的，跟东北汉子似的，纵情、肆意。守木不吭声，他是不敢吭声。老太太真他妈的细致，自己的情绪变化全被她看在眼里，她还知道些什么？那药——守木不愿意想下去了，没谱的事儿，何苦自个儿吓唬自个儿？

036

守木不配合，段老就无趣了，不再追问下去了。那水没烫着你吧？段老问。守木说没有没有。这是藏药，我有学生在西藏的部队里做大夫，寄给我的。段老摸着黑，从床头柜里掏出一个盒子，递给守木。这药对烫伤很有效的，你在厨房里热锅热油的，难免有个磕绊，一般的伤口，擦这药就成。段老说。守木道过谢，安置段老睡下，回到自己的小屋，合衣躺倒，脑子里徘徊着蓝霜狐、降压药升压药、长菊、宝贝，往复不绝，直到足部传来的一阵隐痛打断了他。他脱了鞋袜，原来那壶泼倒的茶水到底闪躲不及，脚背红肿了一大片，一层褪掉的旧皮黏在了袜子上，露出细嫩发红的内里。守木这才觉着痛，从隐痛变成了剧痛，一痛就痛狠了，全身的疼痛细胞都激活了，痛得他龇牙咧嘴。他忙拿过段老给的药膏，厚厚地敷在伤处，药膏的清凉徐徐浸进了皮肤深处，逐渐的，那疼轻了些，再轻了些，竟是止住了。

夜间被伤脚一折腾，守木就起晚了。段老已经坐在书桌前，面前摊开一本书，守木踮起脚尖，蹑手蹑脚地走近，发觉她并未读书，双眼望着窗外的院落。有女工在弯腰打扫，下过一场雪，低洼地带堆积了薄薄的白雪，未枯的树木，密集的枝叶也变作了灰蒙蒙的白色，像某种盐，几片落叶横陈院中，女工弯下腰，一张张拾起。

"夜总是太长了些。"段老蓦地说道。守木吓了一跳，她背后生得有眼睛？

"昨儿下雪了。"守木牛头不对马嘴，慌乱中信手拽过一张抹桌布，擦拭家具，他偷眼瞟瞟段老，晨露湿润，青衣起伏，那景象颇具诗意，而段老肌理松弛、皱皱巴巴的脖颈尤为生动，守木盯着那里，目光里有两只手已经伸了过去，扼住，稍一用劲……

"我饿了。"段老头也不回地说。

"对不起，段老，我马上准备早饭。"守木又吓一大跳，急慌慌地答道。

守木被段老的脖子搞得心神不宁，打破了碗，焖煳了饭，一锅稠粥散发着凝滞的煳味儿，段老用勺子搅了搅，轻描淡写地说，煳了呀。守木尴尬地摸摸鼻尖，试探着，要不，倒掉重煮？闻听此言，段老发火了，猛地摔了筷子，高声责问：米是怎么种出来的？城市孩子不知道，你该知道的吧？你就用这种草率的态度对待米？守木表面恭顺地听凭她教训，却是惊觉双手脱离了自己的指挥，暗自握拳，暗自使力，他费了老大的劲才控制住自己，不让嚣张的手冲向段老。

离开段老的房间，守木嘘出一口长气，整个人像一堆垮掉的沙袋，瘫软在地，他问自己：我想干吗？难道要面对面地掐死她吗？他闭上眼，不，他做不到。

咚咚咚。守木跳了起来，这是段老在戳地板。她生气的时候，从来不叫他，有需要了，就有手杖戳地板。老房子铺着斑驳破旧的木头地板，遍布裂缝，手杖一顿，动静就大了。段老，什么事？守木离书桌几步远，站住。段老沉着脸，说，烧水，洗澡。

守木就去烧水了。段老的厕所陈设有限，热水器倒是有的，可惜是连乡下都摈弃掉的款式，相当于一只大铁桶，接根橡皮管子，再接一只淋浴头，用的时候，冷水热水一块儿往里兑。段老不差钱，身为老专家，她的退休工资足够温饱，尚且有诊疗费作外快。当然，她的诊疗时间是有规定的，诊疗费随之体现了物以稀为贵的市场经济原理，每位六十元。这就不便宜了，能吓退一大帮草根阶层的患者。事实是，段老逆潮流而行之，有嫌富爱贫的趋向，诊断时往往出言不逊，收钱就马虎了，马虎到了全然不计较，她是只认秩序，不认金钱的。要是人家说几句家道中落、穷困潦倒的企怜之语，愁云惨雾地在皮夹里摸索一阵，她便全面瓦解，手一挥，说，算了，别给了。有了特赦令，厚颜的，欢欢喜喜地扬长而去，敦厚的，无论如何要有所表示，几元、十几元不等，是一定要给付的。段老收了，胡乱塞进抽屉，平日支出是从里头抓取，前面已经说过了，她的钱，看似散乱，实则数额清晰，要想浑水摸鱼可不容易。不过自打有了对守木的口头与书面承诺，那抽屉就被段老锁了，她另换了身边另一侧的抽屉，继续乱七八糟地朝里塞钞票，抽屉里新增的钱，连同段老存在银行里的钱，守木一直不知其用，猜想大约段老自己亦是糊涂的。直到段老向弟子叮嘱身后事，守木方才略知一二。段老的弟子不乏高官厚禄之人，段老把他们召集起来，段老对他们说，我最烦虚伪。段老对他们说，我承认我是沽名钓誉的。段老对他们说，我的遗产，除出赠给护工的三万块钱，其他的，全部成立基金会，以我的名字命名，奖励医术卓著的青年大夫。段老对他们说，我的钱也许不够，你们就一人添一点儿，但命名权可不能含糊，我是独家的。段老的弟子点头不迭，拍着胸脯保证完成任务，出得门来，语重心长地对守木说，小伙子，你够幸运的，老人家的手攥得紧着呢，谁都用不着她一分钱，一口气留给你三万，不容易啊！守木就说，我会尽心尽力照料段老的。

段老洗澡是不脱内衣的，松垮垮的男式背心跟宽大的纯棉平角裤，水一冲，就透明了，穿了与没穿无甚区别。守木委婉地表达这一层意思，段老愣是不理，执拗到底。守木替她搓澡实在是一场角逐，一方面，她死命抗拒着，一方面，又无助地依赖着。守木就得演戏啊，好似漫不经心，却又丝毫不能松劲儿，手一松，老太太就挣脱了，挣脱不要紧，厕所里湿滑着呢，一不当心，澡没搓好不说，弄不好还跌一大跟斗。段老的弟子是千叮咛万嘱咐过的，尽量用深入浅出的语言告诉守木，老年人的骨骼不同于年轻人，是脆的，缺乏韧性，像玻璃那样，一折就断，摔跤可不得了，不能再让段老摔了，再摔，恐怕就彻底瘫了。

守木就一只手抓紧段老，一只手拿毛巾给她擦洗。段老有肩周炎，背部的清洗就全靠守木了，表面上她是不承认的，她嘟嘟囔囔地抱怨着，她咕哝着说，走开，你走开，我自个儿能洗。守木听而不闻，往掌心里倒了沐浴露，揉出泡沫，一股脑儿地抹在段老身上，准确地说，是抹在段老的内衣上，他不管，索性把累赘的内衣当搓澡巾，一通搓揉。段老哼哼唧唧地，仿佛一头被擒拿的小兽，不住地挣扎。守木的手移到了段老的脖颈处，不知怎么的，那个幻象再度现身，一使劲，脆薄的骨架像空心的枯木一样断掉了。想着想着，他有些出神了。

段老嚷嚷了一句什么，守木一惊，清醒过来。他以为自己失了手，定睛一看，见鬼了，他竟一下一下，极轻极温柔地，抚摩着段老的后颈窝。我他妈是中邪了吧?! 他自嘲地想着，加重了力道。段老低低叹息一声，自言自语地说着……男人的德行，从头到尾，我是一清二楚的……守木就问，什么德行？段老打鼻孔里哼哼一声，说，这世上的男人，十个有九个是色狼。守木笑起来，说，您老别那么绝对，一篙打沉一船人。段老说，我不是还剩着一个吗？守木问，对了，那剩下的总归是好人吧？段老说，剩下的，那是太监。守木笑得更厉害了，说，段老，您挺有幽默感呢。段老不笑，绷着脸，强调自己的观点，男人是贪得无厌的动物，这道理，我老早就明白。守木试探地问，段老，您过去是受过感情的伤害吧？段老冷笑道，受伤害的，那都是一群笨蛋，我可不会眼睁睁往火坑里跳。守木忍不住辩驳，段老，难道男人都是火坑哪？段老直言不讳，说，不是火坑是什么？瞧瞧我都多大年纪了，够做你奶奶了，你脑袋瓜儿里还在想些什么?! 守木恍然大悟，这老太太是会错意了，将他刚才的抚触往情欲那条道道上考虑了。守木简直抓狂，老太太把自己当什么了啊，在他守木眼里，段老就是一具有呼吸、无性别的肉身而已，衰朽、病弱，跟死神一墙之隔，岂有他思？

这话，守木不能说了，说了，就伤着老太太了。段老却又误会了他的沉默，说话了，说了一大篇话，大意是，别担忧，男人见色起心，一时忘情，是正常的，只要保持足够的理智，把色心牢牢揣在肚子里，别蹦跶出来，大家相安无事就好，她是一言九鼎的，不会因为这个，取消对于他的馈赠。守木哭笑不得。洗过澡，守木把段老背回房间，段老腿骨折以后，迟迟无法康复，她的行走工具就是守木的背，稍远的路程，依靠轮椅。

段老蒙在被窝里换湿了的内衣裤，换完，段老坐在一旁烤火，守木拆换被褥，累得一头汗，段老忽然说，你多包涵，我这人，有些怪脾气，你多担待。守木笑笑，他想起一个有趣的问题，就问段老，假如在她二十来岁的时候，一个男人，倾家荡产，为她买心爱的衣物，她会嫁给他吗？段老问，什么衣物？守木说，比如皮大衣，蓝霜狐的，几万块钱的皮大衣，一个男人倾家荡产为你买下。段老说，我想想看。她果真认真地想，嘴里无意识地重复着几个关键词，二十岁，倾家荡产，心爱的衣物。守木催问，说，会吗？会嫁给他吗？段老迟疑一下，说，会吧，也许。说完就莫名其妙地烦躁了，摆摆手，说，你慢慢收拾，我看会儿书。于是，两个小时以后，守木又站在了皮草铺子里，他想再看看那件皮大衣。一个独身主义的高级知识分子尚能为此动摇，何况眼皮浅见识少的长菊？他一天比一天更加理解长菊对皮大衣的渴望，也一天比一天更加坚定了为长菊达成心愿的决心。

临近年关，客流明显增加，多是女客，多是以贪恋的眼光逡巡着，无人下手。守木在其间，是个异数。守木是布衣打扮，又是男人——男人是有的，不过人家出手阔绰，要么给自己添件皮夹克，要么给自己的女人挑选礼物。一位中年男士，戴着粗大的黄金项链、左右手各一颗硕大宝石戒指，抽出一大叠人民币，老板谄媚地笑着，眼神和笑容里分明有无数只伸长的爪子，恨不得齐齐发动，夺过那叠现大洋。守木不错眼珠地注视着这有钱有派的家伙，估摸他手中那沓钱的金额，一万？两万？三万？不止是守木，那几位珠光宝气的女士不约而同地艳羡，等着这家伙说出，皮大衣，或是，皮夹克。老板甚至准备好了包装袋，是大衣专用的，比通常的服饰袋大一号。然而事情接下来发生了戏剧性的转变，阔佬从那厚厚的一大摞钱里头，刷刷刷地抽出三张，啪地压在柜台上，指指货架，以指点江山的气势说，皮手套，给我包起来！刹那间，包括守木在内的围观者，不约而同地泄了气，女士们眼中尽是鄙夷，老板尽管满口应着，好好，脸上却是明显的失望。

买双手套，用得着使那么大劲？那家伙前脚一走，老板就嘀咕一句。显摆呗，一位熟女接口道。该女染了彩色的头发，绛紫与雏菊黄间杂，看得守木眼晕。老板，今年是怎么回事？快过年了，还这么冷清？熟女翻捡着杂陈的皮草披肩，跟老板搭讪。还不得怪该死的金融危机！老板紧拧双眉。守木在一旁，想，金融危机是个啥？他目不转睛地望着长菊中意的长大衣，趁两人交谈的间隙，大着胆子问，老板，这件大衣……老板用眼角的余光瞄他一眼，看出不是掏大钱的主儿，不搭理，继续跟熟女聊天，说，往年都是节后搞促销，这架势，看来得提早了……守木提高音量，说，老板，这件大衣……老板打断他，不冷不热地反问，你要买？守木吞了口唾液，说，我是问，这大衣，有多少件？老板似笑非笑地瞅着他，怎么，你打算买多少件？守木豁出去了，索性实话实说，我给我老婆买，钱没凑够，我怕钱够了，衣服又卖了。老板感兴趣了，凑拢来，说，小伙子，你好眼光，这件是蓝霜狐的，知道啥叫蓝霜狐？它爹是银狐，它娘是蓝狐，混血儿，稀有品种，自然繁殖稀少得很，要靠人工授精的！这番话，守木听过了，截住老板，再次问，店里有多少件？老板笑了，老板说，小伙子，你当是普普通通的呢大衣，同一款式好几件的？守木一听，急了，忙道，我老婆就看上这件了，老板你能不能给我留着？老板说，那怎么行？我做生意呢，做生意就是对所有的顾客一视同仁，先到先买。守木就没辙了。老板微微一笑，说，有个办法，我倒是可以替你单留着。守木迫切地问，什么办法？老板说，要不，你先交一笔定金？守木嘴唇发干，嗫嚅道，我就带了一百多块钱……老板耸耸肩膀，说，那我就爱莫能助了。一转身，对守木弃之不理，招呼别的顾客去了。

守木怏怏而归，他想到自己的三千块钱，从银行里取出来，交给老板做定金吗？定金守木是领教过的，在工地受伤以前他动过念头，把爹娘在老家的房子翻修一遍，他和长菊到砖厂，交了两千块钱定金，预计年底动工。谁曾想中途守木伤着了，修房子的事就暂且搁下了，去砖厂退定金，对方死活不同意，拿出法律条文，唬得他们一愣一愣，最终守木判定，不用武力，休想拿回那两千块。权衡再三，他自认晦气。我们知道的，守木基本上是遵守法纪的好公民，他没想怎么着，在一些日常的争执中，他从大局出发，理智处置，不惜忍辱负重。他的克星是长菊，用更为准确的说法，是爱情，爱情是守木的底线，是他过不去的一道坎儿。

领教过定金厉害，守木就不能轻易交纳了，缴纳了定金，意味着他必须在精确的时间交出剩余费用，中间的风险不言而喻，毕竟他的筹资过程是杀人的过程，杀人本身就存在着巨大的不确定性，他无法保证其成败。若最终失败，抑或有突发状况，总之，如果钱不能按时到位，定金就打水漂了。他的脑子没烧坏，在定金上吃过一回亏，他不会再来第二次了。

进屋前，守木照旧被痴痴等候的患者纠缠，他摆脱这帮求子心切的娘们儿，哐当关上门。段老坐在书桌前，膝盖上搭了床柔软的毛毯，洗得很旧了，花色模糊。回来了？段老回首张望。我买菜了。守木示意手里拎着的鲫鱼青菜金针菇，午餐他熬鲫鱼汤、炒青菜、凉拌金针菇。这是段老的弟子开列的食谱，段老的几位女弟子已是花甲之年，讲究饮食均衡，有闲心的，每周制作食谱，顺带捎给守木，让他照做。守木就省了心，乐得依葫芦画瓢。

过来，陪我说说话。段老发出指令。守木惊诧了，老太太挺瞧得上他啊，之前她对着他，少言寡语的，跟泥雕木塑似的，就算守木苦苦找出话题来，她都是一副爱答不理的表情，难得这些天频频找他闲谈。守木把菜放到厨房里，为段老斟一杯三七花茶。三七花茶适合高血压患者，是段老的弟子送来的，她隔三岔五喝来着。

段老啜一小口茶水，指指书桌对面的竹椅，那是患者的座位，守木一屁股坐下来，感觉自己成了无影灯下的病患，是通透的、难以遁形的。段老问，你读了几年书？守木不好意思公布自己的学历，打岔说，段老，我是天生的厌学症。段老又问，你喜欢读小说吗？守木挠挠头，说，我原先读过连环画，《水浒》《三国演义》都读过，那是小说吧？段老自顾自地说下去，康·帕乌斯托夫斯基在他《一生的故事》里面写过一段话，他说，我在想，要是有人对我说，这生活，连同它的爱、它对真理和幸福的渴望与追求，还有这夜间的闪光和远方哗哗的流水声，都是没有意思、没有意义的，不管是谁这么说，我永远都不会相信。

这句话里包含的词汇量太过繁复了，守木简直招架不住，他接受不了如此众多的信息，在他听来，不过是一堆支离破碎的元素，他拼凑而不得。

人生是很有意思的，对吧？段老望着他。守木急中生智，说，是的，段老，想想看，米饭非常香，菜肴十分可口，这儿没有海啸，没有地震，活着确实是很好的。他不知道这话有没有牛头不对马嘴之嫌，段老却是话锋陡转，段老说，洗澡那会儿，你问我，若是有男人买给我蓝……她皱起眉头，蓝什么大衣？守木心头一跳，老太太要说什么？面上若无其事地说，是蓝霜狐，段老。段老说，对，是蓝霜狐，你问我，要是几十年前，有男人为我买蓝霜狐的大衣，前提是，倾家荡产地博我一笑，我会嫁给他吗？守木顺着她敷衍道，是啊，段老，您会嫁给这样一个男人吗？假如他不惜倾家荡产地为您买心爱的大衣？守木就想笑，守木想，难道是他那个完全不靠谱的假设，触动了老人家未灭的春心，她是要一本正经地思考并答复？没想到段老说的是，你的问题，让我想起很多很多年前的一桩往事，古诗里说，当时已惘然，我就是那样的状况，这么多年过去了，我差不多都忘掉了。顿了一顿，她接着说话，是很长很长的一段话，由于断断续续，仿佛被拦腰斩成了许多截，是一条斩筋断骨的蛇，蠕动着，挣扎着，苟延残喘似的。

段老说，我是出生在新中国成立前的。守木在心里回答，废话！段老说，在我年轻的时候，在我们那里，娶亲是最隆重的礼仪。守木点头，旧时的婚礼，他常听长辈讲述，归纳一遍，其实各地的繁文缛节如出一辙，抬花轿，拜天地，摆宴席，闹洞房，一样都少不了。守木就说，婚宴上的肉，有小孩子的拳头那么大，油闪闪的，看了就馋。段老被他这么一打断，就静默了半晌，像在努力追忆那些遥远的片段。终于，她说，在我家乡的小镇，在体面人家里，流行着一个特殊的风俗，夫家须得给未过门的媳妇买一件像样的皮大衣。守木忍不住笑，说，段老，您老家的乡亲挺有钱哪。段老并不作答，段老说，我家里，给我订了一门亲。守木静了，竖起耳朵，这是故事的重点了。段老说，对方家与我的家，门第相当，都是破败的读书人后裔，家境不是太好，却死要面子活受罪，不过在拜堂成亲以前，他们家总算依照习俗，凑齐了买皮大衣的钱。段老说，小镇上没有卖皮大衣的铺子，父子两人就上路了，他们要去大城市，去有卖皮大衣的地方，为我买一件崭新的皮大衣，这是让整个婚礼变得风光轰动的要素之一。段老歇了口气，然后说，我记得婚期定在春天，在我的家乡，到了春天，就会有各种各样的鸟，燕子、布谷、麻雀、黄鹂，它们的歌声在天空绽放，好比灿烂的花卉在原野里开放。守木耐着性子听，看不出老太太挺会铺垫和渲染的。鸟儿们在三月歌唱，惊蛰一过，雨就来了。段老仍是不着正题地说着。段老说，小镇是在偏远的山区里，要到有皮大衣卖的大城市，需要步行，需要乘火车，即使不耽搁，一趟至少也得十来天。段老说，他们父子出发去给我买皮大衣，是在二月末。段老说，到了三月，鸟儿们飞来了，他们没有回来。段老说，到了四月，雨季来了，他们没有回来。段老说，春天过去了，夏天来了，他们没有回来。段老说，夏天过去了，秋天来了，他们没有回来。段老说，秋天过去了，冬天来了，他们依然没有回来。我们注意到，这个简单的句式被段老反复使用，而守木听得直想撞墙。段老最后说，到了第二年的春天，他们还是没有回来，他们一直都没有再回来。

　　守木直觉地反问，婚礼怎么办？段老奇怪地看他一眼，说，新郎和他的父亲失踪了，婚礼肯定没戏了。守木傻乎乎地问，他们去了哪里？段老说，那一阵子，有三支军队经过小镇附近，一支是日本军，一支是国民党的军队，一支是游击队。段老说，这三支队伍交集的结果是，一场小规模的战争爆发了，这场战争持续了两天两夜。段老说，战争结束以后，有一小拨人失去了行踪。段老说，这群失踪的人，有四个不同的去向，绝大多数死于非命，死去的方式又各不相同，有中子弹的，有中炸弹的，战火中的死亡，以体无完肤的居多，具体的数字很难统计。另外的，有成为日军战俘的，有加入国民党军队的，有加入游击队的，这些数字当然也无从核实，因此，不少失踪人员的流向，都只有依靠推测，无从核实。段老说，去为我买皮大衣的父子二人，就在这些无从核实的人员之中，没人知道他们的准确去向。守木急着问，那后来呢？诗意盎然的语言，加上段老苍灰的眼珠里渺茫淡远的气韵，就造成了荡气回肠的效果，守木喉咙里有点哽，没有说话，顿了一顿，她说，没有后来了，我的婚礼，被迫取消了。

守木眼前发亮，他在寥寥数语中窥见了段老的大秘密，该女终身不嫁的因由，果真是为了男人，一个一去不回的男人。守木曾经就此话题，很八卦地询问过段老的弟子，但她的弟子们没有给出任何答案，不是讳莫如深，而是一无所知，显然段老的情感生活是从未被破解的谜题。因而窥破秘密的成就感让守木喜不自禁，他脱口而出，段老，您是因为这个男人保持独身吗？段老神色惊异，怎么会呢？当然不是！守木一愕，不是？段老再度肯定，不是的，我压根儿没打算要嫁给这个素昧平生的少年，我才十六七岁，不想被捆缚在一间幽深的庭院里，相夫教子，残度此生。守木笑了，守木说，那是老天爷成全您，否则，皮大衣买回来了，人也回来了，您不嫁，还能怎么样呢？段老说，我早就打定了主意，等他们一回来，我就离家出走，父母之命不能违，我逃还不成吗？守木想说什么，段老摆摆手，说，我累了。守木轻声说，您歇歇吧。段老已经微闭了双眸，脸上疲态毕现。守木拉上窗帘，把她膝盖上的毛毯往上拉一拉，遮住胸口，段老突然嗓音低微地说，这些事，我没有跟别人讲过。守木赶忙说，我会保密的。段老恹恹道，我这一生，经历了太多……守木恭恭敬敬地站在一旁，等她说下去，可是，她却什么都没有再说，眼睛紧闭，睡着了。

度过乱世，又度过了太平盛世的八旬独身老太太，肯定不止那一点点不成形的咸湿往事，守木是知道的。他是否第一位听众，他不得而知。不过这并不重要，在退出房门前，他看了看段老皱纹密布的面孔，天晓得，他看到的不是段老，而是那件挂在店铺里的蓝霜狐大衣，它穿在了长菊的身上，他的长菊，有了昂贵衣饰的映衬，一定高贵优雅，如同至尊的公主。守木对自己说，有了那件大衣，长菊就会回到原先的模样，善良、贞洁，安安心心地做他的妻子，做宝贝的母亲，在他的生命里寸步不移地坚守着，就像一棵树。

趁段老闭目小憩，守木就到厨房里烧饭。他的手机嘀嘀响，是短信，长菊发来的。长菊的口吻咄咄逼人，长菊说，到除夕，还剩八天，婚姻的命运，攥在你的手里。守木脑子里嗡嗡作响，他绝望地坐下来，对照墙上挂着的日历，掰着手指头数数。一天，一天，又一天。他的数学再差，也知道长菊的提示是准确无误的，八天，他还有八天。但是长菊没有概括完整，这八天，决定的不止是婚姻的命运，还有他辽阔的人生。失去了长菊，他的未来是苍茫的，就像大雾的旷野，不辨南北。

屋子里传出咚的一声巨响，守木下意识闯进去，一眼看到书桌前打盹的段老不见了，她坐惯的那把椅子空空荡荡的。守木懵了，老太太呢？他再看一眼，立即发觉了不妥。段老跌倒了，一动不动地趴在光线黯淡的屋角，额头抵住椅子，有暗红的液体蜿蜒淌过，越来越稠，越积越多。守木没有即刻上前搀扶，没有拨打急救电话，他什么都没有做，像是被施了定身术似的，僵立着，眼睛一眨不眨地凝视着地上的段老。老太太匍匐在那里，庞大的身躯显得非常非常细小，非常非常纤弱，如初生的婴儿，这是多么奇异啊。

现在，守木笑容满面地站在了长菊面前，手中拎着一只张扬的服装袋，说它张扬，是源于它的颜色、体积、图案，首先，它的体积比一般的袋子大，同时，底色全黑，而图案是人像，外国男性的头颅，黄头发，微微倔强地仰起。守木拎着这样一只服装袋，精神抖擞地出现在长菊跟前，像袋子上那个外国男人一样昂扬。

这一天，距离除夕，尚余三天。长菊在屋子里生了火，烤着火，正在织毛衣。守木和他的服装袋令她一震，毛衣险些滑跌到火堆里。守木手疾眼快，一把抓住毛衣。长菊接过来，嗔怪道，怎么不打个电话？守木幽默感发作，说，何必浪费电话费，你能上哪儿去？难不成还能背着我跟人私奔了？长菊把毛衣塞到床褥底下，宝贝躺在粉红的被子里酣睡着，守木凑拢去，闻到一股清甜的奶香，忍不住吻了吻女儿的小肥脸，顺手把毛衣翻出来，细细一看，是男式的，式样简洁，织了一大半了，他蹙眉道，怎么选白色？白色多不吉利啊。长菊说，有啥不吉利的？人家城里人可不是这么看的，新娘子的婚纱都是白色的。守木摇头，说，我不喜欢，你该问问我的，大过年的，给我织件红色的多喜气。长菊说，下次吧，下次再给你织红的。守木又比画了一下，狐疑道，袖子短了一大截呢，你忘了我的尺寸？长菊劈手夺过来，不悦道，我不是专职裁缝，谁能记得那么准？守木不想惹她生气，呵呵一笑，说，没关系，没关系，改改就行，看看我带什么来了？把袋子递到长菊眼前，长菊打开来，守木预想着的惊呼、亲吻，一一现身。

没错，长菊在看到那件蓝霜狐大衣以后，先是尖叫，接着就在守木脸上结结实实地吻了一下，然后说，谢谢，谢谢你，我就晓得你会买给我的，这仪式跟守木的设想一模一样，可是，慢着，守木总觉得有什么地方不对劲，是什么呢？他凝望着长菊脱掉外套，穿上大衣，在镜子前面走来走去，蓦然间，他明白症结所在了，是的，长菊的兴奋离他的预期相差太远了，她是惊呼了，她是吻他了，然而，这吻的重量不对，轻飘飘的，性质也不对，类似于他吻女儿的感觉，那种情理之中的，窒息般的惊喜，暴风骤雨般的热吻，全都没有。这是为什么呢？守木一时想不清楚，他简单地归结于自己的残缺了的身体，自打受伤以后，他和长菊都尽量避免着亲热的动作，至于喜悦的不到位，大概是礼物突如其来的缘故，乍然实现了夙愿，长菊需要一个足够的心理适应期来释放她的情绪。

接下来你是怎么安排的？长菊转过身来，看着他。守木没吭声，他在考虑。我们是回老家，还是……长菊停顿一下，说出一个血腥而凄凉的词语，逃亡？守木不假思索地说，回老家，要能争取到时间的话，咱们回老家看爹妈去。长菊深深凝视着他，叹口气，说，守木你真是个傻瓜。守木笑起来，守木说，给你买大衣，我就成傻瓜啦？长菊仍是叹息不止，守木就问，是高兴坏了，还是不高兴？长菊不作答，她走过来，做了一个很家常很不浪漫的动作，替守木拍打了一下衣领处散落的头皮屑，守木的头皮屑是很多的，他的衣领和肩膀由此布满了小碎点。守木有点尴尬，守木说，这几天没来得及洗头。长菊并不接茬，长菊转而说，在家吃饭吧？守木说吃。长菊说，晚上我给你做卤肉手擀面。守木说好。卤肉手擀面是他最喜爱的食物，做起来却是很麻烦的。长菊换掉了大衣，整整齐齐地叠好，放进服装袋，她打开简易衣柜，把服装袋搁了进去。我去买面粉，长菊交代道，等会儿宝贝醒了，你喂她喝杯白开水，抽屉里有橙子，你剥半个给她吃，别让她吃太多，气温低，容易闹肚子的。

于是守木就跟宝贝待在一块儿了，宝贝睡醒了，先是哼哼唧唧地哭闹，要妈妈，守木说妈妈买好吃的去了，宝贝还是哭，哭着哭着就说要张叔叔。守木逗她，说，张叔叔忙着呢，宝贝你要是乐意，认张叔叔做干爹，好不好？宝贝不买账，挥舞着小胳膊小腿，满脸都是眼泪鼻涕，喊着妈妈，喊着张叔叔。言语无效，守木拿甜橙哄她，小丫头闹腾累了，总算噙着大颗的泪珠，呜咽着，乖乖吃橙子。

长菊就在这时回到了家，宝贝张开双臂，扑过去。长菊没有回应，她两手空空地站在门口，逆着光，脸上的表情波澜起伏。宝贝瘪瘪嘴，要哭。长菊及时伸出手来，抱住了她。长菊拍了拍宝贝，似是对宝贝，又似是对守木说，女儿是我生的，我会爱护她、善待她，你不必操心。守木丈二和尚摸不着头脑，说，你怎么了？买的面粉呢？长菊默默瞅了瞅他，往旁边闪开身，守木看到门外停着一辆警车，几位警官大步走来，他们走近长菊，问，是这里吗？人呢？长菊指指守木，说，就是他！警官们呈左右围合之势，前后左右地绕拢守木，他们的动作警惕而敏锐，仿佛守木不是一个手无寸铁的人，而是一头随时可能飞奔逃窜的猛兽。

他杀了段老，顺利拿到了段老留给他的三万块钱，买了这件皮大衣，喏，罪证在这里。长菊的口气斩钉截铁，她麻利地从衣柜里抓出服装袋，交给警官。还有这个，这是他毒害段老的药品，段老患有高血压，他故意给段老吃升压药，导致段老死亡。长菊一口气说完，变戏法似的掏出一瓶药，跟她给守木的药瓶一模一样。

守木如闻天书，瞠目结舌地望着长菊，一个字都说不出来。他眼睁睁地看着警官收起了服装袋和药瓶，神色严厉地对自己说道，跟我们走吧！一个警官牢牢拽住了他的胳膊。守木望向长菊，长菊把脸埋在女儿的肩窝里，没有看他。长、长菊，我有话要跟你讲，你、你让他们等一等。守木结结巴巴地恳求着。

长菊没有吭声。守木感到胳膊的束缚在加剧，警官加重了力度。守木依旧望着长菊，他有一肚子的话要告诉她，那些话，在他的腹中奔涌，就像升腾的情欲那样炽热缭乱，原本他是要冷静仔细地梳理梳理，在吃卤肉手擀面的时候，从容地、徐缓地细细道来。他想对她说，过年回家的事儿，他会尽力争取，段老的弟子来了好几拨，昼夜守候在段老床榻前，他跟他们商量商量，请上三五天的假，应该是可以的。他想对她说，段老病倒了，她讲述了一段自己的往事，激动过度，突发冠心病，住进了医院。他想对她说，那一天，当他面对奄奄一息的老太太，他差点选择了见死不救，可是，最终，他没有那样做，他决定做一个有担当的人，一个有情义的人，一个响当当的人，一个顶天立地的丈夫、父亲。他想对她说，虽然他曾经为了她，有过无法涂改的劣迹，但是他不会再在自己生命的画卷上胡乱涂鸦。他想对她说，那瓶药，藏在他的枕头底下，他没有用，他想到的办法，是向段老借钱，这些天，他全身心地盘算着，怎样对她开口，怎样打动她，怎样成功地说服她借出这一大笔钱。他想对她说，他衣不解带地陪伴着，两天前，段老已经度过了危险期，他骑车回段老的住处取衣物的时候，路过那家皮草店，奇迹发生了。他想对她说，这奇迹超乎他的预料，皮草店人流熙攘，他过去一看，店铺橱窗里是斗大的打折广告，全部衣物跳楼大甩卖。他想对她说，那件三万块的蓝霜狐大衣，贴着醒目的价签，价签上写着：1折。

守木用自己积攒的三千块钱，而不是段老的性命，换来了那件貌似价值连城的大衣，他喜滋滋地把它送给了长菊。令他始料未及的是，长菊没有丝毫倾听的意思，她单方面地锁闭了连接他和她的心灵之门，两颗心之间的那条静美的小径，空无一人。

别磨蹭，有话到局里讲！警官开始拖拽守木。守木没有抵抗，他明白，在公安局里，他完全可以有条不紊地解释那件大衣以及那瓶药。他极缓慢地经过长菊身边，他茫然地、无望地问了最后一句，长菊，这究竟是怎么一回事？他没有指望长菊的回复，不过，长菊竟是开了口，长菊飞快地扫了他一眼，重新耷拉下眼皮，轻声说，原谅我，我是不得已，才出此下策，我知道，你是不会放手的，你是不会放我走的，你更不会轻易饶恕我肚子里孩子的父亲。最后这句话太他妈绕了，守木简直听不懂了，他怔怔地望着她，望着她的腹部，在臃肿的冬装底下，他什么都看不出来。长菊的声音愈发细微，带着明显的战栗，她坦白地说，我和孩子他爸，我们都怕你行凶，但是，我们不能再等了，我怀孕四个多月了，我们找熟人做了B超，是男孩子，他爸要娶我的，他爸刚刚顺利地办完离婚手续，等你进了监狱，我们就安全了，我们就可以名正言顺地在一块儿了。听到这儿，守木本能地揉了揉太阳穴，他头痛得厉害，这段话更绕了，比绕口令还要混乱，把他的脑子搅得像一处沼泽，像一锅浓稠的粥，找不着北。我求你件事儿，长菊说。守木看向她，她抬起双眼，直视着他，一字一字地说，杀人偿命，你不可能活着离开监狱了，宝贝我会照顾的，我希望，你能配合我，尽快办妥离婚手续，千万别耗着我，没意思的。长菊说，谢谢你的皮大衣，其实我并不需要，孩子他爸会买给我，他买得起，要多少有多少。

守木浑身发冷，仿佛高热病人。他扭过身来，对警官说，我们走吧。迈过门槛，他骤然想到一个要命的问题，长菊口口声声的孩子他爸，到底是谁？他想回身质问长菊，可是警官双臂如钳，不容须臾停顿。他被动地朝前走，快走到警车跟前了，一个人影匆匆掠过，他定睛一看，是长菊，长菊抱着宝贝，拖着皮箱。而警车近旁，停着一辆车，守木认出来了，是张小裤的车。他停住脚步，他看到长菊奔向张小裤的车，他看到张小裤拉开车门，走下来，接过皮箱，他看到张小裤和长菊同时回头，他们与守木对视着，在张小裤的脸上，渐渐现出狡黠的、旗开得胜一般的笑容，身段纤长的长菊伸出手，挽住了矮小的张小裤的胳膊，并且低垂眼睑，一如惊怯羞涩的新嫁娘。

这女人！这女人！这女人！

守木不禁仰起头来，冷冷地笑了。落雪后冰凉浅淡的阳光像瓷青色的藤蔓，盘根错节地一直一直披泻下来，遮了他的脸。

# 姜汁热窝鸡

　　天上有月亮，不知为什么，月光是白颜色的，很淡很淡，落在地上，像淌了一汪水。门外的泥地空无一人，墙角岿然不动地躺着长条木板凳，凳上两块磨刀石，一块小而黄，有黑色横斑。一块铁青，呈不规则的三角形，下部圆而润。两块石头影子重合着影子，牵扯着，交叠着，是在打架呢。

　　姜汁应当在哪道程序里出现呢，是在烹饪接近尾声时，往半成品上那么滚烫淋漓地浓浓一浇，还是伴随着整个炖或焖的过程，让汁液酣畅地滋滋渗入皮毛与脂肪的每一寸纹理，甚至是在一开头，在脏污而血腥的洗涤中，就糅合进姜这种食材的轻香微辣。

　　这问题始终困扰着夏薄荷。她是想破了头都想不出来。于是，就去找阿蛐。阿蛐是从同一个村庄出来的。遇到不甚明了的事情，薄荷就去请教阿蛐。阿蛐做了六七年的保姆，有见识，有胆略，有气魄，不像薄荷，时时陪着怯懦温顺的笑，十二万分地小心着，胆战心惊，如履薄冰的样子。

　　阿蛐的主人很阔绰，住着一幢独立别墅，有草坪有游泳池，穿制服的保安像古代有钱人家的石头狮子那样，一左一右地把着大门，纹丝不动。薄荷来找过阿蛐好几次，保安已经认得她，顺利放她进了小区。

薄荷岂敢堂而皇之地走正门，蹑手蹑脚地从洞开的侧门溜进了厨房。阿蛐正在煲汤，天气热，她的头发在耳边挂下一绺，湿腻腻地贴住颊骨，像哪个顽皮孩子在她脸上画了几道墨痕。薄荷姐，亏得你来了！阿蛐一见薄荷，三两下摘了围裙，胡乱擦擦手。劳驾你替我一会儿，孩子他爸在铺子上捅娄子了，说是都惊动110了，我得赶着瞧瞧去。

是吗？薄荷一愣，那你快去呀！阿蛐拔足朝外跑，扭头交代一句，那汤是赶中午喝的，再过小半个钟头，放一搓儿毛毛盐就是了。

薄荷应着，坐下来，守着微蓝的文火。锅里汤液轻微翻滚着，是玉米须煲乌龟汤。菜篮子搁在薄荷脚边，她刚去过菜市场，篮子里有新鲜鸡肉，有才上市的生姜，很大的一坨，是好几块生姜纠结在一起，缠裹着黑泥。薄荷要向阿蛐弄明白姜汁现身的时段。

薄荷是个认真的女人。这从一道菜的做法上就可见一斑。家常菜她是行家里手，可是她是有原则的，一切的步骤都是按照母亲早年的言传身教。出嫁以前，烹饪是她的必修课程，贤惠的母亲教授了她厨房里的种种技艺。母亲虽不是正经厨子，可是方圆百里，谁家有个婚丧嫁娶，都要三请四请地求她上门掌锅勺。多年来薄荷恪守规则，谨遵教诲，火候分寸搭配，全都是有条有理一丝不乱的，绝不轻易地抛弃章法。做姜汁撞奶的时候，她会将温度计插进牛奶锅，当水银滑向70℃，她立即倾进姜汁，毫厘不差。

是的，姜汁松花蛋她是做过的，姜汁藕片她是做过的，姜汁扁豆她也是做过的。在县城打工的时候，薄荷还学会了用姜汁兑上可乐，煮滚了，咕嘟咕嘟灌上一大杯。那家伙的味道可真不赖，发汗治感冒的效果亦不含糊，如果姑且算作药的话，所谓的灵丹妙药也不过如此了罢。

姜是个好东西，家里的老年人不是经常絮叨吗，冬吃萝卜夏吃生姜，不必劳烦医生开药方。到了夏天，薄荷哪年不是满满地泡上几大缸子仔姜，晚饭时节，熬一锅黏稠的稀粥就已经很可口了，若再来一盘泡仔姜，实在是锦上添花，一定是要多吃两碗高粱红豆稀饭的。一吃就吃撑住了，那是自然的。缸里捞出几根仔姜，再就是几只红红的辣椒，切得比头发丝儿略粗一点，加上点糖，拌上点醋、香油，色彩缤纷的一小碟子，哎呀呀，那是多么可口的东西。筷子挟一小撮儿，就能够吃下去半碗饭，再来一小撮儿，一碗饭就完了。赶上邻家有客人上门，桌上肯定是少不了一道仔姜菜肴，仔姜炒鸭，仔姜肉丝，仔姜是必得到薄荷这里讨要一些，薄荷是慷慨的，大大方方地捞上一钵，口中却不忘记极热情地谦虚着，盐搁得重了些，水浸一浸就好，别见笑啊。

然而就是这道姜汁热窝鸡生生地难倒了薄荷。如同一面突然开裂的冰层，水面漂浮着巨大的碎冰块，毫无征兆的，就将她横亘在了河岸的这一边。

是陶主任提起的。那天吃晚饭的时候，陶主任的筷子懒懒地拨拉着盘里切得细细的肉丝，又拨拉着晶莹碧绿的西芹，有些没胃口似的，就闲闲说了句，小夏啊，上回我去四川考察，他们那里有道姜汁热窝鸡，蛮不错的……

薄荷没来得及回答，就被陶太太抢了话头。谁不知道你呀，一没酒喝就没精神头！陶主任看了薄荷一眼，尴尬地嘿嘿一笑。这不是没办法吗？其实我也不想喝啊，又伤身体又损形象，瞧瞧我这肚子，要多难看有多难看。陶太太抢白他，那你怎么不好好吃?!难得在家吃顿饭，我专门叫小夏给你做了几道清淡有营养的菜，这肉末酱茄子不好？这西红柿牛肉羹不好？

好好好。陶主任连连说，夸张地挟一大筷，囫囵吞进嘴里，手就搭上了陶太太的肩膀，谄媚道，千好万好比不上太太好。

姜汁热窝鸡是按下不表了。不过薄荷倒是牢牢记下。因为无知，所以惦念。姜汁，热窝，鸡。三个词语仿佛三块沉甸甸的石头，挤压在她心上。这阵子她格外留心地做了好多味鸡肉，什么口水鸡、辣子鸡、光棍鸡、白果鸡丁、清蒸葱油鸡、菠萝炒鸡片、宫保鸡丁，变着花样地端上桌。

是不是猪肉涨价鸡肉跌价？终于有一天，陶太太不满了，旁敲侧击道，小夏啊，你不必替我们省钱的，囡囡眼看就高考了，营养得全面保证。囡囡是陶家的千金小姐，如珠如宝，谁都不敢得罪她，可是囡囡是叛逆期的少女，偏偏跟陶太太掐着拧着。陶太太不让再做鸡肉，囡囡在一旁。囡囡说，夏阿姨，鸡肉热量低，以后顿顿给我做。

于是，连麻烦死人的熏鸡啊话梅鸡翅啊，薄荷都不厌其烦地做了一遍。然后，黔驴技穷了。把所有的菜式轮番重复一次。直到囡囡终于叫了停。囡囡发话，夏阿姨，你改买鸭肉牛肉鱼肉吧。陶太太跟屁虫一般地重复，小夏，你改买鸭肉牛肉鱼肉吧。囡囡瞪她妈妈一眼。陶太太是税务局的会计，平日纵然和善，脸上时刻微微笑着，定下的规矩，却是没有丝毫商量的余地，温柔里透着不容分说的意味，像裹在稀泥里的硬石头。可是到囡囡跟前，她是不折不扣地成了一团稀泥，没有一丝脾气，没有一丝形状，随她捏着揉着。

薄荷于是换了品种，把各种鸭肉牛肉鱼肉的经典菜式全都尝试过了。有人送给陶主任一篓肥美的多宝鱼，薄荷红烧了、清蒸了、油炸了，又不厌其烦地把鱼剁了，包成饺子。

不过这时候，薄荷决定要做姜汁热窝鸡了。虽然没有任何人再度说起这道菜，就连陶主任，都跟忘记了似的。但是薄荷死死惦记着。一天一天的，不做不成了，因为她心心念念地记挂着，如芒在背，如骨鲠在喉，憋得她难受，也憋得她愧疚。愧疚什么呢。别忘了陶主任是谁，陶主任可是她夏薄荷全家的恩人。恩人的含义是什么？薄荷没念过太多书，不晓得字典上这两个字是怎么样解释的，不过在她的概念里，恩人，就是天。恩人的话，就是天的旨意。除了执行，还能怎么样呢？

阿蛆十几岁就出来打工，早年在餐馆做过小妹，薄荷猜她闻听过这道菜。她起身望望厨房窗外，阿蛆还没回来。窗边的墙上粘贴着一只缺了角的小镜子，在炉灶旁刚好可以照看。薄荷就无声地笑了笑，阿蛆可真是臭美。阿蛆的老公在干杂店里当伙计，人有点脾气，动辄就挥胳膊动粗的，换工无数，还是没有丝毫的收敛，隔三岔五就要老婆帮他收拾残局。

微火熏染着薄荷，渐渐的她有点困。夜里没睡好，白天就有点恹恹的。这阵子她老做噩梦，黑暗沉寂里，出现可怕的声响，是锐利的刀刃沉闷结实地划拉过坚韧的石面。嚓嚓嚓，嚓嚓嚓。有节奏，有质感，有劲道。一来一去，一来一去。嚓嚓嚓，嚓嚓嚓。那响动它有脚啊，徐徐游走，徐徐游走，毒蛇一样的，拔凉拔凉地掠过皮肤，刺啦，一道裂缝，爽脆如裂帛。微蓝的血液奔涌如注。薄荷在惊恐的梦境里跨出门廊，天上有月亮，不知为什么，月光是白颜色的，很淡很淡，落在地上，像淌了一汪水。门外的泥地空无一人，墙角岿然不动地躺着长条木板凳，凳上两块磨刀石，一块小而黄，有黑色横斑。一块铁青，呈不规则的三角形，下部圆而润。两块石头影子重合着影子，牵扯着，交叠着，是在打架呢。风吹着，锥心透骨的冷。她猛地回过头去，身后一个人都没有，而那磨刀石声却又响起来。嚓嚓嚓，嚓嚓嚓。刀与石的暗影间，闪出清冽的光芒。她一骨碌坐了起来。满脑门的汗，再也睡不着，对着天花板发愣。

阿蛐一直没有返回，不过主人家倒是回来了，四个女人说说笑笑的，越过花圃，跨进大门。薄荷紧张地一缩脖子，蜷缩又蜷缩的，生怕被察觉。薄荷认得她们，那个姿容优雅的中年女人，就是陶太太，她的女主人。穿古典式样丝绸褂子的老妇人，是陶太太的母亲，另外两位，是陶太太的小妹妹和弟媳妇。陶太太的小妹妹长年定居美国，是一位画家，三十几岁了，依然独身一人，不过偶尔回国省省亲，弟弟弟媳是本地知名的泥沙厂老板，也就是阿蛐的东家。

时间还早，不如陪妈打几圈麻将？有人提议。阳光房里有一桌现成的机器麻将，几个人落了座，麻将稀里哗啦响起来，屋子里登时就热闹了。薄荷一边搅搅浓稠的汤汁，一边忍不住又朝着窗外顾盼，期待阿蛐早去早回。屋里传出说话声，陶太太的母亲耳朵背，所以她们的语调都格外地提高了一些，薄荷这头听得清清楚楚。

妈，不要担心，糖尿病没什么了不起，注意饮食就没事了。

是啊，妈，我专门叫阿蛐用玉米须煲了一锅龟汤，听说治疗糖尿病是很有效的呢。

三万！

阿蛐是什么？是人名么？

碰！

是我家保姆的名字，据说户口簿上是叫蛐蛐的，嫌过于拗口，才改了叫阿蛐。

蛐蛐？哈哈，还蝈蝈呢！

这有啥可奇怪的，大姐家那个保姆，还叫薄荷哪。

七条！

蛐蛐？薄荷？这都什么呀！这些父母简直不负责任！

胡啦！清一色！

小妹你以为这儿是美国啊？山野人家，女孩子不值钱的，给起个名号就不错啦。

薄荷听得羞惭，仿佛她便是那荒唐随意的父母。山乡风俗的确向来如此，生了女儿，已经懊恼不已，谁还有心思揣摩深邃奥妙的中国文字，反正一经长到胸脯鼓鼓屁股翘翘的年纪，红布一蒙，就是别人家的人，因此逮着什么取什么。姓唐的人家，闺女落地时，恰是秋蝉齐嘤，就叫唐秋蝉。姓李的人家，在收割麦子的季节得了女孩儿，那自然是李小麦了。尤其是那超生出来的，爹娘根本就不会捏着钞票求爷爷告奶奶地为孩子上户口，干脆直接连姓都省略了，比如，生在藕田里，就叫莲藕生，还有叫黄麦管的，有叫苜蓿的，逮什么叫什么，率性而为。

不过薄荷并不是这样的母亲，她的头胎是丫头，家人都有些漫不经心的意思，薄荷却是郑重其事地照着家谱的辈分，取其志字，斟酌又斟酌的，唤名志丽，有志向而美丽的女孩子，呵，在贫瘠的山里，是多么奢侈的愿望。然而志丽出生以后，一家子望眼欲穿地等待着承继香火的男丁，可是薄荷突然间就不再生养，试了无数的偏方，服了各样的中草药，拜尽了周边寺庙的求子观音，薄荷的肚子仍是毫无动静。好些年过去了，公公婆婆已经灰心丧气了，薄荷的第二胎反倒不期而至。是个男孩子，方头大耳，肤白目清。薄荷叫他志勇——想到志勇，薄荷的心一阵抽搐。志勇是她心里永远的伤痛。

嫂子，你家阿蛐一个月开多少薪水？

九同！

四百五十元，包吃包住。

哟，你们这儿的保姆真便宜啊，要在美国，蓝领阶层的待遇可是丰厚得很呢。

阿蛐的收入算不错啦，小妹你不知道，你大姐家的薄荷，死

061

活要在她家当保姆，还全免费呢，一分钱不必掏的。

免费？是吗，大姐？为什么呢？她脑子进水了？不用赚钱了？

二条！

什么不用赚钱？人家那是报恩！

杠！

报谁的恩呀？大姐，你帮过她忙？

不是我，是你大姐夫。

四万！

哦，大姐夫是堂堂县委办公室主任，伸伸小指头，就可以搞定这种平民百姓家的头等大事，是帮了她什么？替她孩子找工作还是怎么的？

是她孩子的事儿，不过不是找工作，是替她孩子向社会募集善款，做换肾手术。

碰！

手术做了？病治好了？

没有，死了。

陶太太是轻描淡写的一句话，薄荷却下意识地弯下腰，捂住撕裂一般疼痛起来的胃，像是被什么利器骤然戳了一下。她不知道，那其实是心的投射，是她的心在痛。最近她常常这样没来由地疼痛，尤其是在想到志勇的时候，她的整个腹腔都会觉得莫名的难受，甚至在下腹部子宫的位置，都会有一种巨大的空虚感，仿佛生志勇那会儿，费尽九牛二虎之力，将胎儿娩出，在胎儿脱离母体的那一刹那，充盈膨胀的子宫忽然间就空荡了，失落了，枯萎了。

女儿志丽出生，是在家里，请了接生婆。当时薄荷难产，血把褥子浸透，她整个人几乎在血河中漂浮了起来。九死一生地挣扎了过来，到了志勇，事先托熟人打过B超，是男胎，为了避免意外，她专门住进了县城的妇科医院。志勇是低体重儿，大夫说，要住保温箱，不住就没命。保温箱那是什么价格啊，加上医药费，每天就是五六百，待上一个多月，度过危险期，那就是两万块现钱了。医院打印出来的缴费单，厚厚的一沓，薄荷的家人二话没说，当即分头行动。公公回家卖粮食卖鸡鸭，卖掉了一切值钱的东西，就连几头才喂了两个月的小猪都贱价卖掉了。婆婆出面借钱，能借的都借了一遍，亲戚家孩子的学费娶媳妇的聘礼，都借了来。丈夫当天就买了火车票，去了离家千里之外的一家大煤矿，之前丈夫做的是架子工，架子工虽是建筑工地最危险的工种，好歹又比煤矿强些。

志勇一经降临人世，就历经劫难，性命纵然是艰难地保住了，可是体质羸弱，动辄七灾八病，就没跟药罐子绝过缘。一家子小心翼翼地呵护着这得来不易的命根子，就像捧着一只易碎的水晶瓶子。但那时的薄荷是幸福着的，女儿成绩好，有点女状元的苗头，一口气考上了县里的重点中学，轰动全村，儿子娇弱地、磕磕绊绊地、不过总算是一天天地长大起来，是个漂亮可爱的小家伙。而钱，亦是流水一样地花去，怎么攒都攒不住，丈夫在煤窑废寝忘食、加班加点赌上性命赚来的钱，包括家里10亩地的微薄收成，仅仅勉强维持日常开销而已，欠下的债却是根本无力偿还。可是不能老这么欠着别人的钱哪，这穷乡僻壤的，谁家都不是大富大贵之人，谁家都指望着那一点点银饷度日，薄荷就跟丈夫商量了，无论如何，先去农村信用社贷了款，把债务一家一家还掉了。贷款是有利息的，本金加上利息，累积起来，硕大硕大的一块，比后山的石头还重。

尽管家境窘迫，巨债缠身，薄荷仍然有那么多的快乐，为女儿开家长会是快乐的，她虽然衣衫寒酸，坐在一大群家长当中，却是没有丝毫的畏缩，因为有那么多的奖励、赞美和艳羡涌向她，那些身份显赫的家长谦恭而敬慕地向她请教育女宝经,她没有鸿篇大论可以畅所欲言,她只是笑,只是打心底里、自眼睛里,清澈地、满足地、欣慰地笑出来。每日精心给儿子调配吃食亦是快乐的,她买不起昂贵的儿童奶粉和五花八门的营养品,甚至肉类蛋类,在农家,也是轻易不会留下的,它们要被送到市场上,变卖成钱,就连蔬菜,稍微肥美的,都被一篮一篮地挑去出售。可是,薄荷她有山有水有春天哪,有大片大片的花草林木可以供她发挥聪明才智。田埂上、岗头边,沟沟坎坎长满了各式各样的野菜、野油菜、豌豆头、马齿苋、野豌豆、青蒿菜、马兰头,那个嫩,那个绿,那个清香袭人呵。闲时薄荷拉着志勇的小手,挖回一捧野菜,除根、洗净、剁碎,和上渣面、米粉什么的,美美地做成蒿子面粑粑、蒸马齿苋,有时还将荠菜剁碎,放上些豆腐干、粉丝,包一顿饺子。野菜粑粑、野菜烙饼、野菜饺子,连同米汤就着野菜做的野菜羹,都是志勇最喜欢的。不必哄着诓着,就着醋与大蒜,自个儿就能乖乖地吃下一大碗。

丈夫难得回家一趟她更是掩饰不住自己的喜悦。她一大早就到山里去。夜里落雨,路旁的树长出了黄色、白色的菌。这时令,野物肥美。果然,枯叶残枝覆盖下的铁夹子发出了簌簌的细响,拨开来,是一双惊恐粉红的瞳。拎了没命挣扎的小家伙回转时,邻家妇人正在井边洗濯衣物。那井内圆外方,井边长满茂盛湿绿的青苔,阴沉滑腻。邻家妇人是瘦棱棱的女子,面薄腰纤,在微明的天光里,倒有些传说中狐或妖的意韵。

哟,心疼你家汉子呢?邻家妇人促狭地笑。

她羞赧,不言语。乡邻间,她是有名地疼惜男人。男人做活计是好手,在床笫也是好手,把她面团似的搓揉,掇弄得她一脸流光溢彩的好气色。

她手起刀落,三两下拾掇了那只野兔,就蹲在院里修理一具坏掉的木犁。丈夫回来恰是清明时分，依例须吃乌糯饭。她晒晾了衣物，到厨房去。高高的土灶前面放着一个草墩，她坐上去，往灶膛里添进几根柴火，点燃一根火柴，照亮了夜色尚未消退的暗沉沉的土墙。糯米在紫红的乌饭叶汁里浸泡了一夜，乌黑发亮，很快在硕大的铁锅里咕嘟咕嘟地沸腾起来。丈夫起了身，从她手中接过土瓷碗，大口地、却是无声地吞咽着，三碗乌糯饭即刻落了肚，野兔却是未动，那是稀罕物，毕恭毕敬地搁在斑驳的木桌上，孝敬老人家。公公扒拉几筷，抓了须臾不离身的竹根烟袋，大踏步地就朝门外去。婆婆捧一只缺口的碗，碗里的米饭泛着幽蓝的光，稀稀疏疏地点缀着几根腌萝卜丝。那碗兔肉，一家人都不舍得落箸，到底是一丝不拉地留给了志勇。

丈夫白天帮着做杂务，敛齐一堆稻草，坐了，编织草墩，把稻草编成粗大的草辫，绕拢来，做成了村庄里寻常的坐具，草墩。一只一只的草墩摆放在屋檐下的走廊边上，点缀着庭院，与院子里的锄头、木犁、绳索、柴草一起，对宁静的家进行着庄严的命名。又照料着庄稼，往地里沤了肥料，指望着来年能有个好收成。夜里，丈夫有力地搂着她，一趟一趟地滋润着她，就像给烈日下的田野施加养分。

不过第一次听见陶太太那惊天动地的声气，薄荷倒是着实吓坏了。啊啊啊，嗯嗯嗯，唔唔唔。是周末的早晨，薄荷在厨房张罗，陶太太的呻吟由卧室透空而来，又是难受，又是憋屈，又是隐忍。起先她只是惊慌，以为陶太太罹患了什么急病，但同床共枕的陶主任怎么可以听而不闻呢？

一瞬间，她明白过来，却是更加的惶恐。她做梦都想不到，优雅端庄的官员夫人，居然发出如此浪荡的动静，她都替她臊得慌。薄荷低了头，抹地板。屋子里铺着柚木地板，她差不多隔一天就要跪在地上，用抹布擦拭一遍，擦过的地板像上了一层清油，能晃悠出人影儿。然后利落地取出冰箱里现成的汤圆粉，加水搓揉。陶主任家的汤圆需要三种馅儿，咸味儿的，肉末里加入胡萝卜丁，是陶主任的。芝麻拌红糖，是囡囡的口味。陶太太则是无馅的小汤圆，水里放桂圆红枣葡萄干，说是热量低，又滋补。

汤圆一个接着一个从滚烫的锅底浮出白蒙蒙的水面，一家人吃着早餐的时候，薄荷已经在洗涤陶太太换下的衣服。紫色的蕾丝文胸，温水浸泡着，防止变形。乌青的毛衣，得使专用的羊毛洗涤液，要不会缩水。纯棉背心裙，不能拧干，否则得皱了。复杂的清洗程序，薄荷已经习以为常。衣服晒干了，收进衣橱前，还要洒一两滴香水。香水叫毒药，多么恶毒的名字。陶太太偏是喜欢得要命。薄荷让自己空前地忙碌着，可是一整天她都逃避着陶太太的眼睛，像一切循规蹈矩的好女人，本能地保持着视线的干净与耳朵的纯洁。

但那声响却是在每个星期六的早晨准时响起。薄荷避都避不开，她没办法待在床上熬辰光，她习惯了早起，睡懒觉倒成了折磨。生志勇那会儿，密不透风地躺了两三天，吃食送到枕边，浑身的骨头都酸了，被褥变得有棱角似的，磕哪儿哪儿疼，不顾旁人劝阻，非起身在屋里走一遭，方才舒坦。在家时，薄荷每天都是在微明的薄雾或是细雨里动身，去地里做活计。鸡啼声声，有鸟成群结队地飞来，盘旋在麦田上方。沟畔中，这里，那里，行走着戴斗笠的农人。农家的屋舍冒着炊烟，惨白的，细端端往上长，长过山梁，便不见了。

啊（短促的），啊（悠长的）。嗯（短促的），嗯（悠长的）。唔（短促的），唔（悠长的）……她想不透陶主任陶太太为何会一大早做那事儿。毕竟乡下的清晨是一日当中最好的辰光，犹如蚕蛹吐出的丝里，最嫩最软的那一点点，是要拿来做那最上等最珍贵的物事，岂可浪费！

每到星期六，陶太太都是风光旖旎的，声音嗲得能滴答出水来，一整天穿着袒胸露背的睡衣，衣料菲薄得连汗毛都能一根根数清楚。她穿着睡衣，飘荡在卧室和厨房间。从床上到碗箸，她一手包揽了陶主任的性欲和食欲。陶太太做的那些菜，在薄荷看来，纯粹就是胡闹，像小孩子过家家。比如什么香脆苹果虾仁，好端端地，硬把水果跟虾仁混淆在一块儿油炸。再比如什么炒鲜奶，那牛奶不但炒了吃，居然还埋汰进一堆鸡肝蟹肉火腿橄榄仁，活生生地把好东西给作践了，糟蹋了。

最荒唐的是，不论陶太太端出什么，陶主任一律叫好捧场，表演狼吞虎咽的好胃口。就连挑嘴挑得如此厉害的囡囡都一声不响地闷头猛吃。

小夏，你也尝尝啊。陶太太面色略有矜持。

她尝一口，微笑，沉默。不是味道不好，关键是她没听说过，没看见过。唱歌是要有谱的，做人是要有谱的，做菜更加要有谱。没谱的东西，再好，那也是不入流的。

九万！

我胡啦！

妈今天的手气不错呢。

我可是冤大头哦，妈和大姐、嫂子都赢了吧？

那是，你在美国跟谁打？自然手生得厉害。

呵呵。早知道叫小妹掏美元！

大姐，这么说来，大姐夫帮了忙，薄荷家的孩子还是死掉啦？

生死由命，有什么法子？

那孩子多大？

八岁？九岁？我记不清楚了。

可怜……

是的，好日子总是匆促地就过去了，不肯长久驻足。志勇八

067

岁那年的冬天，不幸接踵而至。先是志勇莫名其妙地害起怪病来，浑身瘙痒，吃什么吐什么，渐渐的手啊脚啊都肿胀起来。薄荷带了儿子到处寻医问药，附近村落里的诊所统统看了一遍，医生开的方子，吃下去，一律无用，精神俊朗的孩子像失了水分的青苗，显见得枯瘦下来，浮肿的眼泡失了神，掉了魂，不玩了，不闹了，不撒娇了，黑天白日地昏睡。有一天志勇撒尿的时候妈、妈地叫起来，薄荷过去一看，尿液里白花花的，是泡沫，暗沉沉的，是鲜血，薄荷吓坏了。婆婆说，小孩子眼净，别是撞了邪，招惹了什么。于是花钱请了邻村的仙姑神汉，在门楣上贴了符驱鬼，烧了香，供了各路神佛，用奇奇怪怪的圣水为志勇洗澡净身，糊弄了大半天，志勇的症状却是益发沉重了。到了后晌，志勇坐在薄荷怀里，嘴里嚷嚷着头晕，不知怎么的竟昏了过去。乡邻们七手八脚地相帮着送到镇医院，医生一见，不敢怠慢，主动帮他们拨打了120，请县城的大医院接诊。

县城人民医院的诊断出来了，志勇罹患的是肾衰竭。治疗肾衰竭的方法通常有两种，一种是洗肾，另一种是肾脏移植。然而大夫在对志勇的身体进行了综合评估以后，用最浅显直白的语言告诉薄荷，志勇的病情，若是要长久存活下去，目前暂时可以进行透析，不过唯一有效的方法，是肾脏移植手术。

大夫，手术我们做，我们做！得多少钱，您说一声，我马上就去缴！我砸锅卖铁卖田卖地卖房子，我都得救我的孩子！薄荷疯了似的拽住大夫的袖子，涕泪交流。大夫不耐烦地拨开她的手，淡淡地说，先准备二十万吧，还得等合适的肾源。

二十万！薄荷呆了，傻了，懵了。她机械地打电话给远方的丈夫，丈夫在话筒里缄默着，久久不发一言，薄荷知道他一定是流泪了。走出公用电话亭，薄荷的眼前，就连阳光都是黑糊糊的，如同一条没有尽头的漫漫长夜。

六筒！

碰！

对了，大姐夫是帮薄荷家孩子找大夫、减免医药费了吧？

岂止呢，小妹你想想，薄荷那种乡野人家，那么庞大的一笔治疗费用，减免减免他们就能缴得出来？

得了什么病啊？

肾衰竭。

啊？那不是需要换肾？得多少钱呀！

那个数字，让薄荷仿佛在刹那间看到了世界末日。尽管她凭借着一位母亲的坚韧，四处筹款，但是深深的绝望却像放肆生长的野草一般，疯狂地弥漫了她的全身。她没有失言，砸锅卖铁，卖田卖地卖房子，能卖的，全卖掉了。然后和婆婆一道，挨家挨户地借钱，能借的都借了一遍、两遍、三遍，犹如决堤的洪水，汹涌淌过整个村落。原本羞怯内向要面子的薄荷，眨眼成了勇敢饶舌的小妇人，借钱的时候绝不脸红，滔滔不绝地向人哭诉，缠着人家就不肯放手，哀求、痛哭、下跪，什么招都使上了，以至于到了后来，村里的人见着她，纷纷绕道走，闪躲开来。

丈夫能做的，则是瞒着薄荷，离开正规的大型煤矿，跑到一家非法私人煤矿做工，小窑工钱高，支付周期也短，然而危险系数呈几倍上升。等到薄荷得知这一信息，丈夫已经永远离开了她。煤矿冒顶，丈夫被掩埋在煤与乱石中，死无完肤。在动辄几十上百人的矿难比照下，这种一次死亡多则四五人、少则一两人的事故并没有引起广泛的社会关注，而煤窑的老板也因此得以卷款逃之夭夭。通缉令是发出去了，但是在煤窑老板被缉拿归案以前，薄荷什么都没有得到，除了丈夫的骨灰盒，以及无穷的无尽的无望的眼泪与伤悲。

薄荷的天空摇摇欲坠，可濒临崩塌的天，也还是得由她撑着，她怎么可以放弃呢，那残砖断壁的世界，就快要将她的孩子吞噬掉啦。

大姐夫怎么帮得了她？难不成替她免掉医药费？没这规矩呀。

五条！

那当然，何况你大姐夫也没那么大权力，免了医药费，医院的损失谁来偿付？

不能免医药费，大姐夫还能做什么？

是募捐，你大姐夫帮着薄荷一家子组织了一场大规模的社会募捐，凑够了医药费。

原来是这样啊。

躺在病床上的志勇，依靠透析暂且维持着衰弱的生命，他的腹腔植了两根管子，一根用来输入透析液，另外一根用于排除体内的毒素。橘黄色的毒液缓缓过滤出来，钱源源不断地砸进去。乡野间再没有办法获得哪怕是一块钱的资助，薄荷不得不穿梭在县城的大街小巷，拜访那些多年未曾谋面的同乡，任何一条细微的线索她都不肯放过。同乡们有的借钱给她，有的送食物给她，有的送旧衣服给她，却只是杯水车薪，而大部分的，是委婉的拒绝。薄荷见过了虚伪的敷衍，见过了无情的冷脸，甚至有一次，她遭遇了一名同乡的调戏。那个擦鞋匠把一双脏兮兮的带着鞋油气息的手伸进她的胸口。让我摸摸，让我摸摸。他炽热的目光像钉子一样，将她的身体牢牢钉住，动弹不得。呵不，钉住她的，不是他的目光，而是他的话，呢喃的，我给你钱，我给你钱。那是多么屈辱羞惭的一次经历，她背叛的，不止是她的亡夫，还有她自己的灵魂，然后，她得到了区区四十块钱，四十块钱！她几乎想到死。

陶主任就是在她走投无路之际从天而降的，薄荷没见过天使，不过陶主任差不多就是她那崩溃的生活中的天使了，虽然是一张痴肥油腻的脸，一双酒精浸泡的略微发红的眼，在薄荷看来，那脸上、眼中闪烁的，倒近乎是一种圣洁的、来自天庭一般温暖明澈的光芒了。

薄荷是在一家酒店见到陶主任的。薄荷的一位远房表妹在酒店当领班，那女孩有些侠肝义胆，又在县城打工日久，颇有点思谋，领了薄荷跑民政局，跑政府的信访办，奈何势单力薄，得到的不过是敷衍，甚至是冷面。情急之下女孩想到在酒店同事中为薄荷筹得一点善款。薄荷依言托村小的教师用毛笔写了一张斗大的募捐书，墨汁饱满，字字血泪，相当于一份家情报告，凄惨地哭诉着夫亡子病的悲惨际遇。手写的募捐书跟纸盒糊的募捐箱就放在酒店的员工通道里。那天陶主任到酒店会见客人，走岔了路，拐到了员工通道，偏就遇到了惨兮兮的薄荷。他停驻脚步，看了一眼募捐书，那一眼，于薄荷，是开天辟地的，是峰回路转的，是死而复生的，很有点神祖创世纪的意味，因为，随着陶主任的关注，薄荷与她哀伤的、凄绝的挣扎，就此终结。

陶主任不仅在全县为薄荷展开了大规模的募捐活动，而且发动新闻宣传攻势，请来省城的生活类报刊和电视台，采访薄荷与她的儿子志勇。一时间，坚强而不幸的母亲夏薄荷成为各大媒体的热点，一家网站甚至将她评为年度十大新闻人物。

来自各地的捐款铺天盖地而来，很快就超过了志勇手术需要的二十万。陶主任专门成立了一个募捐款管理小组，把每一笔款项的收支都管理得妥妥帖帖，志勇由此得到了最周到的照顾，住进了面朝花圃的单人病房，等待适合的肾源。那段日子，薄荷整个人被浩瀚澎湃的感激吞没掉了，一见到陶主任便结结巴巴、语无伦次，以至于每次都试图以下跪这种简洁直观的方式表达内心的情绪，而总是被陶主任或者他的属下强有力地拦阻住。

孩子，你可得记住了，老天有眼，陶主任是菩萨派来救俺家伢子、救俺全家的，将来，俺们怎么回报他，都不为过啊。婆婆老泪纵横地嘱咐薄荷。

其实薄荷也是这样想的。所以，在志勇最终撒手人寰之后，薄荷所做的第一桩事情，就是千方百计找阿蛳打听到陶主任家的地址，找上门去，做了陶主任家的保姆。

可是在陶主任家里，薄荷开始做那个梦，梦里有磨刀的声音。清晰而单调声响。嚓嚓嚓，嚓嚓嚓。有几回，在梦里她狐疑地打开门，白色的月光下，陶主任正骑坐在长条板凳上，卖力地磨一把明晃晃的长刀。他蓦然回过头来，对着她，露齿一笑。白森森的牙，狰狞的笑。这是怎么回事啊，醒来她昏乱不已，并且有种前所未有的困倦。

大姐，难不成你们真就这么留下了她？不怕人家说你们是剥削劳苦大众啊？

有什么办法？那时候她来，说了是没别的什么可以报恩，要给咱家免费当三年保姆。我跟你大姐夫哪里会答应？结果人家一声不吭的，挽起袖子就擦地板抹桌子，怎么赶都赶不走，还自作主张的，在杂物间里给自个儿拾掇了一张床，根本不拿自己当外人。我们总不能拿大扫帚把人往外硬撵吧？

六筒！

那工钱还是得给人家吧？

给啊，刚开头我每月都塞给她几百块钱，她原封不动地放回我抽屉里，每天的小菜钱是交给她的，她买完菜就一笔一笔地报给我，我不爱听，她就弄个大本子，全记在上面。瞧那架势，是一分钱都不肯要的。

你们不怕外人说闲话？

说啥闲话？她主动提出来的，对外就说是她家境困难，我们好心帮她解决一个岗位，让她挣点钱养活一家老小。

哟，她还挺为你们着想哪。

志勇夭折以后，公公婆婆伤心过度，双双病倒，可是病床上的婆婆还是发了话，婆婆说，伢子虽没了，可这恩情还在，咱不能欠着人家的，得想法子还！薄荷一边伺候老人家，一边冥思苦想，她没有财产，没有哪怕是一丝一毫值钱的东西。那些数字庞大的善款，由陶主任做主，成立了基金库，薄荷没有任何的异议，她知道这些钱会用来救助更多贫病交困的人。那么用什么来回报陶主任呢，薄荷能想到的，只有自己的一身气力，古人不是早已有献身为婢的谢恩典故吗？

薄荷的想法得到了全家人的支持，但是，年迈的公公婆婆谁来照顾？地里的庄稼谁来料理？这三年中，家里的现金开销从何而来？十七岁的志丽挺身而出，她说，我辍学。辍学？薄荷眼眶红了，她不可以让志丽辍学啊。志丽在学校是最耀眼的女孩，每门功课都学得那么出色，所有的老师都认为她的未来将会是春暖花开的好景象。薄荷不能够自私地剥夺她与书本的缱绻之情，毁灭她追逐梦想的权利，把她变成一个普普通通的农家女，残忍地截断丑小鸭朝向白天鹅的蜕变之路。

志丽是勤奋上进的孩子，但同时也是善良懂事的孩子，她不容薄荷犹豫徘徊，斩钉截铁地擅自做出了决定，休学三年。这三年，她会在镇里找份餐馆、旅馆服务员一类的工作来做，然后负责料理家事，照顾病弱的爷爷奶奶，她要用她的三年青春，支持母亲的报恩行动。她所就读的学校源于对她的惋惜和疼爱，破例为她保留了学籍，答应她在三年以后继续她的学业。

志丽休学回家的第二天，薄荷起了个大早。天上还闪着稀淡的星光呢，她就往灶膛一根一根喂了劈开的柴火，生出熊熊的火，烧滚一锅头晌向做了豆腐的人家讨要的豆汤，朝着咕噜咕噜冒水泡的水面匀匀地撒一把干面条，返身向地里掐几茎嫩秧秧的青菜尖儿，起锅，浇了水煮花生，炒黄豆，焦芝麻末，连汤带水的一大海碗，喷香惹眼。从小到大，这是志丽最喜欢的吃食。

昏茫的天光里，薄荷把面条放在志丽床头，揣一块玉米馍出发了。从家到镇上，翻过一座陡峭的山，越过一条湍急的河流，经过一片窸窸窣窣直掉叶子的竹林，就到了。镇上有到县城的长途班车，车程是一个半小时。薄荷赶到陶主任家里的时候，天刚亮。

应门的是陶太太，陶太太鬓发散乱，打着哈欠。薄荷简直不敢抬眼瞅她。陶太太穿的都是什么玩意儿啊，雪白酥嫩的胸部鼓突突地露了一半在外边，剩下的一半儿，在花朵刺绣间隐隐闪闪，一只深褐色的乳头恰恰从镂空处钻了出来，犹如兽类的眼睛，发红、发怔。薄荷未曾开口，脸就先红了，她低着头，顺着眼，怯怯地、却是坚决地说，请让我留下来。

三万！

杠！

自摸！杠上花！

妈胡了不少大牌呢！

妈，您该去买彩票了，准中！

别哄我老太婆穷开心了。

不是哄您，妈，您好好将息着，赶明儿跟我到美国去住几年，享享福。

不去不去，人生地不熟，那鸟语也听不懂，有啥意思？我在这儿待得好好的，女儿女婿、儿子媳妇，个个儿都出息，我何苦跟你去受那份洋罪？

小妹啊，你就听不出来吗，你哥、你姐都是有家有室的，就你一个人落了单，妈不知道有多担心你哪，是不是啊，妈？

算了，不说她了，这丫头，打小儿就不听话。

妈，您甭挂着我，我一点儿都不孤单啊，这么多年，我从来没缺过男朋友，走一个又来一个，连空窗期都没有。我的生活热闹着哪。

死丫头，这是什么话！你是成心气我啊？！

真的，妈，婚姻不是啥好东西。知道人家伯格曼怎么讲的？婚姻就是一个地狱，是战争中的短暂合约。但爱情就不一样了，虽然它并不持久，可是提供给旅人在沿途有一个迷人的间隙，是横越眼前黑暗的明亮时刻。

妈听不懂你那些玩意儿，妈老了，妈只希望，在有生之年，能够看到你风风光光地嫁出去。

嫁个我大姐夫或是我哥那样顾家的标准好男人？

妈要求不高了，不求你找个有能耐的，只要你别带个蓝眼睛黄头发的妖怪回来吓唬妈就成！

对了大姐，我瞧着哥哥家的阿蛐倒是粗粗笨笨的样子，但那薄荷，虽则破衣烂衫，眉眼可是清秀动人的——姐夫你可得看紧点。

怎么看紧啊？我只生得两只眼睛！

喂，我不是开玩笑的，大姐，我虽小姑独处，不过男人这东西，我自信是比你更了解的。老北京人有句话，花盆鱼缸石榴树，先生肥狗胖丫头，就算是少奶奶的幸福生活了。为什么要胖丫头呢？丫头够胖才能预防老公揩油啊，否则没几天升级当了小蜜情人姨太太，不是大煞风景吗？所以你这薄荷，还是略微有姿色了点儿。

是是是，男人都是偷腥的猫，你大姐夫肯定也不是柳下惠，但是薄荷，我不觉得她有那么强烈的吸引力，毕竟她不年轻了。尤其你大姐夫身边，俏丽有风韵的女人多了去了，他何苦沾染一个保姆？这世道，女人要多少有多少，好的保姆却是打着灯笼火把都找不着的。

薄荷胸口怦怦乱跳，陶太太口中的每一个字，都像是有力度有速度的子弹，瞄准了她，一通横扫。她恍惚间，似乎又看到那个周末的下午，陶主任摇摇晃晃地朝她走过来，喝醉酒的陶主任脸色红得吓人，一张肥胖的脸，像是一大块没烧熟的肉，猩红猩红的，还带着血丝。

那天囡囡去了表妹家，打电话说不回来住。陶太太乐颠颠地出去打麻将，她喜欢打麻将，但凡囡囡出去玩，她一定是来个通宵不寐。

陶主任喝高了。秘书是个瘦小男人，踉踉跄跄地把陶主任搀进屋，转身就走，秘书其实也是微醺了，走起路来后脚踢前脚。薄荷慌里慌张地到厨房拧一条热毛巾、泡一杯人参茶，刚返回客厅，就见陶主任从沙发上醉醺醺地站起来，张开双臂，犹如一只扑扇着巨翅的老鹰，黑咕隆咚地朝着她，压顶而来。薄荷手一抖，哗啦一声，一杯茶全泼在地板上。

窗帘没来得及拉上，看得见灰色的天。十一月的傍晚，天气骤冷，屋外的树，阴阴的、静静的，一棵又一棵，电线杆似的，没有生命，没有一点儿胡思乱想。薄荷觉得自己就像那些树，空空的，沉寂无声的。

她几乎没怎么迟疑，更没有挣扎。躺在她身上的，不是寻常的男人，而是她的恩人，是她和家人至高无上的神祇。这与在擦鞋匠那儿遭受的侮辱是多么的不同，这一回，她反倒有轻微的荣耀与轻松，仿佛在报答恩情的记录簿上添上了浓墨重彩的一笔。

只是，在整个过程里，薄荷像是经历着一场突如其来的考试，尚未温习的知识飘浮在遥远的地方，怎么够都够不着，满身心都是对于交白卷的恐惧。丈夫在世时，体魄健壮，常常要她，依偎在丈夫热乎乎的怀抱里，她突然就变得柔软了、娇慵了，宛如一只妩媚的白猫，撒着娇，发着嗲，尽情尽意地绽放开来。丈夫气喘吁吁地跟她开玩笑，痛快死了！你别是妖精转世吧?！薄荷一听，佯装生气，撇开丈夫，让他发急，让他饿着憋着，让他求她哄她。一想到亡夫那结实的肉身和隐秘的强壮，薄荷就忍不住轻微战栗。但在陶主任这里，怎么可以如此随便任性呢？她尽量地，将自己的身体伸展开来，尽量地，将自己的手脚放得妥妥帖帖，尽量地，不让自己瘦瘦的骨头硌着陶主任。她不敢呻吟，不敢动弹，幽闲静淑地平躺着，唯恐打扰了陶主任凶猛的运动，在最后的刹那，陶主任狠狠地抽搐了一下，她竟是如释重负，惊觉自己虽然一动不动，却是紧张得满头满身的大汗，有如虚脱。

　　陶主任睡着了，鼾声大作。薄荷脑门湿湿的，她撩起枕巾，擦了擦，拿眼去看身边熟睡的恩人。她愿意想象他是长睫毛、薄嘴唇的男人，神情温和，姿态斯文，就好像是真正的天使降临人间，可是他不是的。他的两只毛茸茸的肥腿交叠在一起，肚脐隐藏在膨胀的腹部深处，犹如一颗死尸的眼睛，一张浮肿的脸，白中透青，青中衬黄，像极了面条的颜色。他的鼾声粗重，五官扭曲，像被谁掐住了脖子，有点咬牙切齿的样子，是一脸苦大仇深的睡相。

　　天色灰暗下来，陶主任张开眼睛，面无表情地到卫生间哗啦哗啦地冲洗。他的步履稳稳的，醉态全无，薄荷在一瞬间实在有些怀疑他是真醉还是装醉，是真睡还是装睡。

　　陶主任陶太太的大床太软和太宽阔，薄荷有点晕船的感觉，起了身还是荡荡漾漾的。她头重脚轻地打开衣橱，取出干净的床单被套，连枕套都换过了，还习惯性地整理整理陶太太凌乱的梳妆台。

　　把衣服穿上！门口一声严厉的呵责。

　　薄荷一愣。

陶主任已经梳洗过了，穿上西装了，两眼龊眛着，那样子是很不高兴她。薄荷猛然意识到自己还光着身子，顿时一张脸羞得通红，胡乱抓过衣服，三两下套上。陶主任这才在椅子上坐下来，点起一支烟，狠狠吸一口，再重重吐出来，正襟危坐，不朝薄荷看。

安全么？

呃？薄荷一时没反应过来。

拿去！陶主任从衣兜里掏出一张五十元的钞票，甩给薄荷。

这——薄荷茫然。

去！买盒药丸，广告里经常打的，那叫什么婷来着？街边的药店到处都有售！说完，陶主任呼啦一声推开椅子，昂首径直离去。

那个、我、我——薄荷急了，拽着钱，不管不顾地撵上去。

少废话！陶主任猛地收住脚，竖起一根粗肥的手指，威胁地摇了摇，道，那药片不值什么的，剩下的，不必找补。不过，你可记住了，就这么多，再要多一个子儿，我都没有！

薄荷张口结舌。陶主任不给她分辩的机会，他不知道，她想说的其实是，她安着节育环呢，志勇出生后，医院强行给她实施了避孕措施，丈夫走得仓促，加上儿子的死，她根本没来得及去摘除她的节育环。

那晚薄荷做了几道陶主任喜爱的菜肴，夹沙肉，蒸得烂烂的；青蒜醪糟炒猪肝，十分鲜嫩；糖醋里脊，点缀着几根青翠的豆苗。可惜陶主任不知去了哪里，迟迟未归。薄荷每隔两分钟踱到阳台张望一次，对着墨黑墨黑的夜，忐忑不安，她潜意识地觉得自己是做错了什么，冒犯了她的恩人，但是她究竟是错在什么地方呢？

陶主任很晚了才回家。薄荷殷勤地递上毛巾，又递上水杯，捧上晚餐。咦，你还没走？陶主任淡漠地瞟了她一眼。她结巴起来，腿软得站不住。陶主任不吃饭，冲一大杯咖啡，那咖啡颜色死沉死沉的，比夜色还黑。薄荷愣愣地看着他，眼里有十万个为什么。这时陶主任开口了，一开口他就不歇气地接着说了下去，说了很多很多的话。语速很快很急很低，非常顺溜的一篇话，像是在他心里梗了好一阵子，翻来覆去地背诵过、修订过，以至到了烂熟的境地。

陶主任说，你必须理智。

陶主任说，在我这里，你什么都得不到，哪怕是一毛钱。

陶主任说，我救你的儿子，容留你，是莫大的恩赐，你好自为之。

薄荷捏不住碗盘，跌落一地，摔得噼里啪啦的响。陶主任鄙夷地骂了她一句，蠢货。

那一夜薄荷是头一回偷偷用了陶太太的沐浴液，陶太太是天天沐浴的，水流哗啦哗啦地响，水雾和香气氤氲在浴室里，浪费得连薄荷都心疼。乡下人不讲究，薄荷在家时，是十天半月烧一锅水，盛在木桶里，小木勺一勺一勺舀了，从上到下一浇，顶多用一块由于储藏太久而香味散失的香皂抹一抹，就算是洗澡了。到了陶家，怀着节省和歉疚的心情，她洗澡的频率更低，总是快快地冲一冲就了事，其余时间，就用毛巾擦一擦了事。

薄荷决定像陶太太那样奢侈地清洗一回，她不是艳羡那种芬芳气息，而是她以为昂贵的东西，肯定洗得比较彻底。浴室的大镜子映出她的身体，瘦削，可是肌肤有些松软了，不是那种清淡纯净的女童玉身，而是厚重的、凝滞的、衰退的、固态的，像汁液丰沛的笋，外表坚固，一层层剥开来，有着极柔软的心。她好奇地凝视自己，忽然害了羞，忽然想到，在陶主任的眼中与在丈夫眼中，自己是截然不同的。陶主任一定不满意她，她没能让她的恩人痛快，那是一种罪过。不轻的罪过。丈夫地下有知，会责备她吧？

她不知所措，独自在莲蓬头下站了很久很久，流水它渐渐地生出了芒刺，戳痛了脊背，有一刻，那水声突地变作了她在梦境里听到过的磨刀声，嚓嚓嚓，嚓嚓嚓。生脆生脆的，而且尖锐作齿。她惊悸得险些失声叫出来，慌乱地关掉水阀。室内一片静寂。她心头狂跳，蹲下身去，张开双臂，没命地抱住了自己，却仍是情不自禁地颤抖。

但陶主任自此是防范瘟疫一般地防范着她了，一旦单独在一起，他的脸便冷得犹如阴雨欲雪的天。他坐在阳台上看报纸，薄荷殷殷勤勤递过去一碟水果，陶主任不仅不接，还声色俱厉地呵斥一声，少来这套！薄荷战战兢兢的，眼泪憋不住，哗哗地落下来。陶主任却是益发地警惕起来，连连摆手，走开！走开！

薄荷惊愕。她频频做那个梦。睡梦里听到磨刀声。刀锋湿润，沾了水，是地下水，划拉过石面。嚓嚓嚓，嚓嚓嚓。仿佛诉说着某种情绪，一下一下地擦过皮肤，一擦，就是一道伤口，一擦，就是鲜血喷涌。那血和月光一模一样，是白颜色的。月光一般冰冷的血，凝结成灰。她大汗淋漓，疼痛难忍。

小夏，你到咱家也一年多了吧，家里的地谁种？牲口谁照料？要不考虑着，回去了吧。吃饭的时候，陶主任若无其事地说。

那怎么成？陶太太立马反对，囡囡就快高考了，家里事儿多，正是需要人手呢。

老婆说得对。陶主任立马好脾性地向陶太太笑了。

那五十块钱，薄荷思前想后，买了囡囡喜欢吃的美国大杏仁，配着价格不菲的伊利金典奶，送到囡囡的房间里去。囡囡正坐在灯下温书，也不问来历，拈起杏仁就嘎嘣嘎嘣地嚼，往牛奶盒里插了一支吸管，咕嘟咕嘟地喝，像个饥饿而贪婪的婴儿。薄荷想到了休学打工的志丽，志丽从来就没喝过牛奶，牛奶那种奢侈品不是他们这种人家可以消费得起的，志丽幼年是吃着小米粥蔬菜泥长大的，即使是志勇，全家人的命根子，也不过是在奄奄一息之时，才遵照医嘱，喝到了香甜的酸奶。

囡囡的床头乱七八糟地扔着换下的裙子内衣什么的，薄荷下意识地收起来，预备拿去清洗。囡囡的电脑开着，薄荷不敢碰。陶太太交代过，小夏，囡囡的电脑不能随便碰的。薄荷唯唯诺诺，自此便将桌上那方形的匣子和桌下长条的匣子以及连接着它们的好几根累累赘赘的电线视为禁物。没人时她曾经轻轻悄悄地，伸一根手指，探一探那匣子，奇怪了，不烫手啊。那么多的电线缠着绕着，怎么会没有一点儿热度呢？

她见到过囡囡上网聊天，电脑键盘啪啪地响，敲击如飞。志丽那些住在县城的同学都是有电脑的，薄荷知道。临出房间，囡囡叫住了她。

我问你，你家里喂马了吗？囡囡劈头就是一句。

马？薄荷一怔，期期艾艾地说，马是没有喂，喂了猪，喂了鸡，喂了鸭，哦，对了，他爷爷家以前喂过牛的……

你会劈柴？囡囡打断她。

劈柴？薄荷笑了。当然会了，咱那地儿，不像你们城里，有天然气，家家都烧柴，就连三岁小孩儿都会帮着大人劈柴火呢。

乡村的景色很美吧？是这样的？你听着啊，囡囡举着手里的课本，念给薄荷。从明天起，做一个幸福的人/喂马，劈柴，周游世界/从明天起，关心粮食和蔬菜/我有一所房子，面朝大海，春暖花开/从明天起，和每一个亲人通信/告诉他们我的幸福/那幸福的闪电告诉我的/我将告诉每一个人/给每一条河流每一座山取一个温暖的名字/陌生人，我也为你祝福/愿你有一个灿烂的前程/愿你有情人终成眷属/愿你在尘世获得幸福/我只愿面朝大海，春暖花开。

你家的房子是不是这样的？面朝大海，春暖花开？囡囡问。薄荷想起几年前有一群背包旅行的驴友在正午路过她的家，向她讨水喝。她把屋后的一眼山泉指给他们，当中那个染金黄头发穿吊带背心的女孩子自顾自地在她的房前屋后溜达着，对着金针花田，对着蕨菜田，对着爬满篱笆的野玫瑰花，发出一阵一阵夸奖的惊叹声。大婶，我太羡慕你了，农妇、山泉、有点田，真是美死了！她叫着，奔过来搂住她的脖子，跟她合影留念。

薄荷是再好的涵养也忍不住笑出声来。傻丫头，咱是山区呢，哪来的大海？囡囡不高兴了，嘴巴一噘。你这人是怎么一回事儿，不仅没有诗意，连一点想象力都没有！

薄荷忙噤声。囡囡是一头小刺猬，不好惹的。她又挂念起她的志丽，囡囡读的诗歌，其实她曾经听到过，是在一次家长座谈会上，座谈会的末尾，由志丽表演了诗歌朗诵。

妈妈，这是我最喜爱的诗歌呢！朗诵一结束，志丽就跑到薄荷身旁，揽着她的肩膀，亲热地与她说悄悄话。志丽是个心地明净的女孩子，她从不在人前掩饰自己的身世。辛勤穷困的母亲，是她的骄傲，而不是她的耻辱。

为什么呢？薄荷不太懂得诗的内容，说实话，有些词句，于她，完全就是天方夜谭一般的神秘和深奥。可是她是多么愿意倾听女儿的絮叨，志丽每次回家都会一边帮她做家事，一边缠着她说话，小小的志勇就赖在姐姐身侧，不时与姐姐嬉闹。

这首诗是如此的温暖、开阔和美好，还带有一点可爱的孩子气。志丽说着就微微仰面，把诗背诵一遍给她听。志丽相貌随她，下巴尖尖的，白莲花瓣似的，虽不是那种喜气福相的团圆脸，却是非常的精致，非常好看。

闪电也有幸福不幸福的吗？薄荷发笑。

妈，您不知道，这首诗里的闪电是有象征意向的，是指来自上天的力量，法国有个著名诗人叫作勒内·夏尔，他有过这样一句诗：我们居住在闪电里，闪电居住在永恒的心脏。这个比喻其实又是来自古希腊普罗米修斯从天上盗火的神话……

薄荷听得一头雾水，志丽从学校带来的千奇百怪的事物、从书本中学到的高深莫测的术语，那些文绉绉的词句，她不明白，也不太记得住。可是有一句，她是听懂了，而且，紧紧地、存放在了心里。那是志丽打算休学以成全她的报恩行动时，对她说过的话。志丽说，妈，所谓滴水之恩，当涌泉相报。咱家只有报答了陶主任，才能心安理得地生活下去，就像瓦雷里在他的名诗《海滨墓园》里所说的，终于得以放眼神明赐予的宁静。

终于得以放眼神明赐予的宁静。志丽一个字一个字地解释给她听，她也一个字一个字地记住了。在陶主任家度过的那些谦卑而辛劳的日子，在那些漫长无际的黑夜中，尤其是，在与陶主任有过那一回莫名其妙的欢娱之后，薄荷便时常默念着，终于，得以，放眼，神明，赐予的，宁静。

九条！

大姐，我怎么一直就没看出来，咱大姐夫是这么热心肠的人哪，肯这么不计回报地帮助一个农村女人，那可不是一般的思想境界！

你这丫头，嘲笑你大姐夫还是怎么的？开玩笑，他要是那么傻啊，你大姐我，当年哪里会嫁给他？！

二万！

碰！

不过我想不出来，这募捐救别人，能对大姐夫有什么意义？

有什么意义？我的傻妹子，你是在美国待久了，喝了洋水儿，染了洋脾气，这么简单的道理都看不出来了——还是你大姐夫头脑灵光，会抓典型，会想点子，借着夏薄荷家的那档子破事儿，你大姐夫好好地策划了一把，请县委书记带头捐款，又由县委县政府出面，搞了各种捐赠活动，那可是让县委书记、县长在各大媒体上大大地露了脸，过足了明星瘾。你大姐夫原先不是副主任吗？就靠这一次，政绩显著，升了做正职。

哟，那夏薄荷可是不知道这一茬儿吧？明明人家是你们家的恩人，你们居然有本事正儿八经地接受人家报恩！

我胡啦！

呀，又是清一色！

那怎么能让她知道？！你大姐夫在官场上混了这么久，什么眼风看不出来？这一任的县委书记特别重视宣传，宣传部长恰恰很不得力，你大姐夫瞅准了这个时机，到处找机会呢，正好就碰到夏薄荷这颗棋子，这一拨接一拨的宣传攻势啊，搞得县委书记是眉开眼笑。

所以就升我大姐夫当了正主任？

本来还准备破格提升他去做宣传部长，直接进常委的，可惜啊，成也萧何，败也萧何，本来你大姐夫千方百计联系好了肾源，通知了各家媒体，长枪短炮地候在了手术室外面，准备搞新一轮的采访，连县委书记都衔接好了，手术一结束就到病房慰问夏薄荷母子，风风光光地接着上电视，结果想不到夏薄荷那儿子短命——当然也怪你大姐夫那该死的侄子，哪晓得一针麻醉剂下去，那孩子就那么一声不吭地断了气儿！

麻醉剂？什么麻醉剂？大姐夫的侄子怎么了？

你大姐夫的侄子，去年卫校毕业，被你大姐夫找关系安排到县医院麻醉科，夏薄荷那孩子的换肾手术就是他侄子担任麻醉师，那家伙也是个二愣子，头夜里跟我一块儿打麻将，打一通宵，估计昏了头了，把成人的剂量给那孩子弄了进去，手术还没开始，这边就翻了白眼儿。

啊？那不成医疗事故了？

是呀，可把你大姐夫忙坏了，这头要糊弄领导和新闻单位，那头要跟县医院的负责人办交涉，想尽一切办法把他侄子的过失给掩盖下去，虽然一切都还算顺利，不过实在是可惜了宣传部长那职位，要在那位置上，你大姐夫的上升空间多大啊……

梦里的磨刀声清清楚楚地响了起来。嚓嚓嚓。嚓嚓嚓。有节奏，有质感，有劲道。一来一去。一来一去。嚓嚓嚓。嚓嚓嚓。薄荷用手蒙住耳朵，可是脑子里被磨刀声填得满满的。薄荷蓦然间明白了，那刀声原来是来自上天的昭示，为她揭开某种惨烈的真相，是的，她的宝贝儿子志勇是被一把刀，啊不，是被两把刀杀害的，其中一把，是可恨的肾衰竭，另外的一把，则是……

阿蛐气喘吁吁地跑了回来，一把抓起毛巾，没头没脑地使劲擦着汗，啰里啰唆地抱怨着，杀千刀的，人家顾客要退货，该退不退的你有理儿捡理儿说呗，一来就朝顾客挥拳头，把顾客鼻血都打出来了，害得我倒赔了五百块钱，气得我！

咦，薄荷姐你咋买这么多生姜？还有鸡肉，炖鸡啊？阿蛐留意到了薄荷脚边的菜篮，大惊小怪地问道。薄荷听见自己木木地回答她，姜汁热窝鸡，我要做姜汁热窝鸡。哦，是姜汁热窝鸡吗？我最拿手的呀，我告诉你，这其中的要诀是对姜汁分量的把握——哎呀，薄荷姐，你怎么啦？脸色这么难看？别是中暑了吧?!

中暑。我是中暑了。薄荷喃喃地说着，却是再也无法控制住自己，虚弱地软软地朝后仰倒下去，宛如一堆沉重的沙袋。

# 荼 蘼

某一夜，就像得到了一道神秘的指令，菜花摧枯拉
朽、奔腾澎湃地盛开了。菜花一绚烂，男人就犯病。男
人的节奏与菜花的节奏保持着高度的一致，他的眼神邪
了，口水滴答下来，素婶积攒了一年的可怜巴巴的钞票
们就撒着欢地朝外窜。

老太太身板瘦小，并不驼背，前胸却像被谁重重踩了一脚，
凹陷了，瘪下去了，看不出起伏，仿佛一张单面的纸片儿。她面
对电视机，端坐如泥，挺直的腰板与笔直下垂的双腿跟那把椅子
呈平行的姿势，骤然一看，就像两把叠放在一起的靠背椅。她的
怀里牢牢抱着一大一小两个包，每隔几分钟就会站起来一次，走
到病房门口，朝外瞄一瞄。这是标准的陪护亲属的姿势，警惕、
警觉、紧张，整个人像一张绷紧了的弓箭。

王村她们倚墙站着，有一搭没一搭地闲聊，分吃着28号给素
婶的一串红提，尽管谁都没刻意朝9号病房放眼张望，但老太太的
一举一动尽收眼底。

9号是妇科病房唯一的一间VIP房，说是VIP，却不是一室一厅
的套房，一个带卫生间的单间而已，但在这所设施与技术在西部

省份里数一数二的妇产科医院，已是极度的奢侈。要知道门诊大厅熙熙攘攘的人流，堪比春运时的火车站，而每天早晨排队预约手术的场面更是形如大型超市岁末甩卖时疯狂抢购的情状。王村听上了年纪的护工说起从前这里倒有好几间VIP房，最近两年，病房面积益发的寸土寸金，就改了双人间三人间多人间，增加容量。9号硕果仅存。

　　能够住进9号的，大致分为以下几类人：女性要人、要人的女性亲属、女性阔人、阔人的女性亲属。这样的人，注定是被簇拥的，走到哪里都不会寂寞，哪怕是医院，等着鞍前马后献殷勤的人多如牛毛，太多的人以能够轮上为她们奉洗脸水、梳头发、擦屁股而欣喜若狂。这样的女人，是另外一种生物，她们脱离了混杂着汗臭屁臭体臭的劳苦大众，她们置身于高海拔地带，傲视苍生——亦被苍生仰视，权力与金钱为她们的身体营造了神秘的香氛，她们的分泌物和排泄物似乎没有异味，可以让伺候她们的人倍感荣幸乃至顶礼膜拜。这样的女人，不需要掏腰包请护工。王村她们因此极少踏足9号。

　　眼下这位9号，稍显异常。前一任前呼后拥地出院了，随行队伍太过庞大，以至于王村她们都没辨认出谁是病人。人家大队人马地一出门，等候在门外的老太太抱着两个包，立即一溜烟闪了进去，端端正正坐在椅子上，再不肯挪窝，跟挤公交车占座一般的身手敏捷、神色坚定。这小家碧玉的做派，这形单影只的格局，跟9号太不搭调了。

　　搭调不搭调，不过是一闪念间的八卦，王村慢腾腾吃着红提，眼角的余光留意着走廊来来往往的人群。临近晌午，是倒腾病房的辰光，出院的差不多办完了手续，病床腾空了，ICU里的病人就该陆陆续续转下来了。这正是写生意的时候，她们这一行（如果护工算是行业的话），喜欢用"写"这个动词。问："写上没？"

答："写上了"或是"没写上"。有了这舞文弄墨的字眼打底，不知道的人还以为是多么文绉绉的活计呢。

与上一轮雇主结算过了，王村就在走廊里候着，几个人聚在一起，闲闲散散的，低低地聊着，低低地笑着。彼此之间虽然是竞争关系，但谁都不会表现得太急太饿。猴急的那个，何九，长期驻扎在电梯口，一见人来就腆着脸上前，被素婶戏谑为"脸笑得跟张烂饼似的"，早被她们排斥在外，孤魂野鬼似的做着独家生意，没了相互的信息与照应，断档的时候倒比她们多。

大白天的，走廊里仍亮着灯，白色的光芒淌过微蓝色泽的地板与门扉，不知怎么的，竟泛出一层凄凉的青灰。9号就从那天地一色的青灰里由远及近地被推过来了，王村她们的眼光尾随着，一路目送进病房。平板车推了进去，ICU的搬运师傅竟又折转身来。几个女人试探地慢慢往前凑，搬运师傅扫一眼，朝王村喊了一嗓子："小王！"王村应声挺身而出，其他人讪讪退开。

估计是老太太身单力薄，求着搬运师傅给推荐护工，病人家属通常以为穿制服的就是医院的正式职员，值得信赖，其实搬运师傅不过是农民工，也姓王，王村攀过几次交情，叫过几声"叔"，人家见王村懂事，有活儿就推荐给她。

王村搭把手，与搬运师傅以床单为工具，麻利地将人挪移到病床上，躺好，盖好，没费什么力气，9号露在床单外的一截手臂像根细竹竿，小小的面孔，一望便知与纸片儿老太太是母女俩。搬运师傅收拾收拾，咕噜噜推了平板车就走。王村抢上前一步，将手里捏着的一张20元人民币悄悄塞进他的衣兜，搬运师傅虚虚地推却一下，却也只是嘟囔着含糊不清地说了几句什么，王村赔着笑，也是含糊不清地说了几句道谢的话，人和车就一起消失在了白茫茫的走廊里。

护士紧跟着推了小车进来，换了床卡，给9号上了监护，挂上几袋液体，轮流扫视一眼老太太和王村，叮嘱王村一句："放屁后就可以吃流食了"，转身袅袅婷婷地走了。护工们天天在眼皮底下晃悠，在护士那里混了个脸熟，雇了护工的，护士大多省心，知道这帮护工熟知术后康复流程，不必啰啰唆唆应对亲属的十万个为什么，直接嘱咐护工就是了。

王村瞅一眼床卡，认出医院专用的恶性肿瘤标志，9号患的是癌，做的是附件全切术，全切的意思就是，9号腹腔里的那几样女性器官，咔嚓一下，统统摘掉。王村眼里出活，先是查看点滴的速度，接着拿起床头的热水瓶，到水房去接开水，水房开放的时间有限，不抓紧了，连开水都没得喝。

一眨眼的工夫，走廊里的人各自找到了新东家，已经散了。病房紧俏，从ICU转出来的病人不得不被安排睡走廊的加床，莲姐的新雇主就睡在水房外的一张折叠床上，莲姐跟了王村去水房，趁着接水的当口，两人闲话几句。莲姐问："什么状况？"王村说："全切。"她们的表情毫不动容，在病人如流水般朝夕更换的妇科病房，多么严重的病情都不稀奇。莲姐说："动静看着不像官太太呢。"王村说："那就是阔太太了——也不像，说不定是偶然轮上的，9号有空当。"

莲姐呵呵呵地大笑，烫过的头发乱蓬蓬的，像个女巫，莲姐说："你何曾见9号有过空当？那些官太太阔太太切子宫切卵巢的排着队呢，你没见邱一刀忙得那样？"邱一刀是邱教授的绰号，男性，人称邱一刀，稳坐这间医院妇科手术室的头把交椅，年纪大约40岁出头，高高瘦瘦，眉眼俊秀，头发是自来卷，有点反串小生的调调，尤其一双手，修长白皙，比女人的手还要干净漂亮。

"怎么，心疼了？"王村朝她挤挤眼，护工们总拿邱一刀跟莲姐开玩笑，这里头有什么典故，王村来得迟，问来问去，没问出个所以然，大家都胡乱搪塞着，比如"你瞧莲姐看邱一刀那眼神，能滴答出水来"，比如"人家邱一刀什么人物，对着一般的大夫都没个正经笑脸的，偏偏要和莲姐打招呼"。其实所谓的打招呼，王村是见过的，邱一刀一身白衣胜雪，有时还戴着手术室里的蓝色帽子，或冷峻或疲惫地穿过走廊，那超凡脱俗的身姿与气质，让人自然而然地垂手、闪避、屏息不语，唯有莲姐，总是堆着一脸的笑迎上去，清脆玲珑地大喊一声："邱教授好！"跟小学生见了老师一般的表情，既崇拜又巴结。堂堂医学教授，基本的礼仪是不差的，邱一刀的回应永远是，牵牵嘴角，在笑容尚未形成以前，向她略微颔首，疾步走过——整个过程，他都没有减速。叫不叫得上莲姐的名字，那还是两说，恐怕邱一刀做梦都想不到，在这个叽叽喳喳的女人圈子里，他已经是莲姐的"情儿"。王村想，也许他们之间从来就没有过什么咸湿情节，对于一个莲姐这般媚眼如丝的女人，潋滟的眼睛里不能空无一物，塞给她一个顶级优秀的男人就对了。

王村提着热水瓶返回9号病房，一脸笑容地问老太太有没有准备脸盆毛巾，她要打水为9号擦洗一下。老太太终于肯放下怀里的包，她在那只较大的包里掏来掏去的，找出几样古董，搪瓷缸子、搪瓷盘子、老式军用水壶、铁勺子，几张陈旧暗淡的单色毛巾。

"餐具不用带的，有一次性的纸饭盒，但是盥洗用具要齐全。"王村忍着笑，说。凑近了看，老太太的头发是染过的，挑染，淡淡的红棕色，头顶却发质稀疏，星星点点地透着头皮的粉红，新生的白发混杂其间，有一种落破而潦倒的气息。老太太把东西掏出来，拉链拉上，还是死拽着那两个包，枯瘦的手上戴着金戒指、粗大的金镯子，那些金物贴着皱皱巴巴的皮肤，没有水乳交融的感觉，反倒泾渭分明，水是水，油是油的——显见得是小地方的摩登老妇人，时髦而又乡土气，穿金戴银了，还是脱不了早年的贫寒印迹。

"既然餐具是现成的，那就将就用这个，"老太太指指圆肚子的搪瓷缸子，"接点热水，给她擦擦吧，长了褥疮可不好。"

"我不要她！"平躺着的9号突然开腔了，她张大了嘴，但发出来的音量明显低于她的预期，她的嗓音在虚弱中战栗着，让人联想起狂风中胡乱翻飞的黄叶，"叫胖子来！"她叫着，"我谁都不要！叫死胖子来！"

"孩子，别闹，你刚做完大手术，身子虚，钱不要紧的，都在妈这儿，"老太太拍拍自己怀里的包，又戒备地抬眼瞅瞅王村，王村忙别过脸去，佯装聋子瞎子，"病治好了，比什么都强，你要有什么差池，妈可怎么活下去……"老太太哽咽了。

"妈，我就值那一点点钱？不行，你打电话给胖子，叫他马上来，叫他来照顾我！"9号不为所动，坚持着，"即使要了断，我也要当面跟他算算账！"

"孩子，咱先不折腾，静着些，等咱养好了，什么都好说，妈还指望你养老送终呢，"老太太的眼泪都快下来了，"你知道的，打查出你生病，这一个多月来，妈就像散了架，浑身上下都疼得厉害，骨头一根一根像要断掉了，五脏六腑跟长满了青苔一样，血管里不晓得还有没有血液在流——妈老了，没办法照顾你了，就让这姑娘照顾你，好不好？"

"把包里的手机给我，我打给胖子……"9号吃力地抬起没有输液的右手，软软地伸向老太太，老太太慌忙抱着她的两个包，往后退，好像9号就要抢走包里的手机。王村看清楚了，老太太的两个包，小的那个是LV。王村原本不认得这牌子，莲姐倒是典型的"名牌控"，无聊的时候就站在走廊里研究过往女患者、女探视者们的衣服与手袋，王村蒙她启迪，却是既不用功又无天分的笨蛋学生，除了LV的醒目符号，她简直没有掌握别的任何知识。

"不要跟妈耍脾气了，好不好？"老太太眼泪汪汪，她变得神经质起来，她的譬喻夸张而诗意，"孩子，你听听，妈的心脏都快碎掉了，妈的胸腔成一堆烂谷草了，妈的肺马上就成一面破鼓了，求求你不要再刺激它们……"

"叫胖子来，我不要她……"9号固执得可怕，她喘着气，困倦至极地闭上眼睛，可是那只伸向老太太的手，仍旧执拗地悬在半空中，她的大部分身子都埋在雪白的床褥中，像埋在深深的泥土里，因此那只孤独的手臂犹如骤然从泥土里冒出来的。

"老太太，您看，您女儿要是不满意，要不我就先走了？"王村出面打圆场，这场奇异的母女争执，她无心涉足。

"对不住了，姑娘。"老太太的眼睛里糊着泪水和眼屎，她恳求王村留下手机号码，便于联系。病房里没有纸，王村把一串号码写在她殷殷勤勤递过来的手掌上，在那纹路纵横的掌心里。

莲姐坐在加床旁的折叠椅上，手里居然捧着一本书，喃喃有声，墙上贴着临时的病患编号，写着：加3。王村轻轻哼一声，莲姐抬起头，看到她，对双目微闭的加3号说了句什么，起身跟过来。她们拐进电梯间里。黄了，王村说。那你再等等？莲姐说。不等了，我回去一趟，看看儿子。王村说。也好。莲姐说。

"读故事书呢？"王村好奇地问，她把所有的书都称作故事书，包括数学物理化学，世界上一切的书，都被她叫作故事书。

"是个大学老师，说是不读书睡不着觉的，"莲姐努努嘴，压低嗓门，"什么故事呀？乱七八糟的！"她扬扬手里的那本书，王村一字一顿地认字，"最——初——的——爱——情，最——后——的——仪——式。"

"外国人写的，外国人可流氓了，"莲姐隐晦地说着，翻开一页，指着上头的两个字，王村仔细看看，是阳——具，王村茫然地笑笑，莲姐把书合起来，说，"不懂吧？这就是男人的那家伙，写在书里，还下力气研究呢。"莲姐嘎嘎嘎地大笑，笑得跟鸭子一般无忌。莲姐有张清清秀秀的脸，笑声却是粗放式的，纵情而生动。

"她听这个？"王村指指加3。

"听！不过，好多字我都还给老师去了，它们认得我，我可是不认得它们了，"莲姐老实说，"只好随口念念罢了，给她当催眠曲吧，做了手术，还失眠，怪可怜的。"王村嘘出一口气，对于莲姐满腹墨水的肃然起敬立马烟消云散。

离开医院前，王村混进大病房洗了个澡。这是她们惯用的把戏，她们不会在东家的病房里洗澡，那样多多少少会给东家不良的印象，毕竟是工作时段，做私事怎么可以呢？洗澡就去那几个六人间，人多眼杂，往厕所一钻，关起门来哗啦哗啦地冲洗一遍，三五分钟而已，一般不会引人注目，即使有人问起，打个岔，说是过道加床的亲属，人家就不会追究了。况且六人间里住的病人通常在医院里没有过硬的关系，凡事都闹不大的。

王村散着湿漉漉的头发，一出门就被素婶拉住。素婶黑着一张脸，沉声说，何九那臭婆娘，该教训教训了！王村问，还有谁？素婶说，我把她们都叫上了。王村明白，她们只是指莲姐，以及其他几个要好的姐妹。

她们在通往手术室的楼梯间等着，这条步行楼梯狭窄、隐蔽，经过的人稀少。王村从莲姐那里弄明白了事情的始末，素婶的东家28号将在翌日出院，她得到善良的东家谅解，可以提前谋一份新差事，一边照顾新的病人，一边照顾日益恢复起来的28号。素婶的新目标是33号。早在33号入院的时候，素婶就获得了33号及其家人的认同，谈妥了术后护理。33号是难度系数较小的手术，没有进ICU，手术完，麻药过了，直接推回病房。病房是双人间，正在同病房看护34号的何九捷足先登，花言巧语地说服了33号的家人，以同室便于护理为由，抢走了素婶的生意。

是该教训教训了。王村说。领她来这间医院当护工的，正是素婶。素婶的婆家与王村的婆家相隔不过几公里，素婶在这家医院已经做了十几年了。没人撑腰，王村是没法进入这个圈子的。尽管护工不归医院管理，没有职业门槛，没有明文法规，但四周却有一道看不见的人际藩篱，这道藩篱，阻止了陌生人的贸然入职，因此在这家医院里，护工的数量基本保持供需平衡，淡季不会闲着，旺季时会有同时看顾两三个病人的好运气。而在这道藩篱里面，又分作若干透明无形的小区域，比如素婶、莲姐和王村还有别的几个，就是同一区域里的，彼此照顾着。

何九被素婶叫了出来，先还磨磨蹭蹭的，出了走廊，就由不得她了，素婶手下发力，暗中使着劲，把她拖到楼梯口。

"你们想干吗？我有病人，没空跟你们聊天！"眼见几个人虎视眈眈地盯着自己，何九虚张声势地咋呼一声，扭头想溜。

"站住！"素婶厉声喝道，她抓住何九的衣领，"谁跟你聊天，你这个婊子！"她的动手是一个无声的信号，几个人一拥而上，肥胖的何九顿时像一堆面粉，被揉成一团。

"姐姐，姐姐，饶了我吧，下次不敢了，"何九对形势有清醒的判断，她软了声气，低三下四地哀求着，"姐姐们，我家里四个老人都有病，我老公出车祸，瘫了，就靠我一个人赚钱，儿子过完年就30岁了，还没讨上媳妇，眼见着成老光棍了……"

"怎么成四个老人了？上次你回老家，不是办你婆婆的丧事？你这个撒谎精！"素婶毫不手软地把她摔倒，朝着她的臀部狠命击打，一边打一边呵斥，"就你穷，就你苦，就你能盯钱，跟苍蝇盯屎似的！谁家金山银山的会跑到这儿来受罪？我最见不得你这种女人，满嘴谎话！你喜欢赚钱是不是？那你就一天24小时赚钱好了，我让你不用站、不用睡，你就时时刻刻赚钱好了！"十几只拳头立即照准何九撅起的臀部，掐的掐，捏的捏，捶的捶，何久放弃了告饶，从她的喉咙里发出沉闷而憋屈的呼痛声。从头至尾，她没有叫救命。

王村的一颗心，怦怦乱跳，在眼花缭乱的拳脚中她甚至没来得及亲自出手，整个过程，她的行动都慢了半拍，她不断地想参与进去，她必须用拳头表达忠心与立场，却不断地被阻挡在后，慌乱中她只看到素婶宽硕的脊背，素婶是个身胚壮实的女人。然后，暴力就结束了。毕竟是医院，素婶她们有所顾忌。

"滚！"素婶厌恶地朝何九踢一脚，何九一跟斗趴倒在地，她哼唧着，爬了起来，龇牙咧嘴地揉着屁股，一歪一瘸地朝前走，嘴里还不忘记念叨着："谢谢姐姐们手下留情……"几个人哄地一下笑了，素婶在笑声中扬扬得意地拍了拍手。可以想象，何九的臀部绝对成了一片深红青紫的沼泽地，没有外伤，不会致命，但这几天有她的苦头吃了。

王村把随身携带的被褥和简单的行李寄存在同乡那里，同乡是门诊室的清扫工，在杂物间里有一席之地，王村和素婶的小件物品都搁在那里。王村搭公交车回租住房，13站地，一路摇晃下来，她觉出了饿。午餐时没续上生意，她就没医院吃饭，医院的饭菜，那个贵啊。下了车，她在小卖部买了一把面条。租住房在城乡接合部，是一片已经征用的待拆迁民房，尚未拆除，墙壁上写着大大的一个"拆"字，用白色圆圈圈起来。她们租了一套三的房子，房租很便宜，没写上生意的时候就暂住在此。每个房间布置成学生宿舍的样式，上下铺，每个铺位摊下来的租金就更低廉了，仍旧不划算，空置率太高了，却又不能在空窗期一毛不拔地睡大街吧，索性两三个人共租一个铺位，毕竟一起"失业"的可能性几乎为零。

房间里乱糟糟的，电线横空乱接，一张跛脚的破沙发堆满锅碗瓢盆，横亘在房门口，像一条尽忠职守的看门犬。王村一脚踩在一堆破损的蚊香残片上，她低头捡起来，一根一根地拾掇整理，这玩意儿到了夏天，得派大用场呢。她环视一下垃圾山似的屋子，打消了清扫的念头，她一分钟都不想耽搁。面条还在锅里翻滚，她已经迫不及待地往碗里倒了酱油、辣椒油，稀里呼噜地吃完一海碗面条，把揣在内衣口袋里的钱仔仔细细数一遍，没错，4200元，有一个多月没回家了，工钱都在这儿呢。带回去，交给婆婆，为儿子猪猪攒起来。猪猪扁扁的面孔、宽宽的眉心，眼神里的清澈与深刻的无知，让王村的心温柔牵动，她恨不得马上把他搂进怀里，没命地吻他。

从这里搭公交去长途客运站，再搭半个钟头一班的客车到县城，从县城转车到小镇，再乘摩的到家，耗时约四个小时，车费一共62元，王村把零钱放在提包里，出发。刚走到小区外的公交车站，一辆出租车在她跟前刹住，从车上慌慌张张跳下一个女人，王村定睛一看，居然是素婶。

"出什么事了，素婶？"王村大惊，无端端打车，可不是她们这帮人的消费风格，并且素婶一贯是泰山压顶岿然不动的那种厉害角色，王村从没见过她如此的面色惨淡，神色惊慌。素婶一把将她拉到一旁，哑着嗓子说，"出人命了。"

"何九？她死了？"王村倒吸一口冷气，天，打屁股能打死人的？

"不是何九。"素婶四面望一下，仿佛有人跟踪追击似的，她紧拉着王村，喘着粗气，口腔里一股难闻的气味，浓重得像村后水沟里淹死的小牲畜散发出的腥臊，王村差不多是被她搂在了怀里，闪避不得，只能听她磕磕巴巴、颠三倒四地陈述着。她的语序明显发生了混乱，王村费了好大的劲才弄明白，死的不是何九，但何九那臭婊子无论如何脱不了干系——就为了揍她，素婶离开了28号的病房，短短20来分钟，等她回转，28号已从病房所在的11层窗口飞身跃下。这是素婶护工生涯中最严重的事故，在医院目睹死亡，原本是家常便饭，可是经由她的疏忽（目前她自己是这样认定的）造成的死亡，那就两样了。素婶所做的，是逃离现场。

"一个大活人，说没就没了，她家的人找来，我不得上断头台啊？"素婶朝自己的脖子哗啦一下，王村本能地拉住她的手，好像她的手掌就是一把锋利的刀，能把脑袋砍下来，"我得避避风头，砍头不要紧，万一让咱赔个几万几十万的，那比要咱的命还——要命！"

素婶回出租房潜伏起来了，王村闷闷地朝车站走。一帮女人里，素婶一直扮演着精神领袖的角色，她强大、乐观、仗义执言，除了同乡，别的女人都以为她过着正常健康的生活，在她的背后，有一个正常健康的家。

王村出嫁以后，被老公领回婆家，在村子里遇见的第一个人就是素婶的老公。王村和老公挤在摩托车的后座上，颠簸到村口。村口有几株瘦弱的树，两三只瘦弱的土狗，一个瘦弱的男人。男人戴顶又大又旧的草帽，光着上身，一条布裤，裤腿在地面拖曳，裤腰很低，险的走光。王村难为情地别过脸去。

草帽男一见摩托车，立马兴奋地摘了头上的草帽，使劲挥舞，嘴里大吼一声："我毒死你！"王村吓一跳，骑手是个十七八岁的青腔嫩崽，年轻气盛，一愣，本能地回嘴：我毒死你！草帽男乐了，喜滋滋地跳来跳去，像只疯狂的蚱蜢，他大喊大叫：我毒死你！我毒死你！我毒死你！嫩崽气得头发倒立，随手捡了石块，就要砸他。王村的老公救场了，他拦了一下，制止了一场可以预见的血案。一个高个子、宽肩膀的女人赶到了，拉了草帽男就走，嫩崽在背后悻悻骂了一句神经病，草帽男咧开嘴笑，一溜黑牙。

宽肩膀女人回过头，幽幽地说，他可不就是精神病？嫩崽傻眼了。

这个女人，就是素婶。草帽男，是她的丈夫，一个疯子。王村在婆家小住的日子里，还见过他几次，有一回，他不知从哪里捡来一根沾土的骨头，跟烟斗似的斜叼着，脚上趿拉着一双破大的拖鞋，油腻着一头白而长的乱发，两条裤腿一边高一边低，蹲在菜花盛开的沟坎边，对着过往的行人乐此不疲地喊：我毒死你！我毒死你！我毒死你！

素婶娘家在山区，当年家里穷得揭不开锅了，姐妹几个，衣衫褴褛，统共只有一条完整的裤子，谁去相亲给谁穿，因此嫁到平原就成了姑娘们丑小鸭变白天鹅的唯一途径。素婶以其宽肩、平背、大脚的力量型选手的外观优势顺利嫁到平原，吃上了大米饭，偶尔还有香肠腊肉开个荤。那时辰，菜花已经黄了，金灿灿的菜花丰美、充盈。填饱了肚子的素婶，眼里的世界美好而澄净，她热爱这个外形瘦弱、不苟言笑的男人，热爱这个土质肥沃的村庄，她用不遗余力的劳作来回报她的婚姻。

可惜菜花开得短暂，素婶蜜里调油的幸福也短暂。她发现老公半夜起来晃荡，叫他的名字，他眼神直直地瞅过来，他骑过压过的女人，倒似陌生人一般了。顺藤摸瓜地追溯下去，原来老公在婚前就有精神病史，公公婆婆和媒人联手隐瞒了她。素婶先是气，后是怨，接着生了逃走的念想——腹中轻微的动静阻拦了她的脚步，女儿的诞生，把她和这个疯疯癫癫的男人牢牢地捆绑在了一起。素婶用她的宽脊大脚支撑起了有米饭有肉香的家，她的责任田品种繁多，不止有农作物，还养着几十箱蜜蜂，家里更是猪牛羊、鸡鸭鹅齐全。然而她的生活质量与男人的犯病次数成反比，男人不犯病，蔫头耷脑的，被她指挥得团团转，男人一犯病，就不听话了，还出现暴力倾向，自家的和别家的人与畜生，以及物品，都是他的攻击对象。素婶刷刷刷往外掏票子，赔完这家赔那家。一到春天，她就神经绷紧，每日惴惴地观察着菜花的颜色，惴惴地观察着男人的神色。男人在菜花地里驱赶蜜蜂，蜜蜂嗡嗡叫着，懒洋洋地绕着枝秆转悠，就是不往地里钻。到了二月末，菜花还是瘦瘦的一片。三月的风暖了，蝴蝶来了，蚂蚱来了，那田里总算零零星星有了淡淡的黄色，植物仍旧是瘦的，蔫蔫儿的，耷拉着脑袋，然后，某一夜，就像得到了一道神秘的指令，菜花摧枯拉朽、奔腾澎湃地盛开了。菜花一绚烂，男人就犯病。男人的节奏与菜花的节奏保持着高度的一致，他的眼神邪了，口水滴答下来，素婶积攒了一年的可怜巴巴的钞票们就撒着欢地朝外窜。

跟男人的未来暗无天日，唯一的女儿是素婶的命根子，是素婶人生的全部理想。男人疯是疯，五官却秀气，女儿相貌随了他，漂亮的面孔，纤细的身材，像一株水边的油菜花。素婶家的门槛被踏破了，尽管男人"疯"名远扬，却挡不住一双双发现美、追求美的眼睛，女儿风风光光地嫁进了副镇长的家，成为副镇长的二儿媳妇。女儿的婚礼场面气派，名噪一时，婆家迷信，不许穿白色，结果女儿选了珍珠黄的婚纱，那是初春，田地里嫩绿的植株间交错着一层轻微清淡的黄色，与新娘子的裙裾色泽相似。男人没有获准出席女儿的婚礼，素婶被女婿用一辆扎着红花的婚车接到镇上，沿途掠过车窗的菜花地，花蕊新萌，初绽惊美，像极了新嫁娘羞赧的神情。那是多年来素婶度过的最好的一个春天，即使那一年男人疯得格外凶，即使那一年，家里的牲畜们接连遭受瘟疫，收入锐减，这些，都没能冲淡素婶嫁女的喜悦。

菜花还没枯萎，素婶的女儿被婆家送了回来。原来新娘子美则美矣，却逐日地与洋娃娃的形象背道而驰，丢三落四，一脸傻笑，发展到清明节，当着众亲戚的面，在祖坟前上演了一出披头散发的裸体秀，婆家人颜面扫地，大怒之下把这疯女遣返回来。素婶明白，多年来一直让自己惴惴不安的隐忧，终于还是眼睁睁地成为事实。每到春天，男人发飙，女儿却异乎寻常的沉默，经常坐在田畦发怔。素婶不断地安慰自己，女孩子家，有个那样的疯爹，不是什么体面事，内向一些、低落一些也是有的，可是，女儿魂魄尽失的眼神却是她心里挥之不去的阴影。如今，这阴影扩散成了一地鸡毛，粉碎了素婶所有的希冀。她彻底垮了。

乡亲们绕道而行，关于素婶婆家中了邪的各种传言在村子里像油菜花一样疯长，素婶和疯男人、疯女儿像咬人的疯狗一般被隔绝了。素婶很痛苦，她在痛苦中甚至稀里糊涂地认同自己是夫家的克星，她陷入漫长的失眠中，半夜两三点她睡不着，起身穿衣，在无人的、夜凉如水的土路上走一走，很快，关于素婶进入发疯前期的流言弥漫了村子的上空，素婶在孤单中绝望了。

这时候，村会计以慈悲、宽容的救世主姿态闯进了素婶灰暗的世界，村会计是村子里中年以上人群中仅有的高级知识分子——高二辍学生，他以他掌握的科学理论告诉素婶，她家男人和女儿患上的是家族遗传性的精神分裂症，此事可追溯到男人的前几代，男人的父辈、祖辈、曾祖辈皆有患失心疯落水溺亡、走失、伤人等事件的发生。村会计劝说素婶将男人和女儿送去就医，素婶在村会计的指引下，将癫狂的男人和女儿捆绑到县城医院，经过详细的检查，村会计的说法完全正确，而男人和女儿由于诊治过迟，失去了痊愈的机会，只能终身服药维持。药费是一笔昂贵的开支，素婶无力承担，村会计继续支招，建议素婶趁身强力壮，不必死守几亩薄田，外出打工赚钱去吧，至于她家的男人和女儿，自打她的公公婆婆去世，疯子们早被家族亲人弃如草芥，村会计无疑是下凡神仙，再次伸出了温暖的援手，答应帮忙照看。一日三餐，由村会计预备妥当，男人或女儿前去领取。这就不简单了，这就等于解脱了素婶的枷锁，让她无牵无挂地上路了。

素婶在同村人的介绍下，直接去医院做护工，根据她的打工预期，这是她可以赚到薪水最高、时间又相对自由的不二选择。素婶勤勉地工作着，每月都带回一叠厚实的钞票，作为男人和女儿在村会计家搭伙的费用。虽然有邻居在素婶耳边嘀咕，那爷俩的伙食堪比猪饲料，全是村会计家隔夜的剩菜啊剩汤剩水啊、粗米糙面的，但素婶微笑不应，照旧按月返回一次，用水管冲洗被俩疯子弄得乱七八糟的屋子，顺便给他们父女二人洗个澡。

于是，新的演义像蒲公英的花絮，迅速飘散。人们确凿无疑地相信，素婶与村会计睡上了。在其后的十来年中，这段艳情史都会不时地推陈出新，派生出新的起伏与跌宕。譬如，随着素婶经济条件的改善，更是因为两个男女疯子孤男寡女地相守一室，竟有了不伦之举，素婶痛下决心，自费将他们双双送进镇上的养老院。素婶再度返乡，理当一径前往养老院，看望那两个被铁链拴住的可怜家人，缴费、为他们送衣物吃食，然而她仍旧每次都回到村子，哪怕她家的房子因年久失修，漏风漏雨，几近倒塌，她坚持探望的，当然不是这幢老鼠乱窜、青苔横生的破屋，而是村会计——她的情夫。

到这里，村会计这个人物就在素婶凄凉的婚姻中浮出水面，制造了村人们茶余饭后津津乐道的暧昧。作为村子里的读书人，从视觉效果来审视，村会计斯文白净的身段与素婶的虎背熊腰并不登对，况且会计夫人杏眼柳腰，是村里的首席美人。事实却是，无数证据表明，这对露水鸳鸯情意甚笃，延绵多载。偷腥的机会是很多的，会计夫人是乡村版的辣妹，懒散、泼辣、不羁，吃完饭，碗一推，细腰轻摆地出门去也，不是去干活，而是去打麻将。此女嗜赌，不舍昼夜地流连在麻将桌上，庄稼、家务、两个儿子，全是村会计一手一脚地张罗。作为住家男人，村会计可以在夫人酣战麻将的任何时段与素婶成其好事。

这本是一桩普通的风流债，悬疑在于，二人不止不般配，同时在与素婶有染之前，村会计对老婆是出名的迁就，在与素婶有染之后，村会计对老婆依然是出名的迁就，那迁就还翻了番，会计夫人打扮得花红柳绿，手上脖子上还新增了金器银器，逢到恋栈误了饭点，村会计还会屁颠屁颠地捧了饭盒子送到现场，夫人摸牌，他就一勺一勺地喂饭，被传为肉麻得直起鸡皮疙瘩的"美谈"。如此宠爱妻子的男人，怎么会与素婶暗度陈仓呢？村会计不止大秀夫妻恩爱，他的两个儿子也是村里下一代中的佼佼者，两兄弟天资聪颖，一路过关斩将，先后考进国内知名的大学，毕业后一个读研究生，一个进入外资企业，连县城里的报社和电视台都来采访报道过。儿子们高中状元后，会计夫人对老公的管理政策突然发生了一百八十度的大转弯，从粗放式转向精细型，两口子形影不离，村会计成了老婆的手提包，哪怕会计夫人去赌博，都会随身携带。村会计亦步亦趋地追随老婆的脚步，眼尖的村人们目睹素婶数次回到村里，在村会计家紧锁的大门前怅然若失。直到此时，睿智的长者们总算对这一段不可思议的婚外情做出了准确的判断——素婶被下套了。素婶当护工，收入不薄，大部分都给了村会计，先是自家男人和女儿的餐费，当然绰绰有余，后来，疯子们送去养老院了，还是给，名头是助养村会计的儿子们。村会计在村子里当着小会计，村子穷，油水少，田地里的收成亦是有限，会计夫人又是远近闻名的好吃懒做兼狂赌滥输，两个儿子，从县城的重点中学，念到省城的重点大学，是一笔不菲的费用，村会计倾家荡产、不吃不喝都是筹不出的，同村子女棒爹娘孬的先例不少，分数再多都没用，凑不够学费，眼睁睁地失了学。而在村会计家里，有素婶这个赚钱的机器，孩子们的学费成为小菜一碟。

　　村人们恍然大悟，对素婶倒有了些怜悯。素婶和村会计的艳史成了男人靠色相上位的潮流版本，会计夫人睁只眼闭只眼，让男人勾住素婶柔情万斛的小心灵，让素婶为她的家庭卖命，完了一脚踹。村人们摇头发笑，叹息着说，这世道，颠倒了呀。

虽然是猜测，其间始末却是八九不离十，至少王村心里是有数的。自从村会计的儿子们前后脚地大学毕了业，会计夫人把老公严密看管起来，素婶就不再回村，顶多偶尔去镇里看一眼疯男人和疯女儿。大多数时候王村担任她的信使，王村回村的时候顺路去镇里的养老院替她缴费，顺路去村会计的家，带去她的各类礼物，主要是现金。过年了，给俩孩子送压岁钱，长子生日到了，送个大红包，次子考上大学了，送笔奖金，名目繁多，开头是会计夫人出面笑纳，让她转达谢意。到两个孩子都大学毕业了，会计夫人的笑脸蓦然变得很夸张很卡通，眉头上扬凝成麻花状，嘴角下挂成苦瓜形，她坚决地推掉了王村转来的红包，理由是孩子们都大了，不需要麻烦素婶操心了，素婶若手头宽裕，不如把男人和女儿送到大医院治治，父女俩在镇上的养老院，各自被一条铁链拴住，跟两条狗似的，看着怪凄凉的。王村身份尴尬，只能扮演传声筒，会计夫人说什么，记下什么，回头如实传达而已。会计夫人扭过头去，故意大声对躲在里屋的老公嚷嚷："这肥婆，自家的男人不管，朝着别人的男人摇尾巴，贱货一个！"这话太恶毒了，王村默默听着，她没有告诉素婶，不过，她把钱退还给素婶时，素婶的手像被烫了一下，嘴里嘀咕了一句："不需要我了……"王村不擅表达怜惜，何况素婶从未推心置腹地与她聊过与村会计之间的往事，她更加不便贸然提及，当下只是黯然，素婶却骤然笑了，她发出一种前所未有的怪异的笑声，潮湿、紧绷，有轻微的嘶叫，像一匹温驯而忠诚的老马。

打那之后，素婶就经常发出老马般的笑声，湿答答的，在无限的力量中有着无法抗拒的衰老。没有人留意到素婶笑声的细微改变，除了王村，因为她是整桩事件的知情者，确切地说，是旁观者与参与者。一众姐妹中，素婶与王村同村，别的，都是外村外乡人。素婶口中描绘的自己的家庭是，老公在老家，女儿已出嫁，很简洁，很寻常，那些惊骇的细枝末节都被她给剪辑了，那些由此而来的一道又一道深与重的伤口，也被她给剪辑了。

素婶在医院里几乎没有假日，即使遇到开不了张的时候，她照样留在医院里，白天在走廊里待着，入夜就到门诊大厅替人通宵排队挂号，一整晚坐在小板凳上，可以赚到两百块钱。郊区的租住房，用途就是堆放素婶的四季衣物，她基本没在那里过夜。现在，她要24小时地蜗居于此，天知道她的火暴脾性，能坚持多久。

王村坐在开往长途车站的公交车上，想的倒不是素婶惹上的大麻烦，而是她即将置身的出租屋。出租屋人员混杂，聚集了全社会最底层的人员，合法的非法的，一应俱全，因此吵架的打架的甚至杀人的事件，隔三岔五就要上演，半夜三更被110、120的鸣响给惊醒完全是家常便饭，久而久之，连出门看热闹的热情都没了，翻个身，接着睡。最大的问题是，王村她们那间屋的左邻右舍，都是色情业的从业人员，男女老少皆有，那几个房间，与王村她们屋的脏乱差有天壤之别，隔大老远都能闻到强烈的香水味，几个年轻妖娆的男仔女仔白天睡觉、晚上出门，倒没什么干扰，但另外几个中老年妇女就叫人大跌眼镜了，都是与素婶年岁相当的半老太太，少则40出头，多则接近花甲，居然没羞没臊地操起皮肉生意来，她们在岁数和外貌上没有丝毫优势，索性以低价取胜，直接在租住房做生意，一房、一床、一老妪，嫖客也都是衣着寒酸的打工者。出租屋不隔音，老太太们又敬业，那响动自然就震天了。待在那样的噪音里，光是听听王村她们的形容，素婶已经不绝口地骂娘，她这番亲身体验，不晓得会不会拳脚相向。

还没到长途车站，王村的手机响了，打电话来的居然是9号的母亲，那个怀抱两个包的老人家，说是还请她去看护女儿。王村迟疑了一下，决定返回，给猪猪赚钱是第一要务。

住院大楼门前醒目地停着一辆警车，草坪上聚集着一大群人，王村透过人缝，隐隐约约看到一块白布，白布下露出一双脚，一只光着，一只穿了拖鞋。

王村匆匆搭电梯上楼，莲姐一见她，焦急地低声说："出事了……"王村打断她，说："我碰到素婶了……"四面瞅瞅，生怕有人听见，两人心照不宣地对视了一眼。

9号有客人，一位雍容华贵的中年女性，属于那种气场很足的人物，坐在病床边，握着9号的手，轻言细语地絮叨着什么。见到王村，该女和颜悦色地问："这工钱，是怎么个算法？"

"一天一百元，跟着你们吃，"王村笑眯眯地补充一句，"就是医院食堂里的伙食，随便吃点就成。"

"随便吃可不成，照顾病人很辛苦的，得顿顿有荤食，"妇人从包里取出一张医院里的饭卡，交给王村，说，"喏，我充了钱在里面，你自己每顿吃饱吃好，"说着又从钱包里抽出一叠百元钞票，数了数，递过来，"我问过大夫，估计就住五天，这里是1000块钱，你拿着，好好护理着。"双倍的工钱呢，这种报酬可遇而不可求，王村按捺着心底里岩浆翻滚般浓烈的欢喜，道谢不迭。9号孱弱地搭讪着对妇人说："大姐，你费心了。"9号的母亲也是一脸谄媚的笑，鹦鹉学舌地说："大姐，有劳你了。"妇人朝老太太笑笑，按按9号的手，示意不必多言。

王村明白了，9号与她的母亲尽管用着LV、戴着金首饰，却是富而不贵，有钱人多了去了，有钱不见得就能入驻9号，真正掌舵的是这位贵妇，她是9号背后的高人，可以断定的是，没有她，

105

9号不可能住进9号。

王村兑了温水，为9号擦身，寒碜荒唐的搪瓷缸子和褪色的小方毛巾遭到妇人不动声色的否决，她再度抽出一张百元大钞，吩咐王村去楼下的小卖部买齐盥洗用具。王村购物归来，妇人依然坐在床侧，与9号轻声交谈，王村发觉9号在哭，巴掌大的脸上糊满鼻涕和泪水，她母亲伫立一侧，亦是眼眶红红，连妇人都面呈忧伤之色。9号年岁不大，患此绝症，举家哀痛，属情理之中，王村不便轻易搭言，察看点滴，见9号手背瘀青，又倒了开水来为她热敷。

她们的交谈并没有回避王村，王村被迫倾听，有意无心间落入她耳里的话语尽管支离破碎，但还是很容易被组合成一段足够完整的信息。原来9号的身份，非富非贵，她是一个小三——连小三亦算不上，毕竟小三是有相貌有心计的狐狸精，这一位，不过是工具罢了。工具的作用就是生养，生男孩子固然是目标，生女孩子也行，因为她的"老板"膝下空虚。来探望她的妇人，不是别人，正是老板娘，老板的正房原配。在获得孩子的这条生产线上，老板、老板娘和9号竟然成为一个阵营里的战友，他们是同盟军，他们是共同的股东，他们的集体效益就是生出一个孩子，老板娘由于某种原因，失去了怀孕的能力，于是9号光荣地成为继任者，在老板的辛勤耕耘下，在老板娘的殷殷期待下，她的肚子鼓了起来——可惜里头装的不是众望所归的宝宝，而是可怕的肿瘤。

9号倒下了，但战斗远远没有终结，因为这个队伍里的士兵储备丰富，于是新兵上阵，战果辉煌，一举怀上了双胞胎。不过这位新来的爱将功高盖主，获得金牌的同时，提出了苛刻的条件。"……上周找熟人打了B超，确定是两个男胎，你知道胖子，想儿子想了多少年了……90后的女孩子多精啊，表面上羞答答的，说自己是正经人家的孩子，爹妈管教严，把自家爹妈推到前台来，

106

一口一个我爸怎么说，我妈怎么说，说是自己父母要见结婚证，不然就堕胎，她自己呢，就想要张结婚证，至于我，还是家里的大姐，一切都不变的，要没这张纸，她可说服不了自己的父母，只好听话，把俩孩子弄死……6个多月了，你想想，胖子那被儿子折腾得无比脆弱的神经，怎么听得这两个字？还不是吓得屁滚尿流的，说什么是什么，别说结婚证，就是要天上的星星，估计他也会弄一长竿摘去！"妇人握着9号的手，推心置腹地诉说着。

"姐姐，你可不能答应离婚！你一路跟着胖子南征北战的，打下江山来，怎么可以白白地拱手让人？"9号急忙说道，那张煞白的小脸憋得泛出一丝红晕，"胖子要是敢休了你，我第一个不依！"王村在一旁心想，你是什么身份，你可真是咸吃萝卜淡操心啊。

"好妹妹，我们姐妹一场，你对我的好，我都记在心里，"妇人拍拍她的手，温言细语道，"你放心，纵然她生了十个八个，我也不会让她登堂入室的——昨天，胖子找了人，在婚姻登记处弄了一张没有备案的假结婚证书，算是给了她一个交代，日后她要真作怪，闹腾起来，那东西倒是没用的玩意儿了。"

"胖子对姐姐，倒还有情意……"9号自怨自艾地幽幽叹息一声，妇人忙拉住她的手，安慰她，"妹妹，你是聪明人，男人的心，六月的天，说变就变，说翻脸就翻脸，这道理你懂的。所以，眼下你最要紧的，是养好身子，胖子的企业里，有几间公司，当年是姐姐一手创下的，到现在也还是姐姐在管理运营，将来你病好了，姐姐安排你到公司里来，帮姐姐打理生意。"

"谢谢姐姐，这辈子，怕是要辜负姐姐的美意了……"9号侧过头去，眼角滴下一颗大大的泪。她们的苦情对白，王村毫无兴趣。她耳边留意着走廊里蓦然纷乱起来的响动，查看一下点滴，托词出来。

靠近护士站的地方，围聚着十来个人，哭的哭，吼的吼，叫嚣着要见邱一刀，原来他们是28号的家属，邱一刀是28号的主刀医生。医院迅速派出几名行政人员和一长溜穿制服拿警棍的保安，和颜悦色却是软硬兼施地把一帮人带到了行政办公室。走廊里顿时静了，浅淡的蓝色灯影在墙间地面流动。围观的人慢慢退回病房，王村的衣角被人拽了拽，她一看，一张胖大如烙饼的脸，带着诡异的笑，是何九，这该死的女人！

　　"干吗？"王村冷冷地问。

　　"28号的家属来闹了，你都看到了？"何九依然一脸鬼祟的笑。

　　"你想怎么样？"王村狐疑了。

　　"我什么都没有告诉他们，"何九神秘地笑着说，"他们还没留意到，28号跳楼的时候，素婶没在病房里，素婶要是在病房里，28号就不会死了，可是素婶当时没在病房里，她在——打我！"何九拖长了音调，王村的心怦的跳了一下。

　　"决意要死的人，是拦不住的，况且素婶不在，病房里还有其他人，不是也没注意到？"王村定定神，反驳她，"纵使素婶在病房里，等素婶上厕所或是打饭或是睡着了，她一样要跳楼的。"

　　"那不一样的，素婶在，没拦住，跟素婶不在，根本没尽到责任，是两回事。"何九笃定地说。王村心头承认她是对的，但是嘴上不能示软，王村继续进行诡辩："怎么是两回事？28号就是一个求死的人，一个求死的人，迟早是要死的，她的死，是自找的，和任何人都没有关系。"

　　"我不和你争，我们争来争去的，是没有意义的，"何九有点不耐烦了，"总之，我就是告诉你一声，请你转达素婶，我没有对28号的亲属说她当时不在病房里，她在打我。"

　　"我会转达她的，我先代她谢谢你。"王村说，她想，何九这女人，不是省油的灯，她到底想玩什么花样？果然，接下来何九收起笑脸，堆砌了痛楚的神色，一只手摸着自己的后腔，说：
"我是看在大家一起做了这么多年的分上，没有揭发素婶，不过王
村，你评评理，素婶该不该这样不问青红皂白地打我？我家里几
口人就等着我赚点买口粮的钱，结果被她这样糟蹋，我倒不跟她
计较，但你们下手也忒狠了，你瞧瞧我这伤处，坐不能坐，躺不
能躺，要让我不分黑天白日地站着，我不是铁打的，我挨不住
……"

"你到底想要怎么样？"她那通啰里啰唆的控诉，搞得王村烦
躁不堪，忍不住打断了她。何九笑笑，说："这事实在与你不相
干，但素婶既然躲了，我就只能找你们说说，我这伤，不好再待
在这里了，起码要休息个十天半月的才能回转来，我那一大家子
……"

"你想要钱？"王村气恼了，她没想到何九如此无耻，居然拿
这事要挟素婶，无异于火上浇油。

"大家共事一场，我是重情重义的，你问问素婶，看她接受不
接受我这份情？"何九用的是狗血肥皂剧里的语言，很文艺，很煽
情，很美丽，王村却懊悔自己那会儿动作迟钝，居然没亲手把这
丑陋的女人打个屁滚尿流。

"不用问她了，我先给你，封口费是不是？喏，"王村从衣兜
里取出钱，从9号那位大姐给的那沓护理费里抽出五张，"这是五
百块，你要就拿着，多了别想，你要嫌少的话，就一毛钱都别想
了！"

何九认真地看看她，再看看她手里的钱，判断她的话是真是
假，还有没有谈判的余地，然后，她笑了，笑着接过那五张百元
大钞，对着光线，一张一张地照了照水印，弹一弹，说："你们
的补偿太轻微了，害我起码十几天上不了工，才给这么一点
点——罢了，大家抬头不见低头见，这件事就到此为止了。"

王村打鼻孔里哼了一声，一言不发地绕过她，到同乡那里取了自己的被褥用具，回到9号。妇人已经离开了，9号躺在床上，合眼而寐。9号房里有一张长沙发，老太太侧身躺卧其上，怀里仍抱着她的包，整个人蜷缩起来，像一只虾米。王村拿件自己的外衣，替老太太盖上，老太太惊醒过来，王村笑吟吟地说："老太太，您这么大岁数了，早些回去歇着吧。"

"你走了以后，有个女人无端端跳楼了，可把我吓一跳，"老太太望一眼熟睡的女儿，低声说，"我不回去了，我就在这里睡，晚上睡沙发——医院里有没有弹簧床，你找一张，晚上你睡弹簧床？"

"有倒是有的，不过那是人家出租的，要10块钱一晚的。"王村面不改色心不跳地说，事实是，从前有个病人从家里自带了一张破旧的弹簧床，出院时懒得带走，就被王村捡下了，放在同乡那里，有些家属不放心护工单独护理，要留在病房住，她就号称是别人出租的，10块钱一晚，薄有收入。当然，这玩意儿迅速就充了公，素婶和莲姐她们有客户，王村是免费提供给她们出租，她们圈子以外的人要借，王村就收5块钱一晚。

"10块就10块吧，你去租了来。"老太太应承下来。

王村喜滋滋地去取了床，暗想运气不错，赚了双倍的护理费不说，买杂物虚报了十几块钱，这又有了弹簧床的生意。妇人临走时为9号订了外头餐馆的乳鸽汤，王村用吸管喂9号喝了几口，9号摇头不喝了。医院食堂的餐车也到了，护工们拿了饭盒去排队，一次性饭盒一元钱一个，护工们都准备了自己的餐具，替东家省钱。

王村为老太太买了一份番茄炒蛋、二两米饭，给自己的是一份糖醋莲白、二两米饭，老太太很是过意不去，王村解释自己中饭会买荤菜，晚上都吃素的。吃多少，吃什么，其实请得起护工的东家通常不会介意，大多数时候还会考虑到护工熬夜辛苦，买些零食什么的给她们，但王村她们的饮食标准是有定数的，早餐稀饭馒头一个水煮蛋，中午一荤晚上一素，仅此而已，不会由于东家的信任，胡吃海塞。此外，她们尽量少打手机，绝不"顺"东家的物品，绝不抬高或压低价格等等，这些规矩，都是王村初来时，素婶教给她的。素婶不是职业培训师，但素婶传授的这些基本礼仪，却让王村不仅没有吃亏受累的感觉，反而很有职业荣誉感。素婶的道理很质朴，她的话语很简单，王村的理解却是到位的，意即在这医院里，基本没有所谓的"回头客"，每一任东家都是过客，可是护工的整体质量关系到这个行业的存在与否，只有行业的整体形象提升了，病人才会安心使用护工，护工才有足够的生存空间。

所有的护工都遵从着基本的规则，只有何九在一些细节上经常犯规，她刚来时挺瘦的，几年间成了酒肉菩萨，吃成了一尊佛，体形类似于一只能灵活走动的水桶，东家给的饭卡，她自己一顿饭吃三个荤菜不说，还时不时偷偷藏起来，打包带走。小拿小顺的，更是不在话下。为这，已经跟东家吵翻好几次，毕竟是过路东家，她死性不改，吵完照旧跟饿死鬼投胎似的使劲吃，直到最近这一两年，年纪大了，在医院里耳濡目染学到的健康常识多了，对血脂血压血糖有了认识，知道那些吃下去的油水、长出来的肥肉不是什么好东西，这才有意识地收敛了，控制着饭量，学着王村她们的样，斯斯文文地打二两饭、一个素菜，然后饿到夜里，撑不住，把东家的水果啊饼干啊一扫而光——甜食吃多了，她的身材愈发庞大。

晚餐后护士来拔了尿管，叮嘱四个钟头以内要解出小便，否则接着插尿管。这一威胁很见效，9号为着不再插尿管而努力奋斗着，先是在床上用小便器解，不成，王村拖麻袋似的把她拖起来，扶到卫生间里，打开水龙头，听着流水声，还是不成，反复折腾好几遍，把王村弄得一头汗。最终按照9号的要求，把帘子拉上，把小便器搁在椅子上，王村和老太太退到帘子外面去，9号独自扶着床栏，酝酿了好几分钟，一阵潺潺声响起，大功告成了。

把9号弄上床的过程又出了纰漏，9号身子一歪，把塑料便盆给弄洒了，黄中带血丝的尿液洒在床褥上、地上，王村赶忙找护士要了被子来换，又拿拖把拖地，安置妥当，9号睡了，老太太也靠在长沙发上看电视了，王村歇下来，给素婶发了条短信。王村的学历是小学四年级，复杂的词句不会写，她写的是："何九可恶，要走五百块钱，不然就要告诉28号你不在，在打人。"素婶不会发短信，她的电话随即就来了，她在电话里说："你替我垫着，改天我补给你——天杀的，真不该揍她。"嗓子压得极低，低得连王村都听不清，仿佛白色恐怖时期被盯梢的革命者，左右都是耳目。

素婶末的一句，毁灭了她们这个圈子为正义为战的初衷，揍何九的行为，变成了一场错误，这让王村心情压抑，她本来还在为自己没有痛快出手而懊恼呢。

那一晚王村没怎么睡，9号输液到凌晨两点多，输完液，她睡得并不踏实，一会儿要王村帮她翻身，一会儿口渴要喝水，到天快亮时睡沉了，查房却又开始了。王村为她测了体温，擦拭了手脸，漱了口，把床摇高，让她斜躺着，自己到洗手间里，梳头发洗脸刷牙。镜子里照出的面孔泛着黄，眼睛肿着，没关系，第一夜都是如此，往后几天输液减少，病人逐步康复，夜里可以多睡一些，脸色自然而然就会恢复的，她年轻，无眠的痕迹不会长久停留。周而复始的循环，王村已经完全适应了不眠与眼袋。

果然第二晚9号在输完点滴以后，安稳地睡着了，王村也睡了一个整觉，早起是一张神清气爽的脸。9号喝了小半碗鸡汤，吃了一个荷包蛋，有气力聊天了，老太太出去买水果，她只好主动找王村搭讪，闲闲地问："听你的口音，不是本地人吧？"王村说："我娘家是贵州的。"9号惊异："你怎么会嫁这么远呢？"王村莞尔一笑，用家乡的一句谚语回答她："女孩子就是菜籽命，落在哪里，就在哪里生根发芽。"

女人说到家事，话题就蓬勃壮大起来，然后就是，家里几个兄弟姐妹，老公是怎么认得的，在做什么，孩子多大了，房子是在农村修建的还是乡镇购买的，做护工收入如何，一长溜的问题。9号细细地问，王村细细地答。

爹娘都在贵州老家，山里，一个哥哥一个弟弟，三个姐姐两个妹妹，兄弟都在家乡，两个姐姐嫁得近，其余的，除了自己，姐妹们有嫁去山东的、徐州的、新疆的，遍布大江南北——都是在外打工认得的，自己也是，14岁就跟着姐姐去珠江三角洲，花20块钱弄了张假身份证，改成18岁，到鞋厂打工，就在鞋厂里邂逅了老公，带回娘家一趟，跟着老公回了婆家一趟，两处各摆一回宴席，就成一家子了。结完婚仍旧回珠江，仍旧在厂子里打工。唯一的儿子叫猪猪，生下来八斤半，今年七岁了，丢在婆婆家里，自己舍不得，回到省城来，好歹离儿子近些，选择做护工的缘由亦是自由，周期短，护理一个病人几天而已，想儿子了立刻就可以回去看看。老公本是一道回来的，在省城的某个小区当过保安，不知怎么的，陷进传销的骗局，一下子把若干年来两口子的积蓄打了水漂，额外还欠下了五万多的外债。要还债，工资低了可不成，不得已，去了南方，还在厂子里做。老公是独子，有姐姐有妹妹，都出嫁了，家里的房子修了没几年，是在老公搞传销以前修的，一楼一底，楼上有两个房间装修过，贴了瓷砖、装了铝合金窗户。公公婆婆人不错，身体也不错，公公在镇里蹬三轮车，婆婆在家带猪猪，自己当护工的收入，全给婆婆攒起来。

"多好的家庭呵……" 9号由衷地赞美一句。

"还好吧。" 王村微微笑。她从来不否认自己生活中显见的幸福。这些问题，差不多每一位病人或是病员家属都会问到，她答复过成百上千次了，答案中的细节，都是真实的，她不撒谎，就连老公陷进传销这样的家丑，她都不隐藏。这常常成为一个话题，很多谈话者就此拐进传销的胡同，告诉她一些关于传销害人不浅的案例，抑或为她和她老公背负传销导致的债务而愤慨。当然，每个交谈者必然问到她做护工的心得。医院里的护工大多是四五十岁的中年妇女，属于在别处找工作不易的年龄段，而她不足30岁，相貌不漂亮，但绝对不是丑女，穿上高跟鞋、小窄裙，在普通的茶楼酒肆当个体面舒散的收银员、服务员是很合适的，为什么跻身在老嬷嬷中间，流连在疾病与死亡的深渊呢？

在之前的讲述中，王村其实已经涉及这一问题，不过人们通常不会留心，她必须梳理一下，把重点突出、放大，提拎出来，单独讲一讲。

"做护工好辛苦的，你年纪轻轻的，怎么不去找别的事情呢？"果然，9号这样问了，这问题王村被问过很多遍了，王村很顺溜地说："别的工作不可能随时休假，只有护工最宽松，想做就做，不想做就停下休息，哪天想儿子了，哪天就能回去。" 9号点点头，表示完全理解，母亲对孩子的惦记，谁都能够理解。

"你儿子叫猪猪？很可爱吧？" 9号问，"手机里有照片吗？让我瞧一眼。"

"没有，" 王村笑着说，"我好笨的，不会用手机拍照的。"

9号也笑了，她相信她的话，一个来自农村的、衣着古板、没有烫发、没有化妆的护工，不管多么年轻，她的职业注定了她是一个缺乏挑战性、缺乏创新性、缺乏学习主动性的女子，不会使用手机的拍照功能，太正常了。

猪猪的照片，王村的手机怎么可能没有呢？当初买下这部手机，就是因为店老板声称这种手机的像素高，她心甘情愿地多掏了一百多块钱，放弃了另一款更便宜的山寨机。手机里全是猪猪的照片，猪猪坐在院子里晒太阳，猪猪啃玉米，猪猪扯报纸，猪猪流着鼻涕使劲笑。但是，她从来没有给任何人看过猪猪，除了素婶。就像她知道素婶的一切，素婶也知道她和她的猪猪。

是的，她讲的家事都是真的，这真，却只是甜心巧克力中间的那一枚甜蜜的核，周围包裹的，却是黑的、浓稠的、苦涩的浆液。

在厂子里，她遇见了老公，他们相爱、结婚，婚后继续打工，换了几家厂，哪家工资高做哪家。她的工种是接触有毒物质，工钱每天补助20块，她毫不犹豫地做下去。那时，新婚的小两口胸中是有宏图伟志的，那就是攒下钱来，先在老家修一幢新房，等攒的钱多了，再在镇里买一套商品房，那种楼下带铺面的房子，楼上住着，楼下经营小生意，衣食无忧，多么惬意啊。而要实现宏图伟志的途径，就是赚钱。

她多拿着每天20块的工钱，快乐而充实，她计算着自己距离实现梦想的日期，却忘记了计算自己的月经周期。她不知道自己怀孕了，等她知道的时候，已经三个多月了。她换了工种，每天少了20块钱，很是懊丧。到八个多月的时候，她再次换工种，因为她的肚子太大了，大得无法劳作，她被调到仓库里，发发材料，工资更低了。猪猪是在工厂附近的诊所里诞生的，她没有做过产前检查，厂子里怀孕的女工很少有人搭乘两个多小时的公交车到市里的妇幼保健院做孕期检查。

婆婆来伺候她坐月子，婆婆什么都懂，驮了大包小袋的东西来，用艾叶为猪猪洗澡，替她熬红糖醪糟水，她和猪猪都被婆婆养得白白胖胖。因为生孩子，他们在厂子旁边的农家院里租了一间房，房东很喜欢胖嘟嘟的猪猪，猪猪不像别的宝宝，脾气好得惊人，几乎不怎么哭。饿了拉了都不哭，还总是笑眯眯的，不朝人看，朝着虚空里的什么地方一直笑。王村和老公都是眉眼紧凑的面相，到了猪猪这里，一双眼睛天南海北似的隔开着，鼻梁塌陷得根本找不着，不止模样超乎寻常，猪猪不同于别的宝宝的特质逐渐显现出来，不会翻身，不会爬，不会坐，什么都不会，就会吃，就会拉，真的像一只猪。无论怎么自我安慰、相互安慰都蒙不过去了，一天，房东抱起胖大的猪猪，对这手足无措的一家子说："要去医院瞧瞧了吧。"

那一瞧，就瞧出了一堆惊骇的术语。先天愚型加脑瘫。伴随先天性心脏病。寿限是四五岁。婆婆捶胸顿足地哭，说自家没有做过伤天害理的事，老天爷怎么瞎了眼，惩罚起好人来了呀。医生对婆婆的话置若罔闻，告诉他们，染色体异常与母体接触了有害物质是导致畸胎的关键。

医生的话大部分都对。不对的是猪猪活过了四五岁，在婆婆的精心照顾下，他长到了七岁。虽然由于先天性心脏病，他的婴儿肥迅速消失，频繁的肺炎导致他营养不良，瘦弱不堪，但好歹他趴在婆婆的背上，跟着婆婆，一路活下来。这就足够了。

有工友提醒他们，找厂子里打官司。他们找了律师，官司打了，诉讼费花了，却没有得到赔偿，理由是那个接触有毒物质的工种，明确告示着孕妇不能入工，她进厂的时候，也在各种契约上签过字，尽管她根本没有阅读过那些协议。没有拿到钱，猪猪却又不断生病，他们决定举家返回公公婆婆的家里。

猪猪的病，在一开头，并没有让家里的天塌下来。在王村的老家和老公的老家，时不时会出现宝宝夭折或是有病的事故，那不是什么迈不过的河流，通常是，接着生，第一胎不好，第二胎、第三胎多半就是健健康康的了。请人吃吃饭、罚罚款，或是索性躲到外地去，超生的方法总是多种多样的，好多家里都是两个甚至三个孩子。王村一边疼惜着猪猪，一边准备着再要一个宝宝。她和老公商量好了，他们一起留下来，就在省城找活儿做。其后，就是传销的暗影了，王村与公公婆婆一道，赤手空拳打赢了传销这个劲敌，救出了老公，欠下了巨债。老公追悔莫及，发誓要尽快还清债务，他又去沿海打工了。在那里，在厂子里，他上演了新一轮的恋情，他爱上了别的女人。

婆婆是好婆婆，婆婆不允许老公抛妻弃子，她在长途电话里痛骂儿子，要他承担起丈夫和父亲的义务。老公却不是好儿子，他没有听从母亲的教诲，他所做的，是从此不再回家，不见王村，不见猪猪，也不给家里寄回一分钱。债主都是同村人，是婆家的亲属、乡邻，赖着人家的债，也就没脸皮仰头做人，公公去镇里蹬三轮车，王村跟着素婶到医院做护工，护工的收入与沿海的工厂不差什么，她很满意，她和公公用了不到两年的时间，还清了五万块钱的债务。有了余钱，婆婆开始为猪猪攒下了，在信用社开了一个户头，公公的钱，王村的钱，统统存进去。婆婆抱着越来越大、越来越坠手的猪猪，温柔地念叨着："猪猪是咱家的根，只要奶奶有口气，就不能亏待了咱家的小猪猪……"左邻右舍都知道猪猪是婆婆的命。

猪猪更是王村的命。王村能为他做的，就是拼了命地挣钱。医院里混浊的空气、消毒水刺鼻的气味、不见阳光的走道、狭小的病房、病人衰朽的肉体、肮脏的屎尿、严重不足的睡眠，这些，都没什么要紧的，只要能赚到钱，能在想念猪猪的时候回去看他，王村觉得生活已经没什么可抱怨的。当了逃兵的老公、悬在猪猪头上的死亡魔咒、自己的明天，王村很少去想，不想，就无忧、无惧，毕竟不在脑子里存活的东西，就是不存活的东西。王村是

117

天生的乐观主义者，善于用正能量对抗负能量。

"搞传销欠点债算什么呀，好歹你有家，有老公，有儿子，好过我不明不白地被扔在这儿，求生不能，求死不得。"当9号眼眶微红地这样说着时，王村默认地一笑，用全体良家妇女对待风尘女子的轻微蔑视与同情的口吻安抚她："你不要想太多了，你大姐，对你挺好的……"

"你都听到了，"9号坦然地说，"我也不瞒你，也没什么好瞒的，从前我在宾馆做的时候，一个月几千块钱，够吃够喝，我不是没饭吃，我不是要蹭他家的饭。"一句话，暴露了她的出身，住在尊贵的9号房里，但她既不是大家闺秀，更不是豪门贵妇。在宾馆里做什么呢？服务员还是鸡？王村想到这个很长舌的问题，她注意瞟了瞟9号的手，纤长的手指，皮肤很白，掌骨和指骨却宽而大，是自小粗使的手。

"死胖子，他把我骗惨了，"9号呜咽，"他说他是离了婚的，天天变着花样送这送那的，又是钻戒又是汽车，说是要跟我结婚，谁知道跟了他，冒出个大姐，原来他找我，就是为了生孩子，我迟迟没怀上，他那头早又找好了人，双胞胎都给弄上了……"

"别想那么多了，养好身子，像你这样的大美女，不愁嫁不着好男人。"王村嘴里说着，心里想的却是，人家骗你，也要你肯上钩的呀，送钻戒送汽车，东西不薄了，结果你还没给人家生出个孩子来，不知道谁骗谁呢——这想法太刻薄了，王村忙打住，制止自己胡思乱想。

"我这病，是一天一天掰手指头数着过了，拖一天是一天，还谈什么嫁人……"9号落泪，"我别的奢望没有，只想替我妈送完终再走，我爸死得早，我妈养大我不容易……"

"只要有钱，什么好药没有？你要相信，这世上没有治不了的病。"王村给了她一个理直气壮的精神支撑。

"我没想到会生病，没想到会是这样的下场……死胖子那时给我的钱，我不知道节省，都花得差不多了……"9号双目失神。

"别担心，你那位大姐对你多好啊，她会负担你的费用。"

"口说无凭，到底，她没有责任管我的，等我出了医院，第一件事情，就是找死胖子说清楚，我白白跟了他三年多，该怎么算账，不是他一撒手就可以不闻不问的，什么都得有字据，大姐要是代表他来，也是要有个凭据的，要不然哪天大姐不想管我了，我找谁去？死胖子要是真不管，我告他去，告他重婚罪，让他蹲大牢去！"9号不是傻子，她抓住了胖子的死穴，重婚。

王村不便答言，她想死胖子既不露面，必是情义皆无，9号去找他要说法，这说法关涉钱，一旦关涉钱，就没有温情了，必然是一场硝烟弥漫的世界大战。王村是有经验的，当年为着猪猪，与老板打官司，那会儿她与老公还好，两口子半夜里不知多少次抱头痛哭，那种冤屈无处诉，那种渺小与无助，仿佛面对的是一堵电网密布的高墙，无门、无路，彷徨至死。王村没有读过卡夫卡的《城堡》，但她自动把打官司比喻成一道绕不进的城墙。9号这病，撑得住那样的一番闹腾？

9号的打算，王村只是倾听，蜻蜓点水地劝一劝，五天以后，9号出院了，9号对她耐心细致的护理很是感激，把吃剩下的小半篓苹果给了她。老太太与她结算了租弹簧床的几十块钱，老太太有些想要反悔，木讷地试着说："护理费是给的一千元哟……"王村笑着坚持："弹簧床不是我的，人家是要收租金的。"王村收钱是从不手软的，她心软，可在钱的问题上，她从不肯让半步。

妇人没有出现，派了司机来接，9号是从这间VIP房里走出来的阵势最小的病人，司机拿了行李，王村相帮着搀扶了9号，一直把她们送到停车场。临上车时，9号拉着她的手，说自己回家休养一段时间，就要到肿瘤医院做化疗，问王村愿不愿意去那边照

119

顾她，王村好整以暇地笑，说老太太那里有自己的手机号码，到时候联系吧。其实王村知道自己是不会去的，她在肿瘤医院人生地不熟的，怎么可以去抢那边护工的生意？不被黑打才怪呢。

王村与9号挥手作别，回到住院大楼，等电梯的时候，她看到莲姐，从步行楼梯下来，千手观音似的捧了七八只花篮，脸都遮住了。王村笑着迎过去，从她手里接过几只花篮，说："这么多哪？"莲姐说："人家是老师，探望的学生多得很。"

莲姐的病人也出院了，通常病人出院时都不会吭哧吭哧地把花篮扛回家，护工捡了去，由医院门口的小卖部回收了，五块十块，视成色而定，又是一份茶水钱。天长日久地积累下来，还是很可观的。有嫌麻烦的病人，索性连果篮都留下，那价钱就更高些了。

小卖部的老板都是混熟的了，花篮顺利出手，莲姐和王村就快步回到走廊里。餐车停在电梯口，饭蔬香气袭人，打饭的人排着长轮子。王村看了一眼，吞了口唾液。9号到底不够大方，没给她一份午餐费，她得等生意。写上了生意，午饭就有了着落，有时上一轮雇主念着出院时已到饭点儿，额外给上10块20块的，就相当于赚了双倍的午餐。

一位戴金边眼镜的六旬妇人朝王村招招手，王村走过去，两厢谈妥，王村写上了新的生意。新的病人是这位六旬老太太的母亲，80多岁了，子宫脱垂，做了个小手术，难得的是，老先生尚健，守护床榻。老先生、老太太、上了年纪的女儿，王村看着她们一家子，心里生出一股暖暖的滋味，那滋味浓郁、稠密、无法言说，像大冬天里冰凉的被窝里煨上一只汤婆子，或者是三伏天赶了一程路骤然啃一口蜜甜蜜甜的冰砖。王村喜欢默默注视这些圆满的家庭，有一回，东家的邻床，是一位早期原位子宫癌患者，手术以后，丈夫和两个儿子一起照顾她——是城里人呢，也不知道想了什么办法超生了老二。俩儿子都是五大三粗的年轻后生了，一口一个妈地起腻，夜里丈夫住旅馆，两个儿子赖在病房，一个睡折叠床，一个就趴在母亲的脚边，王村破例没有"好心肠"地告知他们折叠床的出租信息，她愿意那两个大男孩紧紧依偎着他们的母亲。她想到她的猪猪，猪猪长大以后，会不会也是这般依赖着她呢？答案是否定的，猪猪没法行走，他吃喝拉撒都要靠别人的。但王村愿意想一想，哪怕是镜花水月地空想，也让她感到幸福。

莲姐也找到了雇主，她们在水房里聊了几句，王村说到给了何九五百块钱的事，莲姐立即骂："臭婆娘，她纯粹是敲诈！她哪有离开？刚刚还抢在我前头接了一个病人！"王村息事宁人地说："没走就没走吧，她摆明了是要挟素婶，这当口，五百块钱封了她的臭嘴，倒不是什么大数字！"莲姐到底气愤不过，拉了王村，去骂何九，王村要阻拦，莲姐发火道："这个不要脸的货，老娘不吐她几口唾沫解不了恨！"

何九在病房里，瞥见莲姐气势汹汹的面孔，赔着笑赶紧出来，手里估计是东家给的一只桃酥，吃了小半块，赶快的，掰下一块干净的，赶忙递上来："尝尝，快尝尝，这边我没沾着。"莲姐一抬手，打掉她的桃酥，照着她的脸，狠狠地啐一口，压着嗓子骂道："你个老骚货！这种钱你也拿！你不是号称要回去养伤的吗？怎么还在这儿窝着！骗子！让你拿了钱吃药打针带到棺材里去！"何九脸变了变，说："你讲话不要这么毒好不好？惹急了我把钱退给你们，我找28号家属去！"听了这话，若不是王村下死力拉着，莲姐已经扑上去了，王村对何九说："钱你拿了，不好听的话自然要受着，哪有当了婊子还立牌坊的道理？"何九擦了擦腮边的唾沫，换了日常的嬉皮笑脸，说："小王你这话也不对，打人的是你们，失职的是素婶，错是在你们的，你们不好这样欺负

121

人的。"王村一时语塞。何九接着说:"我不与你们较真,你们倒是替素婶想想,她出门赚钱的人,时间金贵,闲一天少一天的钱,这样拖延着也不是个办法,我给你们出个主意,28号是邱一刀的病人,那天来闹也是指名点姓找邱一刀,莲姐跟邱一刀能说上话,不如去打听打听事情的进展,早日有个说法,素婶也好回转来。"

"何九这婆娘,脑袋倒灵光。"放掉何九,王村对莲姐说。莲姐"嗤"的一声,说:"这人的脸皮剥下来能做皮鞋了——哼,得了便宜还卖乖!"但何九的话到底提醒了她们,毕竟这几天,28号的家属没了踪影,没到护士站去闹,也没人来找寻素婶,素婶不明不白地躲在出租屋里确实不是个事儿。当下她们这圈子里的几个臭皮匠商议一番,教了莲姐怎么怎么问,莲姐当真就找邱一刀打听去了。

做大夫做到邱一刀这分上,或多或少的傲慢是少不了的了,客气归客气,胜人一筹的成就与身份无形中决定了他高人一筹的神色与姿态。他出现在护士站和病房里,也跟实习大夫和小护士们开开玩笑,也回答病人家属的各种问题,也微笑,气闲神定的,却总有一份高不可攀的冷与傲。在医院里,护工就是最低阶层了,而邱一刀则是金字塔的塔尖,要与邱一刀攀上交情简直是一件不可思议的事。这难度系数达到最高级别的项目,莲姐一举夺魁。在这以前,莲姐就有过光辉历史,尽管是在医院里做护工,但老家有人患了妇科疑难杂症,会把在这里做护工的老乡当成救命稻草,求上门来,莲姐很仗义,她们这圈子里有推脱不过的人情,她一定出面,在走廊里拦下邱一刀,请邱一刀上门诊时给加个号,邱一刀脸上没有笑容,但是简单两个字:"来吧。"求助的人往往带些新挖的花生、刚摘的梨做答谢,莲姐转给邱一刀,邱一刀不推辞,虽则一转身就给了护士站里的姑娘们,可人情到底算是领受下了。

这就大大的不同了。在一帮衣着灰暗、面容灰暗的护工里，莲姐本就是不同的，她40不到，身材颀长，一双亮而媚的丹凤眼，若非横贯了大半张脸的青黑胎记，她会是一位让人注目的美丽女子。那块难看的胎记，将她打落凡尘。在凡尘中，她依然是精彩人物，烫过的鬈发绾起来，打横一根闪闪有光的簪子，衣饰格外讲究些，虽是大排档淘来的，款式却是当季的。为着她的相貌，她的生意并不火爆，东家相中的是粗手大脚象征的力气以及不修边幅象征的淳朴，幸亏医院里的护工供小于求，她稍落人后一步，写上生意倒不成问题。

莲姐的风流相貌没让她赚到更多的钱，反而为她惹下更多的麻烦。王村来了以后，沸沸扬扬地闹过一回脏污事，一个病人家属，男的，母亲做了手术，请了莲姐护理，邻床的病人突然发生术后休克，被紧急推进抢救室，那男的趁病房无人之机，趁着母亲熟睡，扑倒莲姐，就要霸王硬上弓。莲姐自然不从，凄厉的叫声把一层楼的人都给惊动了。当着人群的面，莲姐哭着把男的硬塞给她的一张50元钞票扔在地上，男的弯腰拾起，放回皮夹，悻悻然道："50块是抬举了大姐你，不往镜子里照照你那斑！我在河边的茶馆里，水灵灵的闺女，才20块钱！"

这一闹，没让莲姐声名狼藉，反倒让人刮目相看了。对她的好打扮颇有微词的那些护工从此缄口，毕竟莲姐是洁身自好的，打扮得好看，不代表要勾搭男人，只要不勾搭男人，半老徐娘们就不会抨击，不会声讨，不会忌妒，这是雌性世界的基本规则。

莲姐缠了邱一刀好几回，邱一刀听了，脚不减速地朝前走，王村新接的病人就住在护士站对面，莲姐每回屁颠屁颠跟着邱一刀进护士站的低三下四的样儿，她都看在眼里。邱一刀的脸绷得很紧，小护士们不留情面地往外驱赶莲姐。如是几次，莲姐带回了确切消息，28号住院前有抑郁症病史，这一点，家属隐瞒了医院，邱一刀施行手术的过程及术后治疗天衣无缝，导致28号自杀的原因，是家属监管不力，医院咨询了律师，厘清了责任，出于人道主义关怀，医院给予了28号家属一笔慰问金，具体数字，邱一刀没有透露。

"邱一刀说，他不是律师，素婶有没有责任，有多大的责任，他不清楚，28号的家属会不会来找素婶，他也不清楚。"莲姐摊摊手，说。

"既然医院没有责任，素婶更没有责任了，没有签协议，没有立字据，哪里能怪到素婶去？28号肯定是问了律师，要不然早打上门来了，怎么会无影无踪了？"她们一商量，达成了共识，一致认为素婶可以结束逃亡生涯了。

"你那情儿还不错，什么都告诉你了。"有人打趣莲姐。莲姐笑着说："是啊是啊，我那情儿挺给面子的，找这样的情儿，真是不赖！"众人就哄笑。王村微笑，不语，她知道，莲姐为打听这桩事，挨了多少白眼，看了多少冷脸。

素婶回来了，还了王村五百块钱，抱怨了一通出租屋隔壁的骚老娘们儿，买了一堆切成薄片的酱牛肉，吃午饭的时候，偷偷给她们几个每人往饭盒里拨了厚厚的一撮。28号的事，素婶到底心里过不去那坎，尽管人家家属从头到尾没来找过她，她还是拿了两千块钱，请莲姐求着邱一刀，由医院里的行政人员交给了28号的家属，说是让家属买些香蜡钱纸，在28号的墓前焚烧了。

"素婶，你聪明一世，糊涂一时，你傻不傻呀，人家又没问你要，哪有自己送上门去的啊？"何九奚落素婶。

"但求心安。"素婶破天荒地没有针锋相对地回敬何九，她对何九面上淡淡的，再无之前的那些鄙薄、蔑视之言，经过这一遭，素婶的火气似乎褪去许多。

十二月初，王村回了趟家，婆婆趁空为她编织的一件毛衣，她带了来。11层楼高的病房，看出去是低远的街道、半空的颜色，看不清植株，亦不察四季流转。空调已经全天候开放，窗前碎雪纷飞，是隆冬天气了，却丝毫不冷，室内温度计显示的永远是24℃，穿件薄毛衣，给病人擦身、翻身、扶走，会弄出一背的毛毛汗。

天冷了，旧历新年说说就到了跟前。春节病人大幅减少，但护工仍显紧俏，护理费是平素的三倍，照样留不住人，连乞丐小偷之流皆是要歇工过大年三十的，可见多么贫窘，也不贪恋这几天的高薪。大年夜留在医院的，就剩了王村、素婶、莲姐跟何九。素婶与何九是历年春节都不回去的，王村和莲姐是头一遭。

其实给猪猪过年穿的新衣服早早就从头到脚买了一身，电话里婆婆却是嗫嚅地告诉王村，儿子要带一个朋友回来过年。王村立即懂了，那个朋友，就是老公新找的女人。她心里痛了一下，再痛了一下。她奇怪的是，婆婆一向立场坚定地站在媳妇这一边，甚至有为了媳妇可以抛弃儿子的决绝，怎么突然态度大变？婆婆吞吞吐吐地说，儿子无情，她当长辈的，不能无情，毕竟人家肚子里，有了血脉相亲的骨肉。王村明白了，那女人，怀孕了。无论婆婆多么正派正义正直，多么地疼爱猪猪，一个健康的孙子，这诱惑，着实非同寻常的巨大。

王村理解婆婆。她对婆婆说，春节护工稀少，薪水高，她不打算回家了。婆婆在电话那头沉默许久，长叹一声，说："村儿，你是好孩子，妈对不起你……"

挂了电话，王村眼前晃过猪猪的脸，猪猪打一出生，就是婆婆的心头肉，因为婆婆的照顾，王村方可无牵无挂地专心赚钱，现在，新的宝宝即将诞生，新宝宝也会交由婆婆抚养吗？从此以后，婆婆会嫌弃猪猪吗？若失去了婆婆的庇佑，猪猪不得不跟着自己，赚钱的事该怎么办？还有婆婆积攒起来的那些钱，会原封不动都留给猪猪吗？自己要不要清理一下数字，从婆婆手里要回来呢？纷乱的念头拥挤着，从王村脑子里蒙太奇似的闪过，不过她不是一个心思沉重的人，不到眼前的麻烦，她不会提前忧虑、提前筹划，那些乱麻般的想法不加停留地滑过了。王村一门心思地计算着三倍的报酬、负责任地观察着点滴、耐心地为病人翻身喂食，然后瞄准机会，碰到好脾气的病人，便与东家商量着，"顺便"多接一个病人照看着，于是收入陡增了，小小的胜利带来的成就感可以延续好几天。

莲姐没有回家过年，理由倒是快速凸显出来。她是真的有"情儿"了，"情儿"过年值班，她留下陪他。她的"情儿"，不是邱一刀，而是楼下产房里的运送工。那男的据说在产房里待了好多年了，在医院里混得如鱼得水，各方都算面熟之人，属于这种临时雇工里的老大了。莲姐使的卫生巾忽然变成了大张的医用垫，还给王村和素婶各送了几包，估计是她的"情儿"从产房里"顺"的。那男的上楼来找过莲姐两次，王村见着了，与莲姐年岁相当，身胚壮硕，王村却是看不惯他那双眼睛，光润润，水滴滴的，似有波光山水在倒影，不像男人的眼睛，倒似戏台上的伶人——王村老觉着似曾相识，想啊想的，总算想起来，素婶那位村会计，也有这么一双波光粼粼的眼睛，被村里的妇人们戏谑为"桃花眼"。

王村不喜欢这男的，他一露面，莲姐满面都是喜色，光明正大地挽起他的手臂，是恨不得要昭告天下的意思。他却跟小儿麻痹患者似的，两臂无力，要挣脱又不忍的样子，看得人难受。

大年三十的中午，莲姐的东家带了几样卤菜来，给莲姐拨了一饭盒，莲姐偷偷藏下，用食品袋装了，给她的"情儿"送去。白天病人的家属在，到了下午，莲姐厚起脸皮请了一会儿假，先是溜到大病房里洗了个澡，然后就失踪了一个多钟头。再出现时，莲姐眼里的春色都快流淌出来了，脸上碍眼的斑，仿佛淡去不少。王村和素婶正倚在走廊里小憩，分吃着素婶东家给的巧克力，有一搭没一搭地说着王村的家事，素婶自是痛骂王村的老公，但这也不是什么新鲜事了，义愤绵延了好几年，骂的人是敷衍着炒陈饭，听的人亦无热血沸腾之感。何况素婶自家是男人疯女儿疯的疯狂世界，一颗心早就麻木了，对于别家的悲惨与暴动，缺乏参政议政的智慧与经验。

她们互相挤挤眼，逗莲姐："会他去了？"莲姐忸怩地笑了。素婶憋不住，凑近她，审问道："力气够大？"莲姐娇嗔地推她一掌："去你的！"素婶大笑。莲姐喜滋滋地掏了一把糖，塞给素婶和王村，说是产妇家属给"他"的。素婶剥一颗，往空里一扔，张嘴接住，嘎嘣嘎嘣地咬了，笑着说："接喜糖喽！"莲姐害羞地擂她一拳。

王村吃着糖，笑笑地问莲姐："他家是啥情况？"莲姐像是等她这一问，满面的喜气更深了一层，说："他老婆害病两年多了，可把他拖惨了，钱是大把地砸进去，上个月，终于断了气。"素婶笑起来，往她额头上一戳："人家老婆死了，瞧你，高兴得那劲儿！"王村想，没老婆就好，没老婆就没麻烦。还有一个问题横亘在她的喉间，那就是莲姐的家庭。她到底没问。纵然是一个圈子里的姐妹，聊的都是闲话，谁都不会刨根寻底，莲姐是从不提自己的家，隐约间却是有家有室的人。

到了晚上，莲姐的"家室"现身了。外头鞭炮轰鸣，医院里是没有过年的气氛的，阴冷的灯光，刺鼻的来苏水，病人惨淡的面容，一切如昔，晚餐照例是在食堂的餐车上打来的，食堂包了饺子，护工们就都吃饺子了，处于恢复期的病人也吃饺子，白菜猪肉馅。护士站里的值班大夫和护士们凑了钱，买了几样卤菜，在办公桌上铺了报纸，摆放开来，一人一杯热饮，坐在一起吃喝，到底不敢纵情，草草吃完收场。莲姐的老公就是在这时出现的，一个矮小驼背的男人，约莫50出头了，扛一只麻袋。麻袋里是橘子、炒花生、杂拌糖、整段整段煮熟的香肠、整块整块煮熟的腊肉。驼背男人不怎么说话，憨憨地笑，见人第一眼不是问候，而是一串剧烈的咳嗽，挣得脸都通红了，吊出一口深黄的痰，吐在地上。莲姐碍着是在医院里，在人前不便大声训斥，脸上却全是不耐烦，鞋底只是用力擦刮那泡浓痰。大年夜的，莲姐没有让驼背男人到出租房过夜，打发他连夜走了。

吃食太丰盛，莲姐当即分了给大家，连何九都有份。何九嚼着一节粗大的香肠，揶揄道："好家伙，比男人那玩意儿还吓人！"几个人就一起笑，骂何九老不正经。

"这么冷的天，不留他住几宿？"等何九回了病房，素婶认真地对莲姐说，"看着怪老实的一个人，过日子，相貌是其次，可靠最重要——大过年的，好歹该跟人家夫妻团圆的。"

"团圆？"莲姐冷笑，"他拿什么团圆？"话到嘴边，莲姐不隐瞒了。原来这老公是她原配老公的哥哥，她与原配结婚不到一年，外出的路上，搭的农用车翻了车，原配当场死亡，她受了重伤，肚子里怀了八个月的胎儿窒息死亡，引发大出血，不得不剖宫取出，她在医院里足足躺了三个多月。司机也丢了命，医药费没个出处，她娘家穷，来看了她两次，撒手不管了，原配的驼背哥哥到信用社贷了款，东家借西家凑，救下了她的性命。驼背哥哥貌丑家贫，一直娶不到媳妇，出院后，莲姐哪里都没去，嫁给了他。小寡妇配老单身汉，本是一桩圆满婚姻，但结婚以后，莲姐迟迟不孕，公婆邻里都认定她落下了病根，她大包大包地吃中药，全然无果。到后来，驼背男人莫名其妙地蔫了，做不成男人了，慌了神，由莲姐悄悄陪着，上县城医院检查，一查才知道，男人发育不全，无法生育。伤心的莲姐自此离开了家，外出打工。

"实在过不下去了？"素婶问，"看他的样子，对你是知冷知热的。"

"跟了他十几年，在他家做牛做马，他家修房子的钱，他爹妈看大夫的钱、过世下葬的钱，哪一样不是我打工攒下的？他守着几亩田，身体又差，不是咳就是喘的，能赚几个钱？当年的救命之恩，怎么算，都算是报答得够的了，"莲姐顾左右而言他，"何况——"她的脸莫名地一红，"他前头的老婆没有生养，我们都是苦命人，要有那个福气，我们还想做一回爹妈呢……"她口中的那个他，王村和素婶心知肚明，是她的"情儿"。一个是鳏夫，一个是守活寡的良家妇女，普通的道德评判恍惚隐遁不见，王村和素婶都默然了。

莲姐的驼背老公不是什么伶俐人，这从他带来的自制腌腊制品即可看出，腊肉盐巴涂抹不均，非咸即淡，香肠里的肉没有切细，不时冒出整块的软骨。阳痿、无精症。这样的极品差劲男人，实在找不出为他辩护的理由，活该他丢掉老婆呵。

王村新看顾的东家刚下手术台，输夜到凌晨，还好，这个夜晚不寂寞，窗外烟花绚烂，王村守着病人，隔一会儿便无聊地啃一口香肠或是腊肉，恍若回到幼时食物匮乏的年头，守岁的夜晚，敞开了怀，大口吃肉，一直吃到撑——果真撑住了，到早晨，王村只觉得胃里胀满。

早餐她打了一饭盒的稀粥，嘱咐卖饭的工人舀得清寡些，连过粥的小菜都没买，要了一勺子白糖。东家的家属一大早就来了，王村倚在走廊里喝稀饭，素婶和莲姐也出来了，一手端了饭盒子，一手拿着水煮鸡蛋。三个人稀里哗啦埋头喝粥，何九远远地端一口钢精锅、手里挽着累累赘赘的塑料袋奔过来了。"来来来，大年初一的，不吃元宝怎么行？"她揭开锅子，里头竟是热腾腾的一大锅汤圆，又白又圆的漂浮在水中。何九殷殷勤勤地分了给她们，塑料袋里装的是瓜子、糖块，她一人抓一大把，塞在她们的口袋里。三人交换着目光，纳罕得要命，平日里何九连牙膏都舍不得掏腰包买，偷用病人的，也不怕被传染上什么毛病，是出了名的一毛不拔，请大家吃汤圆和零食，难道太阳从西边出来了？

"你这是——"素婶停住，不知如何开口，大过年的，估计她没法半是惊诧半是嘲讽地问她是不是发高烧了。

"我这个病人，今天出院，算是我照看的最后一个病人。"何九接上她的话。

"最后一个？"三人异口同声地反问，王村问，"你不做了？"

"不做了，我媳妇的预产期就是正月初二——明天，肚子里是一对双胞胎呢，我总不能做到两个孙子出世才赶过去吧？"何九一脸的笑。

"媳妇？双胞胎？你儿子不是还没讨上媳妇吗？"素婶更诧异了。何九挂在嘴边的苦情戏，什么生病的老人、瘫痪的老公、娶不上媳妇的儿子，跟祥林嫂似的，念叨了一遍又一遍，虽然剧情时时有变，大致却是苦海无边的一家子。尽管她们高度怀疑情节的真实性，但何九不会有一个多么完美的家，这是肯定的。在这群护工里，不会有谁是家底殷实、家人富足的，否则，守着欢天喜地的日子不过，谁会巴巴地就为着每个月多上那么一千两千块的工钱，甘愿待在这终年不见阳光的医院里，浸在药水和疾病的气息里度日呢？

"人在江湖，说话难免真真假假的，别的是假，缺钱是真。"何九脸上全无愧色，她一股脑儿地说了自己的家，出乎所有人的意料，何九还真有个圆圆满满的家。她老公非但不瘫，生龙活虎得很，在一处高档小区里当保安，工资没有何九高，但优点是可以下班后帮着儿子媳妇料理料理家务——何九的儿子就住在那小区里，两年前买的房，复式大单元，按揭，月供的三分之一由何九当护工的收入支付。儿子是30岁了，却不是老光棍，结婚三年了，其实儿子很争气，大学毕业，进了国企，媳妇是同事，白领。儿子媳妇很努力，何九两口子也很给力，家里的庄稼让亲戚种着，一起进城打工，赚的钱，一分一分凑起来，先是供儿子读书，接着替儿子成亲，然后帮衬着儿子在这繁华城市里安置下了一个优越的小窝。儿子早就叫何九别做了，但媳妇结婚后肚子始终瘪着，去医院检查，说是输卵管不通，要做试管婴儿，前后的费用得几万块，何九就多坚持了两年，给儿子媳妇筹一笔钱，媳妇做了试管，怀上了，两个。媳妇快要生了，亲家来不了，何九下一步的任务就是充当免费保姆，带俩孙子。不止有个顶呱呱的儿子，何九当年还罚款超生了一个丫头，丫头模样俊俏，打小就蹦蹦跳跳、爱说爱唱，一副山泉水般清甜的好嗓子，上个月参加超女比赛，入了围。

"阿姨们有空帮着投一票啊！"何九摸出手机，把女儿发的短信转发给她们，里头有投票的电话号码、女儿的比赛号。何九翻着手机里存的相片，顺便给她们看儿子买的大房子，夸耀地说，客厅里的那套沙发，不便宜的，是她给买的；主卧室里的那张床，全实木的。妈的，城里的木头，简直比黄金还值钱，也是她买的。有几张照片，是何九一家在儿子的新房里的合影，老公壮实，儿子媳妇粲然开颜，女儿是个妩媚的小丫头。

素婶、莲姐和王村半晌作声不得，好半天，王村笑着开口，说："哟，原来你女儿是未来的大明星呢，那你就是未来的星妈了。"

"什么呀，这丫头从小就野，被她爹宠坏了，我是管不住的，她爱做什么，随她去，将来让她婆婆收拾她去，我只管带我这两个孙子，孙子大了，要是媳妇留我，我就继续给他们煮饭洗衣服，媳妇要是嫌我这没用的老东西了，我也不怕，还回来找你们，跟你们一起做！"何九的声音里透着甜蜜，透着甜蜜里无端的惆怅。

"嫌不嫌的，儿子媳妇是该供养着你的，况且你为帮他们买房，吃多大苦头啊。"素婶淡然说着，第一个扭头进了病房。

临近中午，病人办完出院手续，何九果然收拾包袱离去了，她一一向护士站里熟悉的姑娘们告了别。何九走了，新年的病房里就剩下素婶、莲姐与王村了，素婶直嚷腹胀，说是吃了何九给的汤圆积了食。"这娘们儿，走就走呗，到头来还害老娘消化不良！"素婶咒骂一句。王村明白，同样是护工，她们是被何九一帆风顺的人生幸福给雷倒了，她们震惊，她们忌妒，老天的不公正，让她们想骂娘，更想骂何九——她破坏了职场的潜规则，一个家境如此完好的女人，怎么能够与她们一起争抢同一杯羹呢？

何九走后，莲姐也喜滋滋地准备回趟家，找王村和素婶参谋带什么礼物回去——回的是"情儿"的老家，拜见下一任公公婆婆。莲姐的"情儿"过年加班一周，正月初八开始休假。正月初九，莲姐还在医院里，王村和素婶以为她的"情儿"还得加班，莲姐尴尬地解释，她的"情儿"独自走了，说是家里的老人家对她脸上的胎记有点忌讳，她先不去，由"情儿"打前站，回家做通了父母大人的工作，再让双方见面。

"别担心，好事多磨。"素婶安慰莲姐。

"我就是想不通，落在我身上，怎么事事都那么曲折啊？"莲姐轻轻说着，勉强挤出个笑容，一笑，突然发出一声干呕。

莲姐怀孕了。她买了一张早孕试纸，一测，双杠。莲姐狂喜。素婶和王村陪着她傻乐，三个人得闲就探讨生男生女的征象。美中不足的是，莲姐给她的"情儿"发了若干个报喜短信，那边只是无声无息，打电话过去，不是没人接，就是关机。

"难道是他爹妈坚决反对？"莲姐狐疑。素婶说："现在这情形，根本就不需要他们表态了，孙子比天大！"王村说："同意不同意，他都该给莲姐反馈个信儿，怎么断了联系呢？"

莲姐"情儿"的蹊跷表现，王村来不及深思，她接到婆婆的电话，婆婆让她抽空回家一趟，说猪猪惦念妈妈了，不会说话的猪猪嘀咕着发出了"妈妈"的音。

王村匆匆忙忙地赶回了家，顾不得问问老公带去的那女人是否还在，顾不得想想三人见面的窘迫，她的眼里心里唯有猪猪，她的宝贝，七岁了，发出了第一声"妈妈"，这是多么了不起的进步，多么伟大的成果呵！

这一趟，王村预计得三五天，结果，她足足耽搁了半个多月。在这半个多月里，发生了许许多多的事。首先是，婆婆的电话，居然是诱饵，老实巴交、慈祥温和的婆婆，欺骗了她，猪猪哪里会叫什么"妈妈"，婆婆叫她回去，是让她签字离婚。离婚这两个字，王村虽然从不正面直视，可是潜意识里，她明白这是迟早的，老公的心，是断了线的风筝，落在了荒郊野外，找不回的了。

王村签了字，离了婚，猪猪归她，由婆婆抚养，抚养费王村和前夫一人出一半。协议的内容便是如此。这头签字离婚，那一头，那个男人，王村最初最爱的、与他一起生下宝贝猪猪的那个男人，揽着新欢的肩膀，登记结婚了。

婆婆对王村说了很多道歉的话，王村狠狠地哭了好几场，可王村总感觉，她的喜大过悲。公公借住到亲戚家里，王村与婆婆住一屋，婆婆天不亮就起来，先煮一碗红糖鸡蛋，端去给新儿媳妇，第二碗，才是给猪猪和王村的。新儿媳妇怀了三四个月的身孕，害喜的阶段早过了，人却是懒洋洋的，整日娇滴滴地挽着男人的胳膊，看到躺在推车里晒太阳的猪猪，跟见了疯狗一般，绕着道地走。更荒诞的是，婆婆亦是留心让猪猪回避着他的继母，某一日，王村偶然听到老人家的理由居然是："别尽瞧这傻孩子，瞧多了，当心影响你肚子里的宝宝。"

婆婆变了。当脱轨的异样生活具有了回复正轨的可能性，任何人都会奋不顾身地飞身争取。王村明白，她的猪猪，将只是她一个人的心肝宝贝。

办完离婚手续，王村打了电话给贵州的母亲和嫁到新疆的三姐。母亲在电话那头哭泣，为了这个女儿的命运多舛，末了，叫她带着猪猪回老家去，家里生计无论多艰难，兄嫂态度无论多刻薄，添加她们母子的两双筷子还是不成问题的。而在新疆的三姐，出嫁前与她最为亲厚，立马替她张罗了一门婚事，对方是三姐邻居家的亲戚，庄户人家，男人比她大一轮，老婆跟人跑了，家里丢下一个女儿，人家听了她的条件，十分满意，答应成为猪猪的爹，前提是她婚后愿意为他继续生养，是儿子皆大欢喜，是女儿人家也认栽。

面前的道路突然出现了三条岔口，一是带着猪猪回老家，二是带着猪猪嫁给新疆的陌生老男人，三是把猪猪留给婆婆，自己接着单枪匹马地打工。王村是个慢性子，她需要花大量的时间来慢慢思考，可是，公公婆婆等不及她的决定，他们张罗着为新婚夫妻摆酒设宴，否则新媳妇腹中那块肉日渐长大，显了怀再穿婚纱就不雅了。

不管想好没想好，王村终归不能坐在这儿出席前夫的婚宴吧，只好暂时留下猪猪，先去医院，从长计议。坐在长途车上，王村接着思谋她的去向，不止如此，她还得婉转地从婆婆那里把存给猪猪的钱要回来，在这一点上，她们婆媳相互提防着，婆婆唯恐她改了嫁，虐待猪猪，而她担忧婆婆把那些钱挪给新的孙子，怎么向婆婆提出来，需要技巧，需要足够的说服力。此外，这趟返乡，她得知村会计染上了重疾，县医院已经束手无策，一家子正筹划着转到省城的医院，村会计的老婆碰见王村，一脸是笑地托她给素婶带个信，请素婶帮忙打听着有没有好的大夫。王村迟疑着要不要告诉素婶。可怜的素婶呵，她若是知道了，这几年清清静静积下的钱，不是又有了打水漂的地方？

长途车到达城里，天擦黑了，下着大雨，王村一脚深一脚浅地赶到出租屋，打算住一晚再去医院。出租屋里意外地亮着灯，有人在呢。推开门，竟是素婶，一瘸一拐地正往贯穿全屋的一根麻绳上晾衣服。原来素婶崴了脚，不得不歇下了。

"说是伤筋动骨一百天，我这回可是损失惨重了。"素婶苦笑道。王村照例是受她嘱托，到镇里的养老院给她的疯老公和疯女儿交纳了伙食费，她把收据递给素婶，犹豫了一下，到底没有提起村会计的病。

素婶煮了一锅面，浇了辣椒油，两人热乎乎地吃了，烧水洗过脚，上床躺着聊天。隔壁的暮年妓女，大约是接了生意，不隔音的墙壁，尽是乱响乱动。在龌龊的情色声响里，王村简略地说自己办了离婚手续，不会在这间医院长久做下去了，毕竟婆婆就要迎来新的孙子，她担心猪猪留在那儿受气，她要想法子带猪猪走。素婶长叹一声，说："我们几个，怎么都是苦菜花的命哟……"说着到底忍受不住，起身捡了块砖头，朝着墙壁一通猛砸，隔壁的声响顿时低微下去。王村笑着说："咱俩是苦命人，莲姐倒是苦尽甘来。"

"苦尽甘来？只怕是竹篮打水，一场空。"黑暗中，看不清素婶的脸，口气却是大大的不对劲。王村急问，莲姐怎么了？素婶顿了顿，缓缓道，莲儿出事了。素婶说，莲姐一门心思地畅想着与"情儿"修成正果，一边写信给乡下的老公，提出离婚，一边等待着"情儿"做通父母的工作。"情儿"回家后，短暂失踪，失去音信，休假期满，他如期返回，莲儿告之他怀孕的喜讯，没想到"情儿"的反应是，让她堕胎，理由是父母还没同意。莲姐当然不肯，说是要为他留下血脉，相信他的父母见到孙子，一定会回心转意。莲姐摆出了一副王宝钏寒窑等夫的姿态，就是这姿态，吓退了她的"情儿"。"情儿"无计可施，三十六计里的上计估计没法实施，毕竟他在医院里做了这么多年，收入稳定可观，为了一个女人丢掉饭碗，太不值当。于是，"情儿"找到素婶，知道素婶与莲姐相好，对素婶交了底，请求素婶帮着劝劝。这底，他敢交给素婶，不敢交给莲姐，莲姐怀着孕，对他又是用情至深的意思，知道了真相，天晓得她会怎么样。他拿了两千块钱给素婶，让她转给莲姐，用于人流的手术费和营养费，等手术做完，他自会对莲姐和盘托出真相，至于素婶，他承诺定当重谢。

"我当时险些给他几耳光，"素婶用了粗口，"见过骚狗，没见过这么骚的，只会撅尾巴上人家，跟撒泡尿似的，一点儿都不负责任！"

"到底是怎么回事？"王村大大的不解了。

"他把人给骗惨了，"素婶恨声道，"他家里头，老婆好端端的呢，儿子，他有，两个，老大成亲早，孙子都满地跑了！"

"王八蛋！"王村气得直咬牙，平静一下，她说，"叫莲姐赶紧打掉，这种男人，没什么好留恋的！"

"她一天到晚叨念着肚子里是男是女，她那样子，让我怎么忍心跟她讲这些？"素婶凄伤地笑一声，"老天自有安排，这孩子终究是个短命孩子……"原来莲姐怀孕不到两个月，没来由地见红，她的"情儿"帮着挂了产科的号，一检查，不得了，胚胎着床的位置万分险恶，就在莲姐原先那道剖宫产的刀疤上，胎儿是非做掉不可的，更加要命的是，莲姐查出了多发性子宫肌瘤。这手术横跨产科与妇科，莲姐要求转到妇科。

"产科的大夫判定是要摘除子宫的，莲儿不肯，她知道邱一刀曾经做过类似的手术，花了十几个钟头的时间，把肌瘤剔除得很干净，子宫保留下来了，几年以后病人还生了孩子，一家人送了一面老大的锦旗来，"素婶说，"莲儿仗着与邱一刀有点头之交，准备去求邱一刀——都这时候了，自己的小命保得住保不住都难说，她还挂牵着要为那个混账东西生孩子，你说她傻不傻呀？"

当局者迷，旁观者清。王村想，在素婶与村会计的纠缠里，素婶何尝不是傻到了头的傻女人？"莲儿做手术，我是打算自己照料她的，我这脚又不争气，紧要关头，瘸了……"素婶道，王村立刻说，不要紧，你休息，我去照顾她。

翌日一大早，王村早早赶去医院。莲姐睡在加床，这就不错了，能及时住进来，全都仰仗莲姐平素对于安排床位的护士点头哈腰、笑脸相迎。

莲姐的驼背老公接到她要求离婚的信，火速赶了来，见她躺在病床上，又是心疼又是忧虑，扎煞着手，不知所措。王村熟知手术前后的护理，见莲姐输着营养液，无法动弹，打了水来为她洗脸刷牙。那驼背老公是憨厚之人，对莲姐没有半句责备，莲姐缺什么差什么，王村一句话，他就连咳带喘地买了来，王村的感叹就更深了一层。

"什么时候手术？"王村问莲姐。莲姐说："明天一早。"王村问："邱一刀主刀？"莲姐说："昨儿我见着他了，他说今天开始休假，要外出旅行，我跪下求他了，你瞧这里，磕头都磕破皮了——"王村顺她的手一看，果真额头有一处伤痕。"除了邱一刀，谁都帮不了我，不管怎样我得留着子宫啊，赶明儿养好了，我还得为他生个孩子，有孩子才是个家呢……"莲姐毫不避忌她的驼背老公，那男人像头呆鹅，只顾立在一旁，怔怔望着莲姐。"他人呢？"王村隐晦地问，莲姐陷在水深火热中，男主角却自始至终不见踪影。"上班呢，产房手术多，他忙。"莲姐丝毫没有怨

137

怼。王村不吱声，她没法说什么。

当天下午，莲姐情况突变，出血量加剧，被安排紧急手术。进手术室前，莲姐央求着护士们给邱一刀打电话，请邱一刀赶过来。护士们含含糊糊地应着，娴熟地备皮、消毒，做着术前准备。莲姐失血过多，意识渐渐地迷糊了，嘴里仍嘟囔着："给邱一刀，打电话……"驼背男人吓傻了，转过身去，背着人，拿袖子不断揩眼泪。

王村见势不妙，跑进护士站里，询问邱一刀什么时候赶来，当班护士好笑，问："谁说邱教授要过来？邱教授今天开始休假了。"王村心里咯噔一下，说："莲姐都给邱一刀下跪了……"护士打断她，正色道："看到了，她在那儿使劲磕头——你说这影响多不好啊，往后谁要找邱教授做手术，往地上一跪，邱教授可怎么应付得过来呀？"王村急道："请你们给邱一刀打个电话吧！"这护士20来岁，是个俏皮姑娘，伶牙俐齿的，当下笑起来，看一眼墙上的时钟，打趣道："邱教授休假，安排好了跟他夫人、女儿去法国度假的，他怎么可能轻易改变行程？又不是什么了不起的大人物！这个时辰，飞机已经起飞了，你叫我把电话打到飞机上去？我可没那本事！"

莲姐被推进手术室的时候，血把床单都给染红了，人已经昏迷。王村与驼背男人焦急地等在手术室外，两人不熟，无话可说。驼背男人兀自在安静的走廊里走来走去，不时咳嗽一阵，王村走到窗前，隐隐听见很高很远的云层中，有飞机飞过的轰鸣声，闷闷的，时断时续。王村漫无目的地想，那是邱一刀乘坐的去法国的飞机吗？

邱一刀到底没有为莲姐做手术。

# 那是菖蒲吗

笙皓微醺，眼前生光，对面端坐的青芝，低眉垂眼，于晃动的灯影里，益显得人物风流，犹在画中。

笙皓在一个隆冬的午后回到了他的出生地白洲。

火车在小小的白洲车站停靠了三分钟，上车的人倒真不少，背包携伞的，一拥而上，像赶公交车。笙皓两手拎着满满当当的行李，跌跌撞撞挤下来，脚还没站稳，火车鸣的一声，腾起一股白烟，哐当哐当地就启动了。

那日的天气罕有的晴朗，冷是一样的冷，但因为有了淡淡菲薄的蛋青色阳光，那些泥啊草啊，看上去就有了一层暖暖的颜色，仿佛什么人，轻轻咧开嘴，涩涩地笑了。漫长漫长的冬天，它们都冻坏了呀。

走了一程，笙皓远远看见了那幢木质楼房，房子临水，修筑在青石砌成的阶沿上，周遭一溜廊棚，廊前一幅杏黄色酒招，在风里微微摇曳。

敏敏那时正坐在自家小店门前，编织一条围巾。那是今年最流行的一种款式，手感绒绒的。青芝就在她旁边，帮着把毛线绕在膝盖上，一圈一圈地挽成团。

这辰光生意清淡，送走了一名沽酒的客人，便再无人来。青芝的眼皮沉沉的，脑袋失了重，往胸前一下一下点着，绕毛线的手指迟钝得像电影里的慢动作回放。敏敏捉弄她，霍地敲她一记，或是挠她的痒痒，吓她一大跳。青芝不生气，打个哈欠，手里又机械地动起来。青芝性情很好的，她和敏敏的妈妈是妯娌，按说这种关系是很敏感的，青芝却把敏敏的妈妈哄得高高兴兴。青芝的丈夫一出门，敏敏的妈妈就接她过来，三个女人亲亲热热地住着。

织着织着，敏敏一抬头，就看见笙皓沿铁轨走来。有风吹着，吹散了云，笙皓身后就是一大片无际的天，清透得像一匹刚被水洗过的蓝缎子。

笙皓的步态因沉重的行囊而变得狼狈不堪，头颈前倾，一伸一缩的。敏敏哧地笑出声，顽皮地回身朝店里喊，妈，快来看，来了一只鹅。

妈妈当真赶出来，左瞧右瞧，什么也没瞧着，不解。青芝朝她眨了眨眼，妈妈明白了，生气地在敏敏后脑勺一敲，臭丫头，闲坏了你，专会谎报军情！

笙皓笔直地走过来，仰头看看店招，喘口气。妈妈迎上去，殷勤地问，先生，要点什么？来盒烟吗？放心，我们这儿的烟绝对正宗，是从烟厂进的货。

"妈，快看！"敏敏跳起来，猛然发出一声尖叫，"郭家班！"

笙皓应声回过头，铁轨那端果然来了队伍庞大的戏班子，领头一位白发老人，目光炯炯，步履轻捷，长须飘飘，颇具仙风道骨。笙皓就有点激动。这是郭家班的掌门人，他认得，当他年幼的时候，郭家班就已经是白洲的孩子极其盼望的一个皮影戏班子，他们就像圣诞老人一样，带来奇迹与好运。

附近的小孩循声而出，敏敏和青芝也牵了手，疯疯傻傻地跟了去，瞅瞅人家的道具，摸摸人家的幕布，连敏敏的妈妈都伸长了脖子，张望不休，把笙皓撂在一旁。

敏敏和青芝跟出老远，眼见着他们往镇上的方向去远了，这才恋恋不舍地、一步三回头地挪回店里。敏敏拽了拽妈妈，兴奋地说："妈，我跟青芝问过了，他们这次要住半个月，每天晚上演一场！"敏敏应当唤青芝为小婶婶的，但青芝不过20出头，敏敏又和她要好，就始终叫她青芝青芝的，青芝也不恼。

"那么大丫头了，难不成你还有本事天天地去守着?!"妈妈嗔怪。

"这位先生——"青芝眼尖，留意到尴尬的笙皓。

"我叫笙皓，是周梧的同事。"笙皓面色窘迫地自我介绍。敏敏一下想起来了，这就是她们等待中的客人，比预计的时间提早了一天到达。笙皓所说的周梧，是妈妈的弟弟，敏敏的舅舅。舅舅在省城的文史馆工作，上个礼拜就打电话来，拜托她们帮忙接待自己的同事笙皓。

"哎呀，原来是笙先生，怠慢怠慢！"妈妈一迭连声地招呼，"周梧把日子说错了，我还嘱咐闺女明儿一大早就上车站候着，接您的！"

"不赖周梧，是我提早出发了。不好意思啊，大姐，给您添麻烦了。"笙皓摸摸鼻子，显得手足无措。

"房间早备下了，笙先生，您先洗洗，我这就给您煮点吃的去，"妈妈吩咐道，"敏敏，你陪笙叔叔进去。"

敏敏本在一边扎煞着手，这时只好帮笙皓提了行李，领他往后院去。笙皓默默跟在敏敏背后，随她穿过店面深处昏暗的储物间。甬道尽头有一扇木门，门一开，就是干净清爽的后院了。

敏敏家的店铺是祖业，一楼一底，底楼做铺面，楼上两间屋子，就是敏敏母女平日居住的地方。后院是敏敏爸爸在世时搭建起来的，近水，因而用木柱打入河床，搭以石梁，造出来一间小卧室，纯木质结构，涂了清漆，看着仍是木头斑驳的原色。相当于水阁。早些年河面上还有游走的商船，小贩把木炭炉搬到船上，用脚踩船，在水面上晃悠。开了后窗，招招手，船就近前了，爸爸抱起敏敏，让敏敏用小手把装钱的竹篮吊下窗去，一碗热乎乎的虾仁抄手或是橘红的荸荠糕就放在竹篮里了。

爸爸就是在那间屋里去世的。爸爸患的是肺结核，转成了癌，爸爸认为凡是病痛，都会传，就离开敏敏母女，把自己关在后院。妈妈送饭送药，五岁的敏敏老是蹒跚地跟在后面，爸爸见了，挥手叫敏敏走开，敏敏不肯，爸爸就生气了，粗暴地吼，滚！滚！因此敏敏记忆里的爸爸是很凶很凶的样子。而最让敏敏不能释怀的是，当时的她，心心念念的，不是爸爸的病，却是窗下水巷小船上的那些吃食。

爸爸过世以后，妈妈在后院垦了一小块地，种了菜，养了一笼嫩黄的雏鸡。那间小卧室，就做了客房。说是客房，其实鲜有客人，但妈妈还是把屋子拾掇得窗明几净，还把敏敏幼年时弹过的风琴、吹过的笛子放了里面，仿佛这里住着一位多么知书识礼的大家闺秀。事实上，敏敏是个没什么长性的孩子，从前爸爸有意重振门风，花大价钱请了师傅教敏敏弹琴学画，敏敏坐不住，得空便往外溜。爸爸一死，没人管束，敏敏整天疯玩，玩到初中毕业，再不肯去学校受罪，就待在家帮妈妈看守小店，快乐地晃悠着，再没有任何牵挂。敏敏的玩，其实是很单调的，不过约几个伙伴摘百合，看花鼓戏，吃吃小零嘴儿什么的。既然玩法良善，妈妈除了骂她懒惰，并不太干涉。

小叔叔到新疆打工以后，青芝随了敏敏母女。青芝的到来，使得敏敏原本承担的琐杂事务一并勾销。青芝包揽了家事，夜里和敏敏睡一床。青芝新婚不久，想念丈夫，就在敏敏耳边含蓄地念叨着男人的好处。敏敏的小叔叔是个强悍的男人，久而久之，敏敏心目中的白马王子就是由汗味、肌肉、力量与粗暴糅合而成的形象了。

笙皓住后院的客房，敏敏往案台铺了一块格子花布，又在久不使用的玻璃花瓶里插满大枝的梅花，弄得青芝取笑她，说她是在给自个儿拾掇新房。

在笙皓的住宿上，敏敏是很费了心思的，可她没打算说给笙皓。她提不起劲头。敏敏想象中的城市男人是头发吹得松松的，穿浅色休闲西服，又洋派又俊朗的，完完全全不是笙皓这土样儿。

敏敏把笙皓撂下，指给他盥洗用具，就掩了门走开。笙皓几乎后脚就跟了来，怀里抱了林林总总的包装盒，有衣料有皮包有奶粉有糖果，笙皓一股脑儿地往桌上一放，拍拍手，对敏敏妈妈说："大姐，这都是周梧托我带给你们的。"

"以为我们是非洲难民呢。"敏敏不悦地小声嘟囔。

妈妈眼眶却有些湿，赶着指挥敏敏金银珠宝一般慎重地收到楼上去。周梧是妈妈唯一的弟弟，外公外婆早逝，妈妈供养周梧一路念完大学，在省城扎下了根，姐弟俩的感情非同寻常。后来周梧结了婚，情形就不太一样了。周梧的太太是货真价实的城里姑娘，她既不喜欢周梧生长的小镇，也不喜欢小镇上的居民。

敏敏辍学以后去过舅舅家几次，没少挨舅妈的白眼。连带地，十来岁的小表弟都鄙视敏敏，不称她表姐，只叫她敏敏，脏衣服什么的，一股脑儿扔给她洗，拿她当免费小保姆。敏敏住了一段时间就走了，赌咒发誓不再踏舅舅的家门。

青芝无声无息地把一碗香喷喷的面条端到笙皓面前，笙皓看了她一眼，道声谢，青芝就低了头，闪身躲开。青芝皮肤白，整个人像面团捏出来的，又软又糯。笙皓就再看一眼她的背影。

敏敏的妈妈给自己倒了一杯茶，坐下来，絮絮叨叨地询问周梧的状况。笙皓一边小口吃着面，一边详详细细告诉她，周梧刚通过副研究员的评审。还有，周梧整理出来的一套明朝文书，受到了省文化厅的表彰，奖金五千块呢，周梧给儿子买了台电脑。

妈妈就又湿了双眼，嘴边却笑着，很欣慰的模样。敏敏对舅舅没什么好感，舅舅听任老婆歧视自己的至亲骨肉，简直窝囊透顶。敏敏织着围巾，斜眼打量笙皓吃饭的姿势。笙皓浑身上下，哪儿都没特色，这吃相却地地道道显示出了读书人的气质。

笙皓吃得很斯文，不似敏敏认识的男人，端起碗来，仿佛接着了一项多么艰巨的工程，挽起衣袖，甩开膀子，摆出大干一场的架势。一海碗面，胡噜胡噜，不出两分钟，连面汤儿都没了影，于是脸也憋红了，汗也出来了，前襟全是油污，撩起袖子一抹嘴，那痛快劲儿就跟完成了一桩人生大事似的。

笙皓不，他很慢很享受地吃着，瘦削白皙的手指像拨弄琴弦一般拨弄着竹筷，缓缓挑起碗中的火腿片、香菇、豌豆尖，细嚼慢咽，无限从容。

"笙先生此次来，是料理家事吧？"妈妈寒暄道。

"是的，大姐，"笙皓如实说，"一方面处理父亲的遗产，另一方面我打算在白洲做一些文物调研。"

舅舅周桐此前说过，笙皓此行的主要目的，是为了继承父亲的遗产。笙家大宅是白洲有名的景观，尤其近年来白洲被列为文化遗产，游人如织，笙宅更是以其古典的造型闻名遐迩。笙家世代为商，笙老爷子的父辈早年开掘煤矿，赚了一笔钱，年迈后在镇里开了一间救济站，专门收留老幼孤雏，颇得善誉。

传到笙老先生，书读得不少，一度居地区图书馆馆长之位，可惜一生风流，阅女人无数。笙皓的母亲作为正房原配，受尽无穷无尽的伤害。笙皓上大学那年，笙夫人再也无法忍受冷院深寂，索性与丈夫离婚，怀揣赡养费，迁居省城。笙老先生无所羁绊，和小情人拜堂成了亲。这位新夫人是白洲镇东头照相馆老板家的闺女，眼波旖旎，就是老年人观念中所谓的狐媚女了。她年纪轻轻就到云南混了一圈，打算做药材生意，生意不成，带回一对粉雕玉琢的双胞胎女儿。笙老先生的后妻，就这样领着一双私生女，堂而皇之进入了那幢气派的大宅。

笙老先生老迈昏聩，纵情宠爱小太太，大把银子买皮裘买钻石。爱屋及乌，笙夫人的女儿们养尊处优，时常衣饰华丽地驾驶着一部火红色汽车，轰响着乱七八糟的摇滚乐，从小镇狭长的主街上呼啸而过，车里载着一群油头粉面的惨绿青年，嚼着口香糖，朝车窗外吐痰。街边的妇人们就摇头叹息，可怜了那对母子，何尝这般排场过。她们所说的母子，就是笙皓和他的母亲。

笙老先生于半年前过世，据好事者分析，他的财物已被新太太挥霍席卷一空，放在明处的，不过一幢大宅罢了。问题的焦点是，笙老先生立下遗嘱，将大宅留给了笙皓。笙皓的母亲一生备受冷落，终于有了扬眉吐气之日，岂肯罢休，遂命笙皓即刻起程。笙皓就这样莫名其妙地怀揣着一封律师函件，前来接手属于他的资产。

这些事情，在白洲，并不是什么秘密。笙家的来龙去脉，敏敏母女知道得一清二楚。敏敏的妈妈就没有追问，反倒关心起笙皓的母亲，问她老人家身体可好，平日都有什么消遣。笙皓面带微笑地一一应答，说母亲前两年患胆囊炎住过医院，恢复得很好，如今跟社区的老太太们学扭秧歌，时不时搓两圈小麻将。敏敏的妈妈听了，不住点头，夸赞老太太好福气，忽然又问：

"笙先生的小孩多大了？上中学了吧？"

笙皓迟疑了一下，很郑重地搁了面碗，两手按在膝盖上，跟犯了什么错误似的低头说：

"大姐，我还没孩子呢……"

敏敏和妈妈诧异地交换了一个眼神。笙皓的年纪与舅舅相仿，要是在白洲，40出头的男人，恐怕都抱上孙子了。难不成笙皓有天疾？要不，他老婆身子有病？敏敏妈妈的目光就更柔和了，怜悯着笙皓。

笙皓看出敏敏母女的狐疑，他故意视若无睹，埋头一气儿喝光面汤，很响地咂咂嘴，称赞青芝的好厨艺，感谢敏敏妈妈的盛情相待。

"委屈笙先生了，我这弟妹粗茶淡饭做惯了，面条稀饭还凑合，别的，可就手拙了。"敏敏妈妈替青芝谦虚着。

笙皓赶紧客气两句。其实他做面条的手艺倒真是一流的，结婚13年，老婆从省财政厅的小科员一步步登上了副厅长的位置，笙皓做面条的本事也随之达到了出神入化登峰造极的水平。连老婆百忙之中偶尔抽空回家吃饭，都必定早早打电话，让他做一碗打卤面。笙皓做的打卤面十分讲究，卤汁中有黄花菜，有木耳，有咸蛋黄，有西红柿，滋味隽永，是养人的。

老婆不出差不开会不应酬的时候，懒得出奇。吃过饭往沙发上一靠，成了一摊泥，累得连呼吸都透着费劲。笙皓不是粗鲁男人，不会强迫老婆烟视媚行，他只是沉默地煮面条，沉默地洗碗，沉默地看书上网，不去打扰老婆。时日长了，他们的屋子像一处无人的古刹。

这样的婚姻，笙皓不可能原原本本说与敏敏的妈妈。这么多年，他已经习惯了孤单，习惯了枯寂。现在，他仅仅是一名忧郁的、寡言的、阳痿的中年男人，日复一日地待在办公室，研究着暗黄的出土文书，他甚至很久很久没有出过远门。

同事周梧与笙皓相知甚笃，周梧建议他在接手宅院的同时，对荒疏已久的白洲地方史进行一番考察。临行前，周梧极力推荐他去大姐家小住，以免旅社中人生面冷，三餐无着。

一经在敏敏家住下，笙皓不由得感激周梧的妥帖设想，一所绿荫水岸的小院，一位温情醇厚的主妇，热汤热粥，充满了家常的暖意。还有周梧那眉眼秀气的侄女敏敏，健康、爱笑，笑容纯粹得像过了滤，全然没有生命中琐碎凌乱的阴影。

当然了，小妇人青芝也是好的。青芝与敏敏不同，青芝有一双很深很深、不太能看透的眼睛，这是一双逼人窒息的眼睛。以笙皓这样的年龄和阅历，是不会属意的。但毕竟青芝身腰纤细，姿容婉约，犹如昆曲中的伶人，且烧得一手好饭。笙皓抵达的当天晚上，就由青芝做了一桌隆重的晚餐接风。全是家乡的风味菜，有酥酥的蹄子，有三味的汤圆，有莼菜鲑鱼，有姜汁田螺，每一款都很美味。

青芝斟上了店里出售的酒，酒是白洲作坊的家酿酒，笙皓难免贪杯。敏敏的妈妈半途被邻居唤去凑牌搭子，敏敏上楼看电视连续剧，就剩了青芝陪伴。笙皓微醺，眼前生光，对面端坐的青芝，低眉垂眼，于晃动的灯影里，益显得人物风流，犹在画中。

住了两天，笙皓渐渐熟知了敏敏家的作息。敏敏家赖以生存的就是那间小杂货铺，母女俩与青芝日出而作，日落而息。天一黑就打烊，关起门来，在卧室收看肥皂剧。敏敏很挑剔，边看边发表评论，常常被那些肉麻的情节逗得不加掩饰地捧腹大笑。笙皓有夜读的习惯，他的阅读不断被敏敏脆生生的笑声打断，他起身踱步，点起一支烟，仰面凝视楼上纱窗微暗的灯光，想到敏敏脸上稚气的笑。

有时夜深了，青芝会悄没声息地捧上一碗热腾腾的桂花芝麻汤圆，并不多言，放下就走。笙皓无端端地，就联想起《聊斋志异》里的故事，落魄书生，流离荒郊野外，邂逅楚楚佳人。还有呵，那些红袖添香的典故也是很相宜的。那样的艳遇是不错的，前者是宣纸上浸染的一滴胭脂红，凄艳苍凉。而后者是烟花绽放，喧闹而寂寥的一种美艳。青芝是什么呢，笙皓胡乱想着，有点失神。

小店靠近火车站，客源丰沛。每周一敏敏都会颤巍巍地踩着一辆三轮车到小镇批发市场进货，除了体力劳动，敏敏不太关注店里的买卖。人来了，多半由青芝和妈妈周旋。与通常的小生意人相似，敏敏的妈妈有着轻微的狡狯，应对功夫是上乘的。但她秉性善良，遇着病弱的瘸腿的讨饭的，总是慷慨解囊。

妈妈一解囊，敏敏就在旁边嘲笑，说那老叫花子的胡须一看就是假的，说那瘸子的两根小细腿是用绳子绑上去的。妈妈就恼怒，骂敏敏冷血。青芝轻言细语地劝解，不管用，那两人仍旧嚷嚷。奇怪的是，母女俩唇枪舌剑的，转眼间又和好了，嘻嘻哈哈地跟青芝一块儿品评前来买酱油的大爷或是问路的妇人。笙皓冷眼旁观，深觉有趣。

笙皓离开家乡已久，乡间变化颇多，去大宅的那天，妈妈就让敏敏作陪。敏敏乘机问妈妈要了钱，到镇里的商场买靴子。

去镇里有一班公交车，正碰上赶集天，车中黑压压挤满菜农果农，提一篮鲜鱼的也有，挑一篓活鸡的也有。他们在车站徘徊良久，笙皓那一身笔挺的条纹西装过于隆重，压根儿不是胡乱挤车的打头。敏敏问，笙叔叔，您怕不怕走石子儿路？笙皓说不怕。

敏敏便带他抄近路，走了一条伐木工专用的碎石路。路两边是当地罕有的低缓山丘，满是参天古木，清新的草籽味与呛人的雾的气息扑鼻而来。

敏敏捡一根树枝在手里，一路走，一路搜寻草丛中的野物，捕着蚂蚁，就扔进随身携带的塑料袋。笙皓忍俊不禁，问她弄来做什么，不会是做玩具吧。

"笙叔叔，瞧您说的！"敏敏嗔怪，"难道您没听过油炸蚂蚁？"

"哦，用来做菜啊！"笙皓恍然大悟。

到了镇上，已是晌午。集市散去，留下满地污秽。扫大街的女人戴起高高的白帽子，哗哗地扫着。淡薄的阳光斜斜地，照射着青石路面。

白洲的房子很有特色，家家户户都讲求门户的美化，无论贫富，一律有一带图案缤纷的彩墙，屋前蹲踞两只威风凛凛的石头狮子，朱红的大门森严巍峨。推开华丽的大门，或许只见着低矮草屋，但门却是要重金装潢的。这可是祖宗的规矩。

镇头一户人家娶亲，沿街摆一溜长龙般的餐桌，桌桌盆满钵满，邻里亲友推杯换盏。新娘子穿大红绸缎旗袍，被人簇拥着，袅袅婷婷地款款而来。就有人趁着酒劲高声唱起歌，锣鼓队跟着助兴，锣声唢呐欢天喜地地响了起来。

敏敏停住脚，怔怔张望，眼里有些羡慕的意思。笙皓察言观色，问敏敏有没有男朋友，敏敏的脸羞红了，一扭身避开，拒不作答。默然走了一阵，敏敏自言自语，早晚我是要去广州的。话说得很铿锵，有掷地作金石声的气势。

"去广州？"笙皓惊奇。

"那儿的皮鞋厂服装厂收入都不低的，笙叔叔，您见着刚才那新娘了吧？她就是从广州打工回来的，"敏敏两眼闪亮，话就多起来，"她娘家穷得叮当响，从小给她订了娃娃亲，她16岁就跟未婚夫上广州，打了10年工，挣了钱回来，风风光光地修房子，体体面面地办喜事，多好啊。"

笙皓莞尔。他当然不能对这天真的小姑娘讲，自己沾老婆的光，住着180平方米的跃式住宅，上下班驾驶私家车，但最大的理想却是隐归山林江湖，做一名耕种稼穑的老农，抑或是着一顶蓑衣任逍遥的寒江渔翁。不止他，他那个圈子里的朋友，不少人有这样的想法，并且绝对不是聊一聊过过瘾而已。他的一位执教大学的哥们儿，当真在距省城两百公里以外的乡村租赁了五亩田地，修了青砖小院，种下半塘莲藕。

"住在镇里真有那么好？"笙皓隐晦地问。敏敏误会了，眉飞色舞地强调："笙叔叔，您不知道，那要能去了县城定居，可就比镇里强多了，我一小学同学，也是家里头订下的娃娃亲，她不乐意，逃婚跑了，结果遇见她现在的男朋友，人家是在县城工作的，跑出租，下了班就带我同学去蹦迪——笙叔叔，您蹦过迪吗？"

笙皓失笑，故意逗她："敏敏订没订娃娃亲？"

"笙叔叔，您怎么老问这个？"敏敏不悦，一张小脸绷得紧紧的。这下轮到笙皓不好意思了，心想这小丫头挺厉害。

笙家大院位于镇中央，左邻小镇刑警大队，右靠镇政府，其得天独厚的地理位置，多年来为各类目光所艳羡。在"文革"及其以后漫长的年月，笙家大院面目全非，作为一个居民聚集的大杂院，低下了高贵的头颅，被无数垃圾和噪音凶猛地践踏着，那些香樟树广玉兰树上垂满招展的尿布，满墙紫藤用作了引火烧饭的材料。笙家大院回到笙老爷子手中，不过20来年，其风雅考究的韵致重新成为小镇的重要标志。笙老爷子酷爱音韵，院中常有丝竹之音，惹路人驻足。

最近两年白洲着力于旅游开发，模仿别处盛景，新建了孔桥石径，沿街开了民俗陈列馆，陈列木雕、古钱币什么的。政府又特地请了手艺精湛的老师傅，当街展示织布的工艺。从棉花到棉条，到摇棉线，再到雕花、刻板、染色、挂晾，唧唧复唧唧，最终织出蓝印花布。于是半条街都是蓝染布，迎风飘摆。

暮年的笙老先生远见卓识，大方地开放了花木葱茏的前院、天井和部分花格窗棂、红木大床的住室，免费提供给游人欣赏。

不但如此，还将临街的门面交给政府，修建了供观赏的当铺。老爷子这一慷慨的举动，多多少少为保住大院不被政府征用起到了关键性的作用。

笙皓与母亲离家时，仅仅20岁，住进归还笙家的大院不过三五月光景。父母反目以后，他厌恶父亲身边的妖冶女子，没有再回过白洲，因此笙家大院在他的记忆中是非常非常模糊的，以至于他对具体的方位都缺乏把握，不得不瞎子一般跟在敏敏身后。

敏敏把笙皓领到了目的地，笙皓进去了，敏敏留在附近闲逛。笙家大院目前的主人是笙老爷子的遗孀，这位半老徐娘与笙皓年纪相仿，保养得无限妖娆，惯用海藻泥敷面，也不避忌，泥黑着脸，倚在门边看人打麻将，算是白洲一景。她的一双私生女出落得千娇百媚，热衷于赔本买卖，带些不三不四的小白脸回来蹭吃蹭喝蹭睡。镇里的人都说，笙老先生晚节不保，活生生是被这对来历不明的小狐狸精给气死的。消息传来，笙皓的母亲就抚掌大乐，解气道，真如戏文所唱，一报还一报。

敏敏知晓那母女三人是不易对付的，果然笙皓进门没五分钟，一场恶斗就开始了。女人的尖叫声、怒骂声、喊叫声、哭声，此起彼伏，仿佛进去的不是笙皓这样的文弱书生，而是一群饥饿的白眼狼。好事者不断聚拢来，有摇头的，有讪笑的，都知道笙家大院的继承人掉进缠丝洞了。

笙皓很快就出现了，笙老爷子的一双继女，一人抓他的领带，一人揪他的头发，将他狼狈不堪地扫地出门。染了红头发的笙夫人则泪眼汪汪地向围观者痛陈家史，说那老不死的双脚一蹬，连缸大米都没给她们母女留下，一所栖身的房子，还叫儿子来占。

"老天爷，你叫我们往后睡哪儿啊?!"笙夫人说着说着就一屁股跌坐在地，呼天抢地地号哭。

敏敏没见过这等滑稽场面，好奇地观看笙夫人的表演。笙皓理理衣襟，面红耳赤地从人堆里拽了她就走，火速撤离了是非之地。

笙皓心情郁闷，一路低头疾走，敏敏得小跑着才能跟上。敏敏购物，笙皓就站在时装商场外，倚了柱子抽烟。敏敏悠闲地逛了一圈，买了纯白的高腰靴子，出来却不见了笙皓。

小镇不大，总共只得东西交叉的两条街，敏敏来回找了一转，在小镇的烧砖坊找到笙皓。被火淬过的红砖刚从炽热的砖窑取出，码得整整齐齐。笙皓站在码好的砖垛前，吸烟，发愣。

敏敏孩子气发作，蹑手蹑脚走到跟前，突然跳起来大叫一声，笙叔叔！笙皓一惊，回头见是敏敏，笑了。那笑里却有着无穷无尽的寂寥，看得敏敏心头一震。

回程的路上，敏敏试图找些有趣的事情引笙皓开心，问笙皓吃过白洲的剃头凉面吗，问笙皓平日的工作是怎么样的。笙皓答复得简单而勉强，敏敏就无计可施了。

晚餐青芝做了油炸蚂蚁，笙皓吃得很少。饭后敏敏的妈妈削了一盘子甘甜的橙，笙皓动都没动，早早回屋歇了。

在敏敏妈妈面前，笙皓对于白日的经历缄口不言。他一回到房间，敏敏就原封不动地学了一遍给妈妈和青芝听。妈妈皱眉道："这可不是秀才遇到了兵？我早看出来了，笙先生那文质彬彬的样儿，哪能是那三个泼妇的对手？！"

往后几日，笙皓绝口不提笙家大院，敏敏也不问。倒是笙皓又请敏敏陪同，去了一趟镇党委，借出地方志，每日将自己关在屋内，详加揣摩。

闲了笙皓独自外出散步，顺河流走，凝视下游临水而筑的民居，乌瓦粉墙，门楣华美。石阶入水处，有妇人躬身洗衣洗菜。若遇雨天，笙皓坐于廊棚之下，温一壶香醇的家酿米酒，细饮慢酌。那酒是青芝送上的，最初青芝放下便走，次数多了，她也会留下聊几句。见笙皓握一卷地方志，青芝就抿嘴一笑，道："笙先生，白洲有一样特色，恐怕是前人都没研究过的。"

"是什么？"笙皓很感兴趣。

"白洲盛产宦官，"青芝娇笑道，"笙先生一查便知，历代不少著名的宦官太监，祖籍都在白洲。"

"这么说，白洲人自古已有尚权之风？"笙皓沉吟。

"我觉着，这更说明了白洲人的残忍，"青芝反驳，"笙先生想一想，把儿子送去做太监，那可是天底下最不人道的事情，爹娘居然能狠得下心！"

"古代子嗣众多，缺少一个传宗接代的儿子，怕也不是太大的损失，一旦在宫廷得了势，却是鸡犬升天的荣耀，"笙皓道，"不过呢，阉割手术确实风险很大，不死于手术中的大出血，真是万幸。"

"岂止手术危险那么简单！"青芝不屑，"笙先生是搞历史研究的，肯定知道，宦官的后遗症是伴随终身的。宫廷里臭气熏天，得用大量香料掩盖，那臭味儿，都是宦官们小便失禁弄出的腥臊……"一言至此，青芝突地害了羞，掩了嘴，侧过身去。

"搁今天，尿不湿可就畅销了！"笙皓开玩笑。青芝却是一扭身，兀自跑走了。

青芝提的线索，笙皓自然不理会。他关注的是白洲的地理，地方志的记载显示，白洲的源头就在火车站一带，距敏敏家不远，其遗址属新石器时代的产物，有机质较多，土质松软，色泽深黑，有鱼、牛、猪、鹿的骨头，从采集到的陶瓷碎片分析，当时就有了以红陶和灰红陶为主的器皿。

"考证说明，六七千年以前，这儿就有人的痕迹了。"笙皓告诉敏敏。

"就在这儿吗？这一块地方吗？"敏敏吃惊地瞪大眼睛，比画着自己脚下的土地。笙皓微眯起眼，他沉迷于敏敏惊讶时露出的表情，双眼张大，眼白泛蓝，像个无邪的婴儿。

熟了以后，敏敏就肆无忌惮地出入后院了，间或奉妈妈之命，送去水果什么的，她也不急着走，就在案桌边翻看翻看笙皓带来的那几册艰涩的书籍。

笙皓读书苦闷，请敏敏弹奏风琴。敏敏落落大方地拿出三脚猫的功夫，把记得的儿歌练习曲演奏一遍。不论琴技拙劣与否，笙皓一概热烈喝彩。

敏敏看见笙皓的床头柜摆了洗浴用的瓶瓶罐罐，有发蜡，有须后水，有绵羊油，有滋润霜，种类繁多，像陈列在橱窗里的样品。敏敏就嘻笑："笙叔叔，我们姑娘家，还没您这套家伙累赘呢。"

隔两日，敏敏在笙皓桌上又发现了一瓶崭新的资生堂润肤露，包装还没来得及拆开。敏敏断定笙皓一定是私自去了镇里，买了这玩意儿。敏敏拿起端详，蓦然喷笑出声：

"笙叔叔，您看仔细了吗？这是女用的！"

"是吗？"笙皓平心静气地微微一笑。

"再说了，白洲的资生堂专卖店，没一家是正宗的，全是假货，我可知道得太清楚了，"敏敏得意地说，"在白洲，超过一百块钱的化妆品，90%都是假冒的。"

"这样啊，"笙皓想一想，问，"敏敏，你用什么牌子的化妆品？"

"我用宝宝霜，又便宜又好，笙叔叔，您也可以试试的，贵东西不见得就好。"敏敏煞有介事地传授经验。

第二天，笙皓就再去了一次镇里，回来就送给敏敏一只漂亮的卡通包。敏敏打开来，里头竟然是全套强生的婴儿护肤用品，擦脸的，沐浴的，洗头的，驱蚊的，有十多种呢。

敏敏就明白了，原来资生堂的化妆品也是笙皓准备送给自己的。敏敏的脸腾地红了，浑身不自在，似乎做了一件不光彩的事，蓄意敲诈了笙皓。

敏敏把卡通包藏进衣屉，小心翼翼地使着，生怕妈妈察觉。敏敏用的宝宝霜是一块二一袋的那种，妈妈老说，小姑娘家，天然的好皮囊，润一润就好了，别太浪费。强生的婴儿用品是很贵的，这之前敏敏从没碰过。

笙皓送礼物的事，敏敏忍不住说给青芝听。青芝听了，风清云淡地说了句，笙先生当你是小朋友呢。青芝的话让敏敏很失落，她整18岁了，不愿意男人轻视她的年纪。

隔一天，青芝洗了澡，化了妆，涂了很淡很淡的水果颜色的口红。敏敏凑近了看她无懈可击的脸，直夸好看，甜蜜地问小叔叔是不是就要回来了。

"他呀，没心肝儿的，哪会想到我……"青芝就有点幽怨。

"小叔不是给你挣大钱去了吗？你还怨他！"敏敏叱道。

"大钱？"青芝冷笑，"你不懂，他再能挣，永远脱离不了农民的身份，永远没办法在城里筑窝，永远不可能买洋房住高楼！"

"青芝，你发烧呢?!"敏敏诧异。

青芝住了口，坐在镜子前，发呆。她离开卧室的时候，敏敏已经睡着了。青芝没开灯，摸黑换了一身衣裳，往头发丝儿里喷了香水，然后，缓缓地、一步步地朝向后院而去。她的手里有一只木漆托盘，托盘中，不是酒，是茶，熏豆茶。

那一晚究竟发生了什么，敏敏不知道。待她醒来，青芝已收拾好了行装，泪眼婆娑地向妈妈告别了。青芝的娘家在偏僻的农村，青芝这是要回娘家呢。

餐桌上一壶热热的熏豆茶，青芝说是五更天起来做的，让敏敏母女早餐时品尝。熏豆茶是以新鲜毛豆为原料，加盐微煮，铁筛盛之，木炭火熏烤数小时，加芽茶、腌橘皮、炒熟黑芝麻、咸丁香萝卜干，用开水一冲，就成了。成品碧绿生青，清香异常。但由于制作工序复杂，居家轻易是不做的。青芝这一举动，就增添了长别的凄伤。

"莫非是大嫂有什么不周到，让你受了委屈？"妈妈格外惊疑。

"大嫂，您别见怪，其实我就是想回去瞧瞧母亲，昨儿我做梦了，梦见她老人家病得厉害，我着实放心不下……"青芝哽咽。

话已至此，妈妈不便强留，嘱咐敏敏送一程。敏敏替她挽了衣袋，送她去长途汽车站。青芝魂不守舍的，敏敏就劝她不必太担心。

"伯母一向身体好，况且人家都说，梦和现实是相反的，她老人家肯定健康着呢。"

青芝不说话。隔半晌，没头没脑地说了句，敏敏，你还小，你不懂，男人和男人之间，区别老大了。

"你又想小叔了吧？"敏敏扑哧一声笑了。

青芝走后，敏敏见着笙皓，就有点羞羞的。往常青芝在，应酬啊客套啊，都由青芝完成。青芝走了，端汤送水的细活儿，全部落在了敏敏肩上。敏敏得无微不至地照料笙皓的起居，主动收了他的脏衣服清洗，一早一晚烧了盥洗用的热水送去。敏敏不适应如此贴身照顾一个无亲无故的男人，笙皓倒不在意，若无其事地问这问那，吃过晚餐还邀敏敏陪着转转。

敏敏有一部小收音机，散步时无话可说，她就随身带着，收听省城广播电台的点歌节目。傍晚的点歌栏目大多是怀春的中学生点给暗恋的梦中情人，也有民工向远方的亲人抒发思念，因而情意绵绵的歌曲就霸占了大部分时段。

敏敏和笙皓沿着无人的铁轨慢慢走着，一些灰黑色的大鸟从铁轨两端暗绿的树林中飞起，遥遥遥遥地，有发电站开闸放水的汹涌水声。敏敏全神贯注地倾听着收音机里的流行歌，情不自禁地跟唱几句。

笙皓问敏敏喜欢哪些歌手，敏敏一口气说了一长串名字，譬如阿杜，譬如周杰伦，譬如谢霆锋，都是很帅气很年轻的男孩子。

"笙叔叔喜欢谁?"敏敏反问。笙皓沉思片刻，就说：

"陈升。"

"陈升是谁?"

"一个老歌手了，"笙皓解释，"唱了有十几年了吧。"

"哦，"敏敏点点头，"是很老了。"

"他唱过什么歌?"敏敏又问。

笙皓就用口哨吹一首给敏敏听，吹到中间，气息不足，停住了。敏敏虽礼貌认真地听着，但笙皓明白，她是全然不明白其间的美与哀伤。笙皓不甘心，歇一歇，轻声唱出来：

"能不能让我陪着你走，既然你说留不住你。回去的路有些黑暗，担心让你一个人走。我想是因为，我不够温柔，不能分担你的忧愁。如果这样，说不出口，就把遗憾放在心头。把我的悲伤留给自己，你的美丽让你带走。从此以后，我再没有快乐起来的理由……"

敏敏客气地夸奖一句，笙叔叔嗓音很好听。笙皓苦笑，他知道敏敏不会懂得歌中的意境。但笙皓随之就释然了，那首歌，与他的一段感情有所关联，那时他爱用口琴吹奏出来，在他的心里，这歌也就象征着年华，象征着怀念。敏敏那么小，怎么能够明了呢?

笙皓看书的时间很长，除掉外出采风，他差不多都埋首书桌，有些参禅入定的味道。敏敏却坐不住，即使织毛线这样的细致活计，她也是有头无尾的。妈妈做饭，命令她看着店子，她就在店门外踢毽子，隔壁的花猫来串门，她赶快跑到厨房里拌一碗香喷喷的白米饭，殷勤地招待猫客人。妈妈就啰啰唆唆地感叹，要是敏敏有笙先生一半用功，早读出女博士来了。

敏敏并不向往做博士，她把从前的课本都扔了，书架上唯一的书就是漫画。有一天笙皓从外面回来，看见敏敏坐在小板凳上，握着一本书，笑得东倒西歪。他凑过去一看，原来是一册揉得皱皱的日本漫画。敏敏看了很多次了，烂熟于心了，还是笑。

"敏敏爱看漫画？我那里也有两本。"笙皓说。

敏敏一听就来劲了，跟着他进房取。笙皓行囊里确实有两本几米的漫画，乘火车时消遣的。敏敏喜滋滋地捧了去，结果没半个钟头就还了过来。

"没意思吗？"

"太幼稚了。"敏敏没精打采地评价。笙皓哑然失笑，拉敏敏坐下，把自己中意的段落翻给敏敏看。

"读读这句，很有韵味很有哲理的。"笙皓指给敏敏看《1.2.3.木头人》里的一段话。


有时候

我喜欢眼睁睁地看着

时间

一秒一秒一秒一秒

一秒一秒一秒一秒

一秒一秒一秒一秒

一秒一秒一秒一秒

一秒一秒一秒一秒

一秒一秒一秒一秒

地流逝

我无所谓

我无能为力

"是不是很像一首小诗?"笙皓问。

"也许吧。"敏敏耸耸肩膀,她觉得那重复的一秒一秒一秒一秒简直多余,像结巴说话,存心叫人打瞌睡的。

邻家的大黄狗攀过栅栏,凶神恶煞地满院逡巡。敏敏就大黄大黄地唤着,将那狗招到身边,搂住狗脑袋,一通猛揉。笙皓抱起双臂,笑笑地望着她。

敏敏的妈妈信仰佛教,月中去寺庙上香,家里交给敏敏照看。往常妈妈走了,有青芝在,要是单留下敏敏,她就凑合着吃方便面,但有了客人笙皓,午餐说什么都不能随便应付了。

妈妈预备了菜蔬,交代给敏敏掌勺。笙皓申请帮忙照看铺面,敏敏索性端了一簸箕胡豆,请他坐在门边,看着店,剥胡豆。

敏敏大大咧咧的,不太熟悉厨房里的业务,难免显得手忙脚乱。妈妈不放心她用液化气,留一捆柴火给她。敏敏笨手笨脚地生火,熏了满屋的烟,还是没点着。笙皓过去帮她,三两下火就燃了起来。

敏敏的一张嫩脸烤得发烫,脏手一抹,一片灰黑。笙皓笑得要命,取出纸巾,蘸了清水,替她擦拭。见敏敏技拙,笙皓就请缨代劳,敏敏却逞能,不答应,叫笙皓出去晒太阳。

火燃旺了,敏敏系上围裙,架起油锅,煞有介事地满锅翻炒起来。一时缺了盐,到处搜寻,一时又干了锅,忙着盛水,折腾出一头大汗。

笙皓斜倚着门,望着她在油烟里张皇失措地扑来扑去,渐渐

159

出了神。而后，有一刹那，笙皓觉得自己被什么东西往前一推。他清醒过来，接着就惊觉是怎么一回事了。某个柔软沉寂了许久的器官，毫无征兆地坚硬起来，猛然间生动地跳跃了一下。

那天午眠，笙皓破天荒地自慰了一次。当白色的液体迅疾地喷涌而出，笙皓几乎热泪盈眶。他觉得自己又活过来了。

这真是一个奇迹啊，比如植物人从蒙昧的昏睡中苏醒过来。五年了，笙皓对自己的身体濒临绝望，他甚至从精神层面忘记了自己作为男人的原始需求。他荒疏了欲望这个词语，他以为余生都将处于丧失需索的中性状态了。

三天以后的夜里，笙皓做了第二次。平静而激烈，仍然很圆满。虽然是如此孤独地操作，但敏敏自始至终陪伴着他。他一直在想象中注视着她，用眼光抚摩她青春弹性的肌肤，亲吻她唇边稚气促狭的笑容。

平息下来，笙皓想着敏敏。他年过40了，不是那种肆意放纵激情的男孩子了，有些事情，可以想，但不可以尝试。有些念头，可以闪烁，但不可以点燃。他明白的。

眨眼间，笙皓在敏敏家住了三个月了。他来的时候，是寒冷的一月末，而五月的端阳节竟然不知不觉地来临了。家家户户采摘了芭蕉叶，露天晒着，准备做粽子。

这期间，笙皓委托的律师通过法律手段，将笙老爷子的遗孀告上了法庭。裁决下来了，勒令母女三人限期搬家。搬家的期限超过了，笙家大院毫无动静，仍然夜夜笙歌。

笙皓不得已，请求强制执行。法院于是来了一车荷枪实弹的武警，没用，那三个女人不是省油的灯，当街上演裸体秀，晃悠着肥润的乳房肥润的臀部，齐刷刷阻挡在大门前，谁都不让进。

笙皓彻底灰心了，他原本并不在乎房产，如果不是年迈的母亲催促，他根本不会眼巴巴跑来出洋相。他开始想到他的父亲，那位富有的老花花公子，沦落在这样一群女人中间，他的暮年肯定不会幸福的。笙皓恨了父亲几十年，如今，他可怜父亲了。父亲为自己的放浪形骸付出了多么惨重的代价。

笙皓手边的文物调研也告了一个段落，没理由继续请假在白洲游荡了。他打算端午后返城。他把安排向敏敏的妈妈说了，又掏了一笔不菲的食宿费。敏敏的妈妈推辞不过，只好收下。这妇人很伤感，哀叹道："笙先生走了，敏敏也快走了，这儿就剩我孤单单一个老婆子……"

"敏敏要走？"笙皓一怔。

"是啊，过了端午，她对象就从广州回来接她……"

"敏敏的对象？"笙皓更意外了。

"她的小学同学，老早就谈上了，挡都挡不住，"敏敏的妈妈絮絮念叨，"幸好那孩子看上去还不坏，长得敦敦实实，父亲就在白洲的驻军部队当兵，家里两兄弟，都到广州打工去了，倒也清爽……"

笙皓想说，这般平庸的男孩子，配不上清水一样的敏敏。但隔一会儿，他只是听见自己声音木木地敷衍道：

"大姐，敏敏结婚的时候，记得通知我。"

"结婚？"敏敏的妈妈笑了，"八字还没一撇呢，小孩子家家的，什么都说不准。尤其是咱家敏敏，怎么看，怎么傻，我就怕她出了门，弄不好给人贩子卖了！"

"不会，不会，"笙皓抢着说，"敏敏很聪明的，敏敏是个懂事的姑娘，敏敏会有很好很好的前途……"他说得很艰涩却很努力，他必须用许许多多的话语来阻拦住胸口阵阵涌起的莫名的痛。

端午在白洲是大节日，也是生意的旺季，敏敏母女忙得脚不沾地。敏敏隔一天就到小镇进货，样样货品供不应求。笙皓干脆放了书本，帮着操持店里的事务。

白洲人的端午，沿袭了端午节即女儿节的做法，女孩子是主角，订婚的定情的往往也选在这一日。敏敏家的小店就新进了不少有趣的玩意儿，有合欢结，是用五种颜色的绣花线编织的，白色代表金，黄色代表土，红色代表火，黑色代表水，青色代表木，传说能够增加异性缘。有五毒扇，扇面画着蜈蚣、蛇、蟾蜍、壁虎和蝎子，传说是防小人的。还有钟馗图，驱鬼用的，销路好得很。

忙着忙着，端午就到了。端午这天，小店只营业半天，下午歇业。敏敏一早跑出去，踏着露水采摘了湿润的艾草、菖蒲、松树枝，悬挂在门廊前，又在角落里撒上雄黄粉。

早饭时，按照白洲的习俗，笙皓与敏敏母女一道喝了一小杯雄黄酒，吃了咸蛋与糯米、红枣做的粽子。粽子很香，有浅淡清苦的芭蕉味。午饭仍有粽子，玫瑰细沙馅儿的和鲜肉馅儿的两种。

傍晚敏敏母女领笙皓去50公里外观看龙舟比赛。龙舟狭长，首尾及船身装饰成龙形，以青布、白布做幔，舟上树起绿色的旗帜。每条龙舟有20来支木桨，人执一桨，舟尾有一人击鼓指挥。一声令下，龙舟齐发。

比赛路线两侧停泊着画舫、灯船，专门提供给观众近距离观看。敏敏母女带笙皓上了画舫，选船侧的座位，买了瓜子零食，赏看河面的莲花灯。画舫是手划的，桨声隐约，船身荡漾，似在梦里。

"敏敏那对象，力气大着哪，划桨是好手。"敏敏的妈妈突如其来地说。

"妈——"敏敏羞恼地制止。

"怕什么，笙叔叔又不是外人！"妈妈笑了。

这种场合，笙皓作为敏敏的长辈，很有义务圆滑周到地应酬两句。他张了张嘴，却什么都说不出来，似乎吃下去的粽子，已成喉间骨鲠。

端午的热闹一过，笙皓就要走了。出发那天，敏敏的妈妈做了丰盛的一餐饭，笙皓喝了酒，肺腑生热。饭后，敏敏送他到车站。

笙皓不知道，敏敏并非专程送他。前往省城的火车正午十二点经过白洲，而广东过来的火车预计十二点十五分抵达，敏敏的男友就是搭乘这趟车回白洲。送完了笙皓，敏敏等一等，就可以接到男友了。

但这一层，敏敏没有告诉笙皓，说了，便显得她的送行不那么纯粹，有了顺道的、虚情假意的嫌疑。其实敏敏内心还是想要专门送送笙皓的，这几个月，她已经习惯了与笙皓相处，就像一对熟稔的亲人。笙皓是与众不同的，异于敏敏身边的男人，甚至和舅舅周梧都不一样。舅舅周梧相貌英俊，往人堆儿里一站，立马就显出了他的奕奕神采。笙皓给人的印象却无比赢弱，接触久了，才能逐渐发现他的可爱之处。

笙皓是一个可爱的男人。敏敏对此深信不疑。他研究的学问、他读的漫画书、他处事的方式，包括他爱看的周星驰的喜剧片，都是很有趣的。敏敏认定，这就是可爱。

认同了笙皓的可爱，男友在敏敏的心目中就大打折扣了。男友喜欢麻将、喜欢枪战片、喜欢酗酒，过往敏敏以为这些都是男人的天性，而今她有了轻微的疑惑。她决心在见到男友以后，重新训练训练他，参照笙皓的标准，让他学习笙皓的波澜不惊，像笙皓一样温厚宁静地微笑。

他们在站台边伫立着，各怀心事。笙皓很静默，避免朝敏敏看，可不知为什么，敏敏感到他想说些什么。说什么呢？敏敏猜不透，也不敢去瞎猜。

火车轰鸣着，由远及近地驶来了，卷裹着巨大的风。路边的草丛便瑟缩了，匍匐了。笙皓接过拎在敏敏手里的行李，行李不比来时轻，敏敏妈妈在里面装了很多礼品，有给周梧的，也有给笙皓的。笙皓嘴唇翕动着，他的神情焦急起来了，他迫不及待地要表述了。敏敏的心就怦怦乱跳，没来由的。

"笙叔叔——"敏敏战栗地叫了一声。火车停在他们跟前了，车头冒着浓浓的蒸汽。车门一开，上下车的旅客挤攘不休。

笙皓转过头去，透过敏敏，他看见远处的一团沼泽，沼泽中生长着茂密的剑形植物，正开着细碎的紫色花。他使劲吸了口气，轻轻问道：

"敏敏，那是菖蒲吗？"

# 第五支棒冰

豆沙棒冰，小菜是喜欢的。水果棒冰，小菜也是喜欢的。牛奶棒冰，小菜还是喜欢的。1982年的夏天，八岁的小菜最大的人生理想就是做一名光荣的棒冰师傅。

1982年的棒冰一共有五种颜色，白、黄、红、绿、褐。

纯白色是牛奶味儿的，一吮，就有一股浓郁的奶香在口齿间慢慢浸染开来。那是小菜最迷恋的味道。他本不喜欢奶制品，新鲜牛奶不喜欢，奶粉也不喜欢，就连表叔从新西兰寄回来的干奶酪，那样珍稀昂贵的礼物，妈妈藏着掖着的，挨到过年了，大物件一样放到他跟前，他是连眼皮都懒得抬一抬。而牛奶做的棒冰，可把他馋坏了，怎么吃都不够。牛奶兑了大量水，结成冰，积淀下来的，就是牛奶最精华最醇香的部分了。小菜是这样以为的。

椰黄橘红苔绿的，则是水果味儿的，说不上来具体是哪一类品种，反正还没触到舌尖，先就是一阵幽淡甜蜜的香，既像橙子，又像西瓜，还有那么一点点香蕉的嫌疑，小菜不知道，那叫香精。也有容易辨认的时候，那就是棒冰师傅别出心裁，在棒冰头上点缀一粒小小的蜜饯干果，比如葡萄干，比如樱桃，小菜是认得的。与别的孩子不同，他不会猴急地把那镶嵌在冰块中的玲珑小果一

165

口吃掉，他总是放到最后，让棒冰在肚腹间缓缓融化了，剩一小块，浮冰似的，怯怯萦绕着深色盈泽的果实。这时候，他用齿尖轻轻一啄，果肉就跳出来了，完完整整的，躺在了他的口腔中，带着轻微清凉的酸涩。果肉也会融化，那速度就比棒冰慢得多了，由浓至淡，再到味同嚼蜡的程度，至少需要耗费一两个钟头。当所有的滋味都失去了，果肉也就死去了。死去的果肉的身体，小菜仍旧不会草率地吞下去，他把它压在舌头底下，任凭它无声无息地待着，如影随形。

褐色的棒冰比较少，那是用豆沙做成的。红豆沙或是绿豆沙熬得烂烂的，塌骨烂筋了，皮肉分离了，皮儿浮了上来，馅儿全都沉到了锅底，顺底舀起那么一大勺，沙沙的、糯糯的，就可以用来做棒冰了。当然，这都是小菜的想象。实际上豆沙棒冰往往显得粗糙，冰块里时时藏着柔软的豆皮儿，偏红的，是红豆沙，偏绿的，是绿豆沙。吃豆沙棒冰，须讲究姿势，得闭上眼睛，伸出舌头，像酷夏贪凉的小狗狗一样，有一搭没一搭地舔舐着，在漫天遍野冰凉甘甜的触感里，突然地，就会出现一点微暖的阻拦，试着一啜，又没了。正疑惑间，猛醒那渺小的一片豆皮儿，其实已经悄悄地、阴阴地、鬼鬼祟祟地躺到了舌头上，或是牙齿间。这时小菜便有了一种请君入瓮的愉悦，扬扬得意地用舌尖一捋，夸张地把那豆皮嚼碎了，踌躇满志地、意气风发地仰脖消灭掉。这与水果棒冰里的干果又不同了，相比之下，干果是饱满的、明晰的，而豆皮却是委顿忧郁的，如潜伏在暗处的奸细，窥视着，闪躲着，充满悬念。

小菜沉浸在与各式棒冰斗智斗勇的幻想中。自然了，这都是在家里的小阳台上偷偷进行的。手里的棒冰，不能给妹妹小意看见，小意看见了，就是一场惊天动地的恶斗。与别的洋娃娃一般斯文的小姑娘不同，小意是个可恶的孩子，一个落草为寇的女强盗。她很少哭，不用眼泪、而是用拳头来解决遇到的大部分问题。小意的拳头一到，小菜就得乖乖缴械投降，他一投降，棒冰就归小意了，小意拽过来，那支小菜吃了十来分钟仍剩一大半的棒冰，三两口就被她狼吞虎咽吞进肚里去了。从她口腔里发出的咯嘣咯嘣的声音，简直把小菜刺激得发疯，他恨不得那冤死的棒冰顷刻化作钢针，化作利刃，把小意的五脏六腑狠狠践踏一番，让她求饶，让她痛哭，让她永世不敢再抢走他的棒冰。

　　然而那只是一场痛快淋漓的想象。吃完棒冰，小意把一根孤零零的木棍儿扔在小菜脚边，扬长而去。这是一种姿态，一种大赦天下的姿态，也是一种政策，一种坦白从宽抗拒从严的政策。小意知道哥哥有搜集冰糕棍儿的习惯，她把残留的战利品赏赐给了他，算是给予他不战而败的奖赏。否则她完全可以勇猛地把小木棍嚼掉，活生生吞下去——如果是属于她的棒冰，她会这样做的。小意本来就是一个野丫头，消化能力惊人，吃冰糕棍儿的粗蛮举止因此延续多年，在长成以后到成家以前这一特殊阶段，她甚至顿顿都以简便爽脆的干嚼方便面充饥。

　　1982年的小菜在家里的地位是很不堪的，他不得不臣服于小他三岁的妹妹。打弹珠，他很快就丧失了对弹珠的所有权。拍洋画，拍到最后，洋画都进了小意的口袋。就连滚铁圈这种事情，他都是小意的手下败将。要命的是，他对肉腻腻、软绵绵的小动物有着天生的恐惧，而小意则是昆虫发烧友，她把挖回来的蚯蚓放到他的鞋子里面，把白嫩的蚕宝宝养在他的文具盒中，至于被五马分尸的蚂蚱，那一定是埋葬在他的枕头底下了。每当他发出惊恐万状的尖叫，火速赶来的，必然是小意，她不救他，只远远袖手旁观着，嘴边挂着促狭的坏笑。

　　其实小菜是很慈悲的，他没有采取过任何报复的手段。小意吃的棉花糖，他不抢；小意看的铁臂阿童木的连环画，他也不抢。

167

他的愿望其实很卑微，不过是安安静静地与棒冰待在一块儿。这么卑微的愿望，都被小意粗暴无礼地破坏了，他不能不恨她。

在频繁的战争中，小菜学精了，他把吃棒冰的地点改到了烟熏火燎的厨房，蜷缩在妈妈围裙的影子里，享受那徐缓冰润的沉醉。妈妈被他身上那男孩子少有的腻乎劲儿感动着，一心一意地庇护他，一旦妹妹提着凶猛的弹弓或是粗大的树枝在厨房门口探头探脑，妈妈就会伸出油腻腻的手，挥苍蝇似的赶开她，去！去！妹妹就落荒而逃。小菜就安全了，可以完美地完成他的棒冰之旅。有淡淡花纹的包装纸，是要舔一舔的。薄薄的棒冰棍儿，带着木头的清香，也是要舔一舔的。至于豆沙棒冰里的豆皮儿，水果棒冰里的蜜饯干果，那简直就是山色水景中的溪涧奇峰。小菜对厨房的烟雾腾腾恍然未觉，他置身在他自己的海市蜃楼。

豆沙棒冰，小菜是喜欢的。水果棒冰，小菜也是喜欢的。牛奶棒冰，小菜还是喜欢的。1982年的夏天，八岁的小菜最大的人生理想就是做一名光荣的棒冰师傅。

可惜小菜不知道，他吃到的棒冰，并不是由专门的棒冰师傅做出来的。不仅不是普通的棒冰师傅，他所吃到的棒冰，都是由实验室里的高级工程师所做的，而且都是水平很高很有威望的专家们，他们在做完实验以后，逢到有兴致，就把剩余的冰块利用起来，加上一点香精、奶粉，往冰库一放，就成了美味的水果味或是牛奶味的棒冰。遇上谁家煮豆沙汤，听说这边做棒冰了，立马一溜烟地端一碗过去，于是连豆沙棒冰都有了。

那辰光，人们的生活清寒简单，肉是好东西，鸡蛋是好东西，而棒冰是什么？棒冰是月历画上外国女明星胸口那一串亮晶晶的项链，美则美矣，全无用处。兼之设备有限，没有人想到要大力发展棒冰生产事业。棒冰五分钱一支，鸡蛋五分钱一只，谁家大人要是宠孩子，弃鸡蛋而买棒冰，总是摔盆子砸碗地嚷嚷一句，他妈的不过了。一副豁出去的样子。这样子虽是做戏，做给周遭艳羡的妒忌的怨恨的眼珠子看，但孩子听了，却是心惊胆战，接过棒冰的手抖抖瑟瑟，夜里兴许还做一个两个噩梦。由此，棒冰成了孩子眼中不折不扣的稀罕物。

小菜每年是可以吃到三支棒冰的，运气好的话，还能意外地多得到一支。几乎一到暮春，他就盼望着属于他的法定的棒冰，牛奶味的，草莓味的，豆沙味的，最好能每样一支。可这一点儿并不尽在把握，得视当天做棒冰的原材料而定，有什么是什么。有一回，他吃到用沙棘冲剂冻成的棒冰，大概是白糖分量不足，凉中带苦，吃完他就哭了（注意，他是美滋滋地连木棍儿都舔了一遍才哭开了的），闹着要妈妈另赔他一支。翌日妈妈果然带了一支果味的给他。这就是第四支了。那一年，他吃到了四支棒冰。准确地说，那是1981年。

到了1982年的夏天，这个小小的阴谋家早早就设想着筹划着如何得到四支棒冰，他的假想起伏跌宕，甚至包括翻进制作棒冰的那个房间，偷窃一支。

一支，就一支，他没有奢望得到更多，他一点儿都不贪婪。

制作棒冰的房间小菜去过，在一幢三层楼的实验室，二楼上。门是紧闭着的，靠近走廊这头开着一扇圆形的窗，窗户架设着铁栏杆，几乎看不见里面——即使没有铁栏杆，也还是看不见的，一块深蓝色的家织布窗帘把好奇的视线统统隔绝在外。

那扇窗平日不开，窗一打开，就意味着有棒冰出售了。就有孩子捏着小面额的硬币纸币，把窗帘撩开一角，怯怯喊着，叔叔，棒冰。钱进去了，棒冰裹在菲薄的包装纸中，由窗口送出来。孩子接了，第一个动作往往不是吃，而是跑。两手颤巍巍地捧着棒冰，一路飞也似的跑出去，跑老远了，跑出一身汗了，这才停住，仔仔细细撕掉包装纸，陶醉地享用起来。那跑是吃棒冰以前必经的一个程序，似乎不跑，不足以体现极致的兴奋与深刻的感激。

小菜没有那样跑过，也没有那样慎重地接过由窗口递出的带着包装纸散发着白色寒气的棒冰。他的棒冰，都是妈妈带回来的。妈妈不允许他擅自去实验室买。

妈妈其实就在神秘的蓝色窗帘背后工作。小菜父母所在的科研所分作许许多多的科室，妈妈的科室是研究什么的，小菜不知道，他只知道那间实验室里，可以制作出销魂蚀骨的棒冰。

做棒冰的，就是妈妈的同事，男同事。他们在实验完成以后的一些酷热的傍晚，做出解暑的棒冰，卖给科研所里引颈张望的馋嘴小家伙们，赚取微薄的福利，发作奖金。作为女同志，妈妈从不参与具体制作过程，一下班她就得赶着回家做饭，她的老公在家事方面体现出的懒惰与霸道极具大老爷们的做派，她由此得到了广泛的同情，因此奖金她还是照样有份的。这笔来历奇异的奖金，后来还在贫寒的科研所引起了轩然大波，成为其他清水衙门一般的科室虎视眈眈的焦点。这些事情，小菜从来就不了解，他只是望眼欲穿地盼望着夏天，盼望着有棒冰的夏天。

1982年的第一支棒冰到来时，六一节已过去了十来天。小菜在六一节那天闹过，闹着要吃棒冰。妹妹小意也闹了，却跟棒冰无关，她是要在六一节幼儿园的游园活动中穿上那条妈妈为她新做的碎花布连衣裙。六一节偏偏下雨，头晚就下开了，连绵不绝。那雨就把天色揉得阴阴的，气温也弄得凉凉的，裸露在外的皮肤很快就爬上一条一条冰冰的小蛇，小蛇往里钻，就觉着彻底的凉意了，于是就打喷嚏，就头晕。小菜很知道着凉的后果，他不要新衣服穿，虽然妈妈为小意缝衣裳的时候，也为他缝了一套带飘带的海军款式的短袖衬衣与短裤，很神气的，但他只要棒冰。

妹妹撒泼奏效，穿着新裙子趾高气扬地出发去幼儿园，他则被妈妈搂进怀里，抽抽搭搭听着妈妈轻言细语许下的各种诺言。明知道妈妈的承诺多半是哄他的，但无论如何，好听的话儿总是让人很受用，就像大年夜一串串缤纷的烟花，升腾起来，绽放开来——他哭着哭着就睡着了。

也怪，六一节的雨下过了，天气骤然暴热。有一天下午，他放学回家，正用带靠背的椅子和一张很小的方形凳子写着作业呢，肚子已经饿得咕咕叫了，他一边写着，一边不住地起身张望。往常这时辰，妈妈从幼儿园接回了妹妹，系上围裙在厨房忙碌着晚餐。他一旦懒懒地唤一声妈妈，妈妈就会顺手拈过一块刚煮熟的豆腐干或是四季豆什么的，塞进他嘴里。妈妈说，豆制品有营养。

但那天妈妈很晚才回来。回来的时候，爸爸已经坐在窗前看了很久很久的报纸，光线开始暗淡了，爸爸啪嗒一声扯亮了电灯。随妈妈一道晚归的，还有妹妹小意。小意一进门，就跳到爸爸膝盖上，要抢爸爸的报纸玩。

妈妈手里提着惯常用的黑色人造革包，站在门边，换了拖鞋，向他招招手，小菜，来！他狐疑地走过去，看着妈妈拉开包，露出军绿色的搪瓷口杯，他的心就重重地一跳。

杯盖开启，一支奶白色的棒冰静静伫立在里面，通体透白，熠熠生光。这支棒冰漂亮得出奇，它的体形不是钝钝的长方形，而是柔润的圆柱形，就连两头都是圆圆的，就显得瘦了一圈，秀气了很多，益发地矜持了。

包装纸已被撕掉一角，棒冰身下有了一摊融化的水渍，面对这支外表不寻常的棒冰，小菜突发奇想，决定让棒冰全部化成水，试一试喝下去的感受。他猜想那绝对是很过瘾的。

妈妈把搪瓷口杯递给他，就去厨房洗洗切切了。小菜紧跟其后，待在厨房的角落里，等待着棒冰慢慢化去。等得不耐烦了，他就找来勺子，一下一下地戳弄着，把那些冰块碾碎。当最后一团冰渣消失，口杯里浅浅一层无色的液体差点让小菜失声大哭。他没有想到一支硕大的棒冰消融之后，只留下一小勺滋味与白糖水相差无几的液体，那丰沛的凉意、华美的色泽，刹那间灰飞烟灭。

小菜并没有哭。作为一名男孩子，他的骨子里还是很有点自尊心的。自己做错的事，得由自己扛着。这道理他是懂得的。他悄悄喝光搪瓷口杯里的糖水，打算一声不响地把搪瓷口杯还给妈妈。可惜这秘密还是被可恶的小意看破了，她嘲笑他，捉弄他。这一次，他没有哭喊着妈妈的援助，温顺地把自己交给小意戏弄。他那逆来顺受的表情反倒使小意吃惊了，没趣了，转眼就怏怏放开了他。

1982年夏天的第二支、第三支、第四支棒冰相继来临了。炎热的七月还没有过完，在小菜的一再闹腾下，他的棒冰份额就已经满员。第四支棒冰对妈妈而言，已属额外开恩。妈妈强调过，棒冰吃多了，会闹肚子。小菜回答她，去年吃四根，也没怎么样。小菜的妈妈是好妈妈，既集中，又民主，就给了他第四支。

小菜是早产儿，在妈妈肚子里只待了七个月，先天不足，体弱多病，从生下来就不断感染各种各样的炎症，发烧、腹泻、肺炎、心肌炎，林林总总，一波未平，一波又起。小菜吃药吃成了习惯，进了医院也就显得比别的孩子乖，吃药不用哄，打针也不哭，不像他那身强力壮的妹妹小意，偶尔感冒一回，针头还没挨着屁股呢，就鬼哭狼嚎得整个医院都轰动了。

小菜在妈妈肚里没待够，妈妈有些莫名的负疚，似乎欠着他一笔债，该他的，没给他似的。妈妈就偏疼着他，处处怜爱，处处袒护，他和妹妹闹矛盾，妈妈斥责的一定是高他小半头的妹妹。

但爸爸不，爸爸宠妹妹。小意回了家，一口一声爸爸，嗲声嗲气。爸爸一把抱起她来，两腿分开，架在脖子上，像是骑马。小意嘴里吁吁吆喝着，爸爸当真照她指的方向，满屋转悠。

爸爸个子是很高的，骑在爸爸脖子上，那就更高了。小菜一想到那样的高度，就止不住阵阵晕眩。据说小菜很小的时候也上去过，爸爸刚一把他架到脖子上，屁股还没坐热，他那个吓啊，当场就吐了，尿了，呕吐物和尿液糊了爸爸一头一脸。每年春节在爷爷奶奶家团聚时，奶奶就会把这事当笑话说一遍，说着说着一指头戳在小菜额头上，道，胆小鬼哦。

一桌的人都望着他，笑得呵呵呵的。小菜虽不记得了，却也窘得慌。妈妈救他，把他拽到身边，反驳道，我们小菜最善良了。善良是什么，小菜不明白，但模糊地知道那是个好词，就释然了，对小意扔过来的挑衅的眼风也不介意了。

妈妈把棒冰带回来的时候，每次都跟小菜说，悄悄地啊，妹妹是没得吃的。小菜开头还信，渐渐地就怀疑了。因为小意时不时从衣兜里掏出几张支离破碎的棒冰包装纸，在他眼前晃悠。小菜就知道了，小意不仅有棒冰吃，而且远远超出他的分量。毕竟妈妈近水楼台，小意的小肚肚是不会吃亏的。在妈妈用搪瓷口杯给他捎回棒冰以前，小意恐怕已然饱饱享受过了。

小菜对于第五支棒冰的向往就在小意的撩拨中徐徐萌芽了，无声无息地，攀缘上来了，蔓延开来了，就像房子外面的藤蔓，起先是羸弱干瘪的几条藤线，春天过去了，呀，竟然满墙满壁了。而小菜的这种渴望，随着一个女人的忽然出场，居然具有了某种现实可能性。

科研所位于城市的远郊，周围是荒凉的农村，居住着比科研所的孩子们更贫乏更穷困的小朋友，岂止棒冰，他们连肉都很难得吃上一回。科研所的大人们在教训孩子的时候就说，再犯横，我们不要你了，把你送给农民伯伯。孩子就吓坏了，没肉吃多可怕呀。棒冰也没有，玩具也没有，连环画也没有。于是就听话了。

事实上，科研所的孩子们也并不是为所欲为的。肉并不是时常有的，新衣裳也很难得。就连棒冰，都不是每天会出现，甚至不是每星期都出现，它们降临的日期毫无规律，叫人难以把握。就总有孩子窥测着深蓝色窗帘的动静，窗帘一经撩开，孩子们便奔走相告，有棒冰了，有棒冰了。

棒冰的数量也不确定，说不好什么时候突然就卖完了，钱递进去的时候，就有叔叔探出上半身来，耸耸肩膀，道，小朋友，明天再来啊。明天是一个抽象的概念，是一份甜腻而空虚的安慰，是一捧挂在半空中的葡萄，摇摇欲坠却永不会落下来。因此这奔走相告就有了肝胆相照的意味，得充分把握分寸，把握亲疏，得在饱了口腹之欲过后再发出鸡毛信。

这些热闹的、充满浓情和心计的场景，小菜只能远观，没他的分。一方面，妈妈不许他贪凉，怕坏了肠胃。另一方面，由于瘦弱，由于妈妈严格的束缚，他缺乏大剂量的运动，在学校备受欺负，就连女同学都可以随意踢打他，因此没有哪个男孩子愿意与他推心置腹地交好。他的名字本来是很美的，妈妈腻答答地叫他，菜菜，菜儿。而同学叫他大白菜，叫他青菜，叫他花椰菜，叫他霉干菜。他的名字就前所未有地多了起来，还得规规矩矩地答应着，不应，拳头就过来了，唾沫就过来了，小石块儿就过来了。包括妹妹，他那刚上了幼儿园大班的、脱离尿床窘境不过一两年的妹妹小意，都胆敢不叫他哥哥而直呼小菜小菜。

1982年的第五支棒冰就在小菜单调而乏味的生活中郁郁葱葱地生长起来，就在这时候，一个女人从天而降，准确地击中了小菜的梦想。

那女人是小菜妈妈所在科室，也就是出售棒冰的那个科室副

174

主任的爱人。那是一位在1982年尚属罕见的全职太太。因为原先的单位距科研所有30公里路程，且工作繁重枯燥，她老公就劝她毅然辞职，专心在家培养下一代。待两个孩子念了中学，她就觉着无聊了，在娱乐方式单一的1982年，她的状态差不多沦落到了游手好闲的景况，恰好科室总在办公区卖棒冰不大合适，总由工程师卖棒冰，那就更不合适了。因此副主任就向主任提出，他爱人赋闲在家，憋闷得慌，不如由她来专职出售棒冰。主任同意了，既然主任和副主任都发了话，而且这法子确实不错，一科室的同事就集体鼓掌通过了。通过以后，棒冰的生产和出售便有了某种规律性，每天都做，每天都卖，创收的资金一部分支付给副主任的爱人做工资，一部分就做奖金。至于做棒冰的任务，落实到了几位细心的女工程师身上，其中就有小菜的妈妈，她一星期有两天的工时是用来做棒冰的。棒冰变成了她事业中的重要组成部分，这可是她始料未及的。

　　小菜并不知晓内情，当他见到卖棒冰的女人时，正是七月最为炽热的午后。那时学校放暑假，小菜与同学疏于联系，不知道学校附近添设了一只绿色的棒冰箱，也不知道他的小伙伴们每天都为着向父母要到一支棒冰的钱而坐在地上大哭大闹拼命撒泼。

　　那天午后，太阳凶猛，知了聒噪得厉害，知——知——地叫着，一声长，一声短。有时是独奏，有时是合唱。长长的午眠像一池很深很深的水，将小菜从头到尾浸泡在了汗液与噩梦的沼泽之中。他好不容易摆脱了梦魇的困扰，坐起身来，望着湿濡濡的凉席，怔怔地发了一回呆，便百无聊赖地开门出去。

　　马路被太阳晒得发烫发软，就像刚刚铺上了温热的沥青。他漫无目的地走了一阵，想透透凉。但没有风，树木静止如画，汗水浸透的背心非但没干，反而像一层皮肤似的紧粘住身体。

　　在科研所附设的职工子弟小学旁，他站住了。他看见那个卖棒冰的女人，在小学校与一处废弃已久的篮球场交界处，浓密的梧桐树荫底下，端坐如泥。她面前摆着一只油绿色的木头箱子，上面用红色油漆刷写着歪歪扭扭的几个字：棒冰五分。

那女人戴一顶极大的宽檐草帽，似乎并不怕热，大热的天，竟穿着严严实实的长袖衬衣和长裤。小菜不懂得那是防晒的措施之一。他只是觉得奇怪，久久打量着她的装束。

"小弟弟，买棒冰吗？"女人抬起头来，下巴上有一颗十分醒目的红痣。那颗红痣让小菜愣住了，他立刻就认出她来了。这就是女职工浴室里的那个风云人物，那个头发很长睡衣很考究的女人。

在1982年，拥有沐浴设备的家庭可谓凤毛麟角。小菜的家与中国城市里大部分市民家庭一样，利用木桶和脸盆在厕所里将就冲一冲，就算是洗澡了。到了冬天，这样的器具就显得相当严酷了。隆冬时节，滴水成冰，在空冷的厕所里，热水和冷风一起沾着皮肤，仿佛被一把有两面刀刃的刀子轮番剐着。小菜熟悉那种疼痛的感觉，即使妈妈心疼他，怕他感冒，整个冬天就一次，在过年前的一个稍显暖和的日子里，就让他洗那么一次，也足够地刻骨铭心了。

作为一项职工福利，科研所在去年修建起了公共浴室，安装了锅炉水管什么的，每年10月到次年2月开放，一星期两次，票价两毛，儿童减半。

浴室一开放，小菜就享受到了蓬蓬头的待遇，大量细小的水柱飞流直下，将身体团团笼罩住，如睡眠一般温暖惬意，那可不是一般的洗澡了，那简直就像是做梦。五岁的小意没这个资格。小意疯，没一刻安静，老是一身汗，哪怕是下雪天呢，她也能热得头发星儿里都窜热气。妈妈就骂她臭丫头。不管天儿再冷，小意每周都会被妈妈硬拽进一只大脚盆，盆里装着温度过高的水，

176

妈妈在手上打满香皂泡泡，把小意三两下揉搓个遍，捏得她尖声乱叫，胡乱挣扎。她一叫，妈妈顺手就在她屁股上重重拍一巴掌，拍出一个有模有样的红手印。

小菜就不同了，小菜温顺。妈妈就隔一星期带他上公共浴室。当然，由妈妈领着，就只能上女浴室。小菜为此坚决反抗过，妈妈就打叠起软语温言，哄着他，告诉他回头单独给他买一斤小人酥糖，单给他买，不给小意。小人酥多好吃啊，而且是一斤，一斤有多少颗，小菜想都不敢想的。

于是小菜就被妈妈掇弄进了女浴室。进入浴室要经过一条甬道，甬道里没有电灯，黑漆漆的，隐隐缭绕着一团一团灰蒙蒙的水雾。小菜就害怕，牙齿格格打战。五六步的甬道，长似无际。

浴室里人头攒动，地上满是积水，天花板氤氲着水蒸气，包裹住了电灯泡，灯光就昏黄起来了。小菜迷迷瞪瞪地拽着妈妈的衣角，胆战心惊地绕过地面坑坑洼洼的小水洞。

雾气深处的女人们见到小菜，纷纷发出清脆的笑声，她们装模作样地用毛巾掩住胸乳，簇拥过来。有人伸手拉拉他的头发，叫他小流氓，有人拧他的耳朵，一阵钻心的疼，有人抓过他去，不管不顾地替他涂抹香皂，一瞬间他就被数不清的芬芳的香皂泡泡淹没了。又有人透过泡沫，拨弄拨弄他的小鸡鸡，笑道，哟，小菜，你哪儿弄的这劳什子？怎么阿姨们都没有啊？

眼前晃动着的众多白馥馥的肉体让小菜无地自容，他直觉地感到羞愧，感到潜伏在那些光润的肌肤里的原罪，如一簇一簇小小的火焰，没有蛊惑，却烧得小菜恐惧又惊慌。他想哭。

要命的是，妈妈一进了浴室就不知去向，她一个猛子扎进人群深处，把小菜扔给这些张牙舞爪的女人们，随便她们搓洗他、捏弄他、调笑他。小菜的身体不再属于他自己了，他一动也不动，任凭女人们冲洗着他的头发，他的躯体，甚至于他的小蛋蛋。她们像翻捡一筐苹果一样对待他，以至于当他惊魂未定地向小意描述起公共浴室的景象时，竟用了一个极其玄妙极其老练的词语，晕眩。

还好，一位新来的女人转移了大家的注意力，她们放开小菜，压低嗓音，咬起耳朵来。消失不见的妈妈也从地底下冒了出来，在人堆中央窃窃私语。妈妈的表情很复杂，似乎很兴奋，又似十分鄙夷的样子，她的声音啜尖了，又细又直的话语拧成了绳，一股一股地扭绞着，让小菜联想起被踩了脖子的鸡。鸡是最咋咋呼呼的动物。小菜仇恨鸡。

小菜被撇开了，没有人再注意到他。最初的惊惧没有了，水流的温情渐渐凸现。他一个人冲了很久很久，好脾气地清洗着垢腻，连手指缝脚丫子都洗干净了，但妈妈还是没有离开的意思，她起劲地扎在女人们中间，闲言碎语，挤眉弄眼。

小菜闲极无聊，转头望向新来的女人，这女人并没有深入浴室的心腹地带，她在靠近门边的蓬蓬头下面，舒舒服服地冲洗着。与那年头婆姨们风行的粗枝大叶的做派不同，这女人的洗浴过程相当讲究，她不是直接把香皂抹在身上，而是使用一块柔软的海绵，蘸上香皂，在白白的脸上、身上轻轻摩挲着，她脚边的泡沫就渐次堆积起来。洗过以后，她用一块白色毛巾将头发包裹起来，穿上一套厚实的棉质睡衣，那睡衣的颜色与菠萝棒冰一模一样。

"看她那颗痣，要多骚有多骚。"小菜听见妈妈悄声说。那女人刚巧回过头来，对着水雾萦绕的女人们挥挥手，喊声我先走了，便拎着木桶腰身款摆地婀娜而去。

在她回眸的刹那，小菜看见了她下巴上的痣，红色的，大而亮。小菜从未见识过这样张扬的胭脂痣，回了家就夸大其词地形容给妹妹小意听，小菜的叙述混乱不清，他说，像辣椒那么红的痣，小意你见过吗？像骨头汤那么白的脸，小意你见过吗？像棒冰那么漂亮的睡衣，小意你见过吗？

红痣女人一走，浴室里恢复了敞亮的笑声。女人们贪图小便宜，洗过澡，就着浴室的热水洗衣裳，一边洗一边肆无忌惮地高谈阔论，她们的话题围绕着红痣女人，经久不息。

"书上说了，那种痣啊，就是那方面强的表现，嘻嘻。"

"可怜她爱人，绿帽子戴完一顶又是一顶，他也不嫌龌龊。"

"你们瞧见没，她那俩儿子，长得压根儿不像他们两口子，多半像亲爹了吧？天晓得是谁的种！"

……

字字句句，小菜听得清晰，却全然不明白其间的意味，风一般的，就从他耳边过去了。他对红痣女人是有好感的，她的出现，拯救了初进浴室的小菜，把他从目光的森林里解放出来。潜意识里，他不认同女人们的敌意，他觉得那颗痣很好看，犹如果味棒冰里镶嵌着的饱满的樱桃蜜饯。

因而当小菜在1982年某个炎夏的午后，在口干舌燥的状况下再度看到那女人时，立即就发现了她的红痣。红痣女人温柔地询问他是否买棒冰，小菜的心就莫名地一沉，一种剧烈的蛊惑袭击了他，仿佛枪膛里的一颗子弹，瞄准，射击，毫发无误地穿透目标。

小菜几乎是不假思索地撒丫子就跑，跑到哪里去，跑去做什么，他一概不明了。然而这跑的意愿是如此强烈，垄断了他的全部思维。当街出售的棒冰使他激动，红痣女人的诱引使他激动，激动到差不多与吃上了棒冰一样刺激。

这时候，他并没有想到去弄点钱什么的。至少这想法尚未明晰起来。但在他一头撞到爸爸身上时，他忽然就看到了事情的另外一种面目。

没错，在他盲目奔窜时，轰的一声，就撞上了障碍物，一个匆匆行走的路人。那人的胯骨把他的脑袋撞得生疼生疼的，一时间眼冒金星，不辨南北。随即他被一把拎住。

"不在家好好待着，出来瞎跑什么?!"

这呵斥太熟悉了，小菜耷拉着头，叫声爸爸。爸爸替他揉揉脑门，问他碰疼了没。小菜不说话，自认晦气地摸着撞痛的脑袋，嘴里咝咝吸气。爸爸就软了声气，温言道：

"儿子，你出来做什么?"

小菜就在这一刻做出了一个勇猛的决定，伴随这决定而来的，是一副豁出去的心态。就算爸爸的回答是抬手一记耳光，他也认了。小菜听见自己小声的、发抖的咕哝从遥远遥远的地方期期艾艾地策马而来："我想买一支棒冰……"

话音未落，一张旧成了灰黄色的五分纸币就躺在了小菜的掌心里，宛如一片从天而降的枯萎落叶。

去买吧，我等着你。爸爸温和地说。

小菜的爸爸是科研所的工会主席，那个下午，他准备去视察新落成的游泳池，没想到半道里碰上了他的儿子。儿子提出了一个难度系数较低的要求，他打算满足儿子，让儿子一手举着棒冰，一手被他牵着，父子俩一道去游泳池。

在漫长的年月里，健康活跃的女儿占据了小菜爸爸的大部分视线，但作为男人，他对儿子的存在其实更加重视。他一直试图改善与儿子之间彼此敬而远之的关系，灌注进柔情亲昵的成分。可惜这一点，小菜未能有充分的认识，否则，他便不会把这支棒冰当作侥幸的恩赐。

第五支棒冰就这样猝不及防地逼近眼前，巨大的幸福使小菜浑身发软，每一步都走得轻飘飘的。他甚至没有飞速地跑回棒冰摊子，他快乐得战栗，根本跑不了了。

小菜回到树荫下的时候，棒冰箱前多了一个女人，看起来与红痣女人很熟，正半真半假地打趣着要红痣女人奉送一支棒冰解解渴。小菜的到来使她们的嬉闹迅速结束。红痣女人妥协，好吧，好吧，我自个儿掏腰包请你一回吧。说着顺手接过小菜的五分钱纸币，打开箱盖，揭开表层覆盖着的厚实的毛巾，捣鼓一阵，取出两支上下重叠着的包装完好的棒冰。

红痣女人把两支重叠起来的棒冰一块儿递到小菜跟前，让他自己抽出一支。小菜犹豫了一下，然后他就以一个八岁孩子的智慧，敏感地做出了判断，果决地将手伸向了靠下的一支。之所以做出这样的判断，原因很简单，因为他发现另一个等候着的女人唇边有狡黠的笑意，她是红痣女人的朋友，那么她就拥有获得一支良好棒冰的优先权，而这个优先权，小菜认为是藏在下面那一支棒冰里的。小菜是个聪明的男孩子，他不会马马虎虎按照常规思维依序取走上面的一支，把那更加美味更加硕大的一支，留给红痣女人的朋友。

在棒冰抽离包装纸的过程中，小菜遇到了意外的阻力。棒冰脱离包装纸的时候，显得很不痛快，不情不愿似的。但最终它还是离开了红痣女人的掌握，到达了小菜手中。

小菜立刻察觉到那支棒冰与众不同，它身患重症，大概是被压迫在箱底，身体呈现多处粉碎性骨折，稍一动弹，碎掉的冰渣就会簌簌往下掉。

"本想给你支破的，你家伙运气好，拿去塞牙缝吧，馋猫！"红痣女人假意叹息着，把那支完好无损的棒冰递给了她的朋友，就手将两张棒冰包装纸扔在了路边。

小菜先是吃惊，继而惶惑，接着就愤怒了。红痣女人设置了一个阴谋，他轻而易举就被阴谋所戕害。如果红痣女人确实打算将破掉的一支给她的朋友，她完全可以明确示之，不必让小菜跳入圈套。在小菜做出错误的选择之后，她也应当及时予以纠正，将好的一支调换给小菜，而不是任其发展到不可挽回的地步。这分明就是欺负一个手无寸铁的小孩子。激烈的怒火烧炽着小菜，他的手脚不自禁地发着抖，他想号啕痛哭。

"赶紧吃吧，小弟弟——别动，要不会掉下来的。"红痣女人好心地提醒他。

需要强调的是，小菜很老实，他是个善于忍气吞声的孩子。所以，他让满腔愤懑化作了抽象的拳头，砸向虚空中的敌人。

红痣女人的朋友举着坚硬的翠绿色棒冰，沾沾自喜地扬长而去。小菜则一动也不敢动，站在原地奋力与残破的棒冰搏斗。搏斗这个词语是准确的，因为小菜必须眼疾嘴快，才不至于眼睁睁看着棒冰的碎渣一茬一茬往下落。

爸爸久等小菜不至，循路找来。红痣女人见了小菜爸爸，热络地招呼，哟，郭主席，这是您家宝贝啊？瞧瞧，瞧瞧，多俊秀的小样儿，跟您是一个模子刻出来的！爸爸就回应着，是啊是啊，小家伙淘得很呢。

小菜忙对爸爸解释说，棒冰快融化了，不能颠簸的。爸爸拍拍他的头，叫他慢慢吃。红痣女人本来端然坐着一只小马扎，这会儿立马就让给小菜了，她站起身来，一盆火似的与爸爸寒暄着，一双眼睛湿滴滴的，像藏着一支正在融化的棒冰——小菜不懂得，那就是传说中足以抗衡雷霆万钧的媚眼。

小菜从来没有尝试过以这样的高速吞咽棒冰，片刻以后肚子就隐约作痛了。于是，在与棒冰较量之外，他又不得不与腹痛较量上了。

爸爸和红痣女人聊天的气氛变化很快，爸爸的态度先是淡漠的、疏远的、礼貌的，渐渐就热烈起来，从寒冬陡然转向酷暑。小菜全力应付着他自己的双重难题，对他们的话题，并没有上心，只无端端觉着他们笑得过于高亢过于放肆，尤其是红痣女人，脆脆的笑声像生出了脚啊爪子啊，在午后寂静的马路上满地滚动，四处攀附，尖尖细细地掐住你，又酥又痛。

棒冰吃完了，小菜的肚子益发痛了。当红痣女人从木箱里一连取出两支新的棒冰，慷慨地递到他眼前，说，小弟弟，来，阿姨招待你。小菜竟无能为力，不得不加以拒绝。红痣女人发出夸张的惊叹，称赞道，这孩子多招人疼呀，一点儿不贪嘴。

那两支棒冰后来就到了爸爸手上，爸爸一手一支棒冰，嘎巴嘎巴咬得很干脆。他一边嚼着，一边就领红痣女人去家里观摩他自己组装的电视机。小菜的爸爸是科研所出名的能工巧匠，一双手格外灵巧，除此以外，他英俊的相貌以及八面玲珑的处世作风，在科研所为他赢得了相当高的知名度。每逢科研所有盛大集会，小菜的爸爸总会登台亮相，唱几段缠绵悠长的黄梅戏或是来一出单口相声，一到那种时候，他就是众多婆姨们心目中的偶像级人物了，相当于20年后的濮存昕陈道明什么的，是很有分量的。

至于电视机，在1982年，一台电视好比一幢山水别墅，惹人眼馋。小菜家的电视机尽管只有9寸，仍旧是方圆数里的珍稀之物，一旦有节目播出，往往有二三十名邻居济济一堂。红痣女人专程前往探看，也就不足为奇了。

小菜奉命看守棒冰摊子，红痣女人不仅把木箱交给他看管，还把一只装满零钞的布口袋给了他，同时赋予他随意吃棒冰的特权。然而这特权来得很不合时宜，小菜被腹痛折磨，蹲伏在满箱唾手可得的棒冰前，憋屈得龇牙咧嘴，一身大汗。他只求这桩美差事速速完结，好让他痛痛快快上一趟厕所。

更为糟糕的是，过了下午4点，空荡荡的马路上就有了嬉闹的孩子，他们成群结队地邀约着，到科研所外的河摊摸鱼，或是捉知了。在夏天里，好玩的事儿多了去了。

有小菜的同班同学经过，一见小菜，就高声叫着，看啊，大白菜卖棒冰了。于是一窝蜂涌过来，推推攘攘的，这个推小菜一把，那个揪揪他的头发，把他弄得昏头转向。不知怎么的，他们就开始动手拿棒冰了，箱子被他们揭开，一支又一支的棒冰被抢劫而去。小菜试图保卫他的箱子，他冲过去，却被人墙推挡回来，再冲，强大的反击力使得他一屁股跌倒在地。

可恶的强盗们终于散去了，棒冰被他们劫去一大半，箱子倒了，雪白的毛巾落在地上，被谁踩了一脚，黑糊糊的一个大脚印子。

小菜再也忍不住，痛哭失声。他不明白爸爸和红痣女人为什么久不归来，在他被围攻的时候，他们没回来，他哭的时候，他们没回来。等他哭累了，眼泪干了，嗓子哑了，精疲力竭了，昏昏欲睡了，红痣女人才姗姗露面。

红痣女人并没有责难他，反倒怜惜地帮他擦擦汗，轻声说，你爸爸去看游泳池了，他让你自己回家。小菜嗫嚅着控诉那帮小混蛋，红痣女人笑着说，没关系，这儿留给阿姨收拾就行。红痣女人的脸是绯红绯红的，刘海被汗濡湿了，紧贴着额头。她的脸一红，那颗红痣的颜色就淡了，如同褪了色的纸花，一下子就失去了光彩。

小菜不知道，他的第五支棒冰，成为一个暧昧的招引，让爸爸和红痣女人度过了极其销魂的一个下午。荒谬的是，他们就挤在小菜的小床上，在那张旧旧的草编凉席上，他们棋逢对手，在仓促的偷欢里，说不尽的海誓山盟，说不尽的相见恨晚。

至于开头是怎样的，是以小菜的第五支棒冰为契机，或者之前还有漫长漫长的序曲，是谁觊觎着谁，是谁勾引了谁，这些，除了爸爸和红痣女人，无人知晓。

潦草匆促的欢好给爸爸和红痣女人留下了深邃的悬念，他们在缓慢流逝的夏日里被欲望所掌控，心心念念幻想着再度颠鸾倒凤。

他们的计策显然已经一次又一次地付诸实施，譬如爸爸领着小菜小意观看露天电影的时候，红痣女人就会妖娆而来，坐在他们旁边，黑暗里一阵阵浓郁的花露水香味。但露天电影能起的作用犹如隔靴搔痒，因此小菜在午睡的间隙，常常会被一些奇异的响动所惊扰，他迷迷糊糊地坐起来，发现爸爸匍匐在红痣女人的身上，他们在妹妹小意的小床上奇怪地颤动，仿佛两支重叠的棒冰。小意的床太短，红痣女人的两条腿就落在床沿底下，细瘦糙黄的，完全没有她脸上的好肤色，仿佛两根真正的棒冰棍子。

不过作为一名贪睡的八岁男孩，小菜是不大容易清醒过来的，他总是倒头继续酣睡。那似梦似醒的一幕，在他彻底苏醒之后，就被他忘得死死的了。

暑假过去大半，小菜的奶奶从农村来了。奶奶的入住，使得爸爸和红痣女人的欢愉化为虚有。奶奶虽年逾花甲，却耳聪目明，不仅不睡中觉，还纵容小意不上幼儿园，家里就喧闹起来了，小意举着一杆男孩子玩的鸟枪，嘴里呵呵叫着，把小菜当作假想敌，砰的一声，小菜就必须应声倒下，否则，小意会扑过来把他推个四脚朝天。

在肌肤隔绝的熬煎中，爸爸和红痣女人铤而走险，选中了小菜妈妈所在的科室，也就是红痣女人每日中午去取棒冰的地方，作为他们幽会的场所。这个考虑无疑得到了爸爸和红痣女人的共同拥护，是情欲导致了智商的暂时下降呢，还是因为那确实是个不错的提议，这就很难评判了。

科研所每天正午有两个钟头的休息时间，从12点到下午两点。小菜妈妈科室的成员全都居住在科研所的职工宿舍里，一到中午，大伙就回家做饭，稍事午休，实验楼里就杳无人迹了。红痣女人取棒冰的时间通常是在中午1点，她用一辆昂贵的飞鸽牌自行车驮着棒冰箱子，穿过两条马路，抵达丈夫的科室，从冰库里取出上午由小菜的妈妈或是别的女同志冻好的棒冰，再驮到小学校以及篮球场交界的路口，卖一个下午。红痣女人很能干，她独自做着繁重的体力活，从不抱怨，也从不要丈夫帮忙，让丈夫清清爽爽歇他的中觉。

那天中午恰好为小意庆祝生日，小意提前两个月就规划着了，要新鞋子，要新发卡，奶奶还给她做了好吃的，有冬瓜排骨汤，有红辣椒炒肉丝，有肉糜蒸蛋。那可是一顿丰盛的午餐，一家人都吃得挺多，小意故意挺起胖胖的小肚皮，让奶奶摸摸，让爸爸摸摸，又让妈妈摸摸。

吃过饭，爸爸说，我带小菜出去走走，省得他倒头就睡，待会儿又该闹肚子疼了。小菜不想去，他困得上下眼皮直打架呢。爸爸朝他做了个吃棒冰的姿势，小菜一下就来了劲，跟着爸爸就走。

爸爸怀着和红痣女人大战三百回合的憧憬，牵着小菜的手，一路去了妈妈的科室。由于是小意的生日，他们吃午饭的时间就比平时延长了很多，到达科室的时候，迟到了半个钟头。爸爸和红痣女人匆匆忙忙地商议着，临时取消了让小菜看门的打算，改叫他进入冰库，帮红痣女人把棒冰一层一层码放进棒冰箱里，确保在下午上班前红痣女人能顺利地做完工作、做完爱，依时离开这里，而不致引起猜疑。

码放棒冰是一个细致的活计，具体细节是这样的：先在箱底垫一层干毛巾，把棒冰放上去，而后再垫一层干毛巾，再放一层棒冰，依此类推。红痣女人来不及细细演示，就被小菜爸爸急切地拽了出来。为了防止小菜偷窥，冰库的门被暂时地锁上了。

小菜在偌大的冰库里，感到寒冷和恐惧。爸爸和红痣女人在饥渴和慌乱中甚至忘记替他开灯，他就陷进了一片灰黑色。但他努力适应了光线的变化，在干活以前，他本想先用一支棒冰慰劳自己，转念一想，他决定先干完活儿，再心无旁骛地吃棒冰，每样一支，吃个够。

他很细心地把棒冰码在了箱子里，一层毛巾，一层棒冰。中间有一层，摆放得不太整齐，他将棒冰全部取出来，重新码放。那一天的棒冰品种齐全，有牛奶味的，果味的，豆沙味的，一共五种颜色，白、黄、红、绿、褐，小菜把它们分门别类地码放起来。在对待棒冰这种玩意儿的时候，小菜体现出了早期完美主义者的倾向。人们甚至可以以此对于他成年以后的一些性情习惯进行假想，这种假想是很有意义的，即使它永永远远没有机会得到验证。

码好棒冰以后，小菜查看了制作棒冰的塑料模具，那些玩具一般的模具必然令他大开眼界，他把它们取出来，放在脚边。而后他就无聊起来了，用小手指掏取耳屎，金黄的耳屎平躺在他摊开的掌心上，仿佛小朵小朵的桂花。

在这样绵长的一段时间里，小菜为什么迟迟没有吃棒冰，实在是一个费解的谜。唯一的设想就是，他一直刻意延续着对于幸福的期许，延续着梦想成真的体验。这种设想是有依据的，因为八小时以后，当人们从冰库里抱出他时，他乌青的嘴角有着快乐的微笑。

医生的看法是比较科学比较理性的，医生认为，在那样的低温环境里，人对冰凉的食物不会产生正常的欲望，而会发生本能的排斥。

小菜在冰库里的八小时，与满箱棒冰单独相对的八小时，就这样白白断送了。当然了，他肯定至死都不明白，爸爸为什么会把他丢在冰天雪地里，丢在一个距离死神如此之近的危险地带。

其实冰库外面的事情可以用最通俗的说法来描述，爸爸和红痣女人被捉奸捉了双。他们在癫狂时分，被一群破门而入的人逮了个正着。这当中，包括红痣女人的丈夫，妈妈所在科室的副主任，他是整场事件的策划者和最终受益者。在成功地缉拿了红痣女人和小菜爸爸通奸的罪行后，他如愿以偿地离了婚，以受害者的姿态，低调地娶回一名小他15岁的绝色大闺女。有传言说，早在捉奸以前，副主任就跟那闺女好上了，因而一改对红痣女人姑息纵容的作风，奋而崛起，一鼓作气完成了家庭的改朝换代。

这都是后话了。

当时，闻讯赶来的小菜妈妈，面对丈夫出轨的行为，悲伤得痛不欲生。身为女工程师，她仍旧无法摆脱市井女人处理此类事件的冲动和泼辣，跳上前去，对着红痣女人猛抽几个嘴巴子，声嘶力竭地恶骂着婊子、狐狸精、破鞋。

冷寂的科研所在那个下午进入了集体沸腾状态，妈妈所在的科室，由于牵涉到了两个重要的当事人，大家都没上班，而是全程参与了保卫处的审讯。在那个致命的下午，科室里空无一人，这也是导致小菜被冻死的最直接原因。

在保卫处，爸爸和红痣女人进行了顽强的抵抗，哪怕被逮住时，爸爸衣冠不整，且红痣女人全身赤裸，他们依然愚蠢恐慌地咬死否认彼此之间的不正当男女关系。

妈妈与科室副主任如同末日来临，妈妈哭个不停，科室副主任则一口气抽了四盒香烟，把他一个月的烟量都消耗殆尽，最后还出现了醉烟的症状，被紧急送往医院。

审讯持续到晚上10点过，人们激动的情绪逐渐平复。这时，小菜的爸爸蓦然想起来，小菜，他的儿子，还待在无人的冰库里，为他的情妇码放棒冰！

这桩浪漫与悲惨并存的风流韵事在科研所里盛传了20几年，尽管当事人在事后已经恢复了平静如常的生活，但女人们无一例外将之作为教育丈夫的蓝本。每当有新的同志调进来，也总会有人指着篮球场旁边的棒冰雕塑，对新同事絮絮说起小菜一家的往事。

棒冰雕塑是小菜爸爸的杰作，伤心的父亲为儿子所做的忏悔，就是在那个肇发事端的路口，树起亲手打造的巨型棒冰木雕。值得注意的是，那支棒冰木雕的形状类似于后来风靡一时的娃娃头雪糕。而在1982年，娃娃头雪糕尚未问世。

小菜的妈妈并没有和小菜的爸爸离婚，虽然小菜的爸爸在这一事件中大受惩处，从工会主席降职为游泳池的管理员，其身份变得与小菜妈妈不相匹配。但小菜妈妈不计前嫌，宽大地接纳了回头浪子，其原因不外乎两个，一是她爱他，二是小意，小意不能没有爸爸。显然地，头一个理由是左右小菜妈妈做出决断的根本因素。

1983年，计划生育政策大行天下。小菜的妈妈想尽办法，伪造了小意具有先天疾患的证明，怀上了第三个孩子。在那个夏天，她的肚子高高隆起，大得惊人。家事由小菜的爸爸包揽下来，一到傍晚，小菜怀孕的妈妈就坐在油漆斑驳的餐桌前，大碗喝汤，大口吃肉。小意被妈妈旺盛的胃口吓坏了，她以为妈妈吃得太多，导致腹部长满赘肉。

小菜父母的第三个孩子诞生在春天，那是一个男孩子，像小意一样结实，被起名为小菜。新生的小菜肠胃健康，他从三岁开始吃棒冰。一入夏，他就放开肚子，尽情吃冷饮，而妈妈从来不会加以干涉，加以管束。小菜吃完棒冰就出去打架，他的脸上常年挂彩，是科研所有名的小痞子。到了晚餐时段，他踪影全无，妈妈就站在阳台上柔声叫唤，菜菜，菜菜。小菜听见召唤，像一只野猫一样飞窜而来。现在，小菜只有一个名字，温婉而细致名字，没有人胆敢叫他大白菜、花椰菜，他用拳头肃清了四周，进行了彻底的坚壁清野。

1982年的棒冰五分钱一支，1986年，咖啡色的花生棒冰两毛钱一支，1988年，黑色的泰国香米棒冰卖到了一块钱一支。这些变化，小菜并不知道，他的棒冰，停留于一种价格五种颜色。

后来，小意和弟弟吃上了冰激凌，小意和弟弟都喜欢吃冰激凌。再后来，有了哈根达斯，小意的男朋友就请小意吃哈根达斯，小菜就请他的女朋友吃哈根达斯。

喜欢棒冰的小菜并没有活到2004年，而他的妹妹小意长大了，在他死亡后降生的同名弟弟小菜也长大了。他们是在完整的家庭里长大的健全的孩子，他们的爸爸尽管有过花心劣迹，但如今只是一个落魄的男人，一个慈祥的父亲，一个忠诚的丈夫。他们的妈妈一如既往扮演着勤奋的女工程师，痴情的贤妻，温良的母亲。这一对历经劫难的夫妻，比一般的父母更加骄纵自己的一双儿女。

嘘，别作声，我知道你想问什么。

是的，我就是小意。

在回忆与臆想之中，我的哥哥完成了他荒寒的死亡旅程。在他死后很长一段时间，我的父母试图让我相信，世间从来就没有过一个名叫小菜的羸弱男孩。接下来，他们又愚蠢地告诉我，名叫小菜的男孩，只是我的弟弟，我那顽劣健硕的弟弟。

都没用。

喜欢棒冰的小菜是我的哥哥。喜欢哈根达斯的小菜是我的弟弟。这一点儿，我是记得的，我分辨得很清楚。

# 短篇小说

# 青木瓜之恋

　　　　小苔就像一棵寒素的青苔，生长在他生命最暗淡、
最易于被遗忘的地方。

　　遇见小苔的时候，他刚做了一个著名广告公司的创意总监，
每日穿名贵衣饰，驾一部银蓝色的跑车，在繁华喧嚣的城市来回
往复，脸上时常会露出矜持而厌倦的神情。

　　像他那样的男人怎么会寂寞呢？他身边有各式各样的女伴，
谈心的、跳舞的、上床的，她们犹如一些模糊苍凉的幻灯片，缓
慢地、缓慢地在他荒芜的时光中马不停蹄地一张张流转着。

　　于他而言，谈恋爱像吃一次法国大餐，奢侈却又淡漠，从来
没有人令他真正的刻骨铭心过。他早已习惯了这一切，然而他一
直都知道，总有些什么是不对的。

　　一次，一位老客户提出苛刻的要求，要在拍摄时用一款纯粹
的石膏模具作为背景。时间紧迫，他跑了很多很多地方，无比艰
难地搜寻，终于找到了样品。他亲手抱着昂贵的希腊神像返回公
司，穿过明亮的前厅时，脚下突然一滑，整个人顿时向前扑去。
周遭的几名人体模特儿发出纷乱的尖叫。他对自己说，完了。可
就在那一瞬间，有一个女孩子迎面接住了他怀里的石膏像，巨大

193

的惯性使他们一起摔了下去，石膏像躺在女孩身上，安然无恙。他慌乱地检视他的物品，竟没有留意那女孩足踝扭伤，泪水在眼眶里打转。

后来他知道她叫小苔，整个公司里，她是唯一没有英文名的女孩子。小苔的身材娉婷，有一双清澈的眼睛。她从美术学院毕业不太久，自低级职员开始做，无非是接听接听电话，或是把不要了的文件一页页放进碎纸机里。她很有耐心地做着这些事情，并不抱怨什么。

他请小苔吃过几次饭，渐渐发觉她和别的女孩子不太一样。她是个很好的玩伴，可以陪他一起参加高空滑翔而不会胡乱尖叫，一张小脸吓得煞白煞白的，仍然若无其事地对他微笑。他是个酷爱玩的男人，他的玩包括学习葡萄牙文、摄影、做手工木偶、篆刻，当然也有音乐和逛书店。有一具新型战斗机模型，浪费了他大半个月而一无所获，小苔一言不发地就拼贴了出来。他喜欢这样的女孩子，聪明、透彻，但凡事无所求。

圣诞节的时候，他们一起去看过一场电影，《青木瓜之恋》，越南片。影片是苍青的色调，有淡淡的却又是十分认命的哀伤情怀。树上的青木瓜被割下来，瓜蒂白色的汁液一滴一滴地落在一片树叶上，秀气的女佣静静地笑了，笑容很好看，竟有些酷似小苔。他忍不住侧身凝视小苔，小苔对他微微一笑，他的心微微荡漾起来。那以后他去云南出差，山重水复地找到了一只真正的青木瓜，带回来送给小苔。

就是这样了。他曾经在刹那间眷恋过青木瓜淡而温存的滋味，可他的世界却簇拥着绚烂芬芳的热带果卉，青木瓜能算什么呢？

那年公司换了新的BOSS，是铿锵玫瑰那一型的女子，在长青藤名校拿到MBA，30余岁，独身，剪男孩子式样的头发，走路大步大步，可以连续工作24小时。

她召唤他到办公室，与他商榷一宗高额广告的策划。她很尖锐，肃着脸，清脆清晰地逐一挑出文案的弊端，他有点窒息。但忽然间，她累极了，觑眯起双眼，放肆地伸个懒腰，那姿势简直有一种惊心动魄的媚态。他怔住。无缘无故的，他为这女人魂飞魄散。

他开始不管不顾地约会他的老板。那火山美女并不拒绝他，他们一起去会所晚餐。她穿纯黑的露背装，身材非常非常美，引人注目。她扬手叫侍者，她说："我要红酒，我先生要白酒。"

他的心猛烈震了震。侍者走开后，她顽皮地对他说，夫妻可以打对折的。她够大方，并且充满幽默感。他的心渐渐出了轨道，从此悬在半空中，没法落回原处。

她什么都懂得，知道点什么菜式，知道在恰当的时刻若无其事地轻触他的手指，知道在开会的中间漫不经心地碰到他的膝盖，她太懂得调情。跟她在一起他觉得尊贵，觉得刺激，仿佛在演一部唯美的电影。他很幸福，却幸福得有些患得患失。慢慢地，他明白自己是认真了。

当她的男友从欧洲回来时，他独自去小酒馆喝了大半夜的酒。寂夜的街落着霏霏的雨，落叶在风里簌簌地响着，他不想回到空荡荡的家里。于是他去了小苔那儿。

他很久没有见小苔，他送她的那只青木瓜被她很醒目地放在窗台上。见了他，小苔什么都没问，泡了一杯浓浓的茶给他，他捧着那杯茶，哭了。

那以后他收敛了很长一阵子，不再与任何女子约会。闲了不过拽着小苔去散散步，或是与她坐在露台上，看斜阳，喝一杯黑啤酒。

倦怠得厉害了，他亦想过就此停留。可对他而言，那是太难太难的一件事。总有那么多恍惚蛊惑的光与影，不住地招引着他脆弱善变的灵魂，使他身不由己。

　　然后他又回到了从前的生活，时时换着姿彩炫目的女友，他与她们消耗着漫长精彩的岁月。而小苔呢，小苔就像一棵寒素的青苔，生长在他生命最暗淡、最易于被遗忘的地方。

　　他不断地恋爱，不断地失恋，闷得发慌了，他也会去找小苔，载着她去飙车，车窗外掠过大片大片的麦田。他将油门踩到了极限。

　　他隐隐约约知道有男生在追小苔，他不问，她也从来不说。他是无所谓的，他只知道，当他打电话给她的时候，无论她在做什么，一定会立即奔赴他的身旁，听他倾诉一段又一段烟花般的爱情。

　　时日长了，他有些恐惧，害怕自己的感情已经用尽，再不会爱上什么人了。他与小苔彻夜探讨这问题，他说了许许多多颓废消极的话，小苔凝视着他，眼里有那么多的哀伤。看着她的神情，他第一次想到自己的残忍，傻子都知道她发痴般地爱着他，而他们之间的话题始终是别的女人。

　　听到小苔要结婚的消息，他很震慑。说不上来是什么感受，无端端地，他觉得郁闷。小苔的未婚夫也是广告业的，他很轻易地打听到了那男人的一些过往，其实那不过是一些辜负与被辜负的情节；但他还是大大地生了气。他大义凛然地，以一种为朋友两肋插刀的豪情告诉了小苔。他等着她在真相面前泪雨滂沱，但她没有。她只是冷静地说："我知道了。"全然不吃惊，似乎早已知悉。他欲言又止，心情灰暗下来。

　　可有天夜里，小苔打电话告诉他，婚礼取消了。再看见小苔，她没有解释什么，依旧平静、从容，仿佛中间什么事都没有发生。

　　他在年假中去了欧洲，耽搁了15天。回来时小苔去了机场接他，小苔把头贴近他的胸口，轻声说："我想念你。"

196

"我不值得的，"他温言道，"去城中走一走，像我这样的男人起码有八万名。"闻言小苔松开手，没有看他，无声无息地转身走开。

同年秋天，他在新闻发布会上认识了一名年轻的女孩子，穿灰色条纹套装，裙子是波浪形，增添三分妩媚。她化很淡的妆，怯怯地向他递过宣传资料。

发布会结束以后，他约她晚餐，点了1986年的克鲁格香槟，牛排烤龙虾加鱼子酱。他的胃口很好，那女孩子清淡的、毫不张扬的面容让他舒服而自在，他情不自禁地说了很多话。

他控制不了自己，常常去接她下班，她纤细、削薄的手被他轻轻握在掌心里，他头一回有了天长地久的念头。

结婚请柬是辗转送给小苔的，小苔却没有参加他的婚礼，她托人送了他一盒很美的石头，替她送礼物的同事说，那些石头有着匪夷所思的价格，象征着地老天荒。要到此时，他才知道，小苔最大的嗜好便是收藏石头，她的祖父和父亲都是南方有点名气的石头鉴赏家。他有种茫然的伤痛，认识小苔这么久了，他一直一直都在自私地诉说着他的种种烦扰，而对小苔，他了解得多么少。

小苔请了长假，独自去甘肃旅行，据说那里新近流转着一些出土的古石。

初闻小苔在甘肃不知名的小镇遭遇车祸身亡的消息，他完全不能置信。小苔辗转寄给他一只干枯的木瓜，还有一块珍稀的石头，在那上面，镌刻着他的名字。他把那块石头放在手心中，缓缓地、缓缓地走进耀眼的阳光里，眼前空空的，什么都看不见。

有一天，是在小苔完全失去联系后，他的太太买了一张碟片，是那部《青木瓜之恋》，望着枝头苍绿的青木瓜，年少的女佣晶莹地微笑起来。就在那一刻，他想起小苔。他无意识地转过身去，蓦然发觉他太太有一张如小苔一般朴素的脸。

　　他的心头犹如雷击，当初那样痴狂地娶了这女孩子，只因为她与小苔是这样的相似，一种清隽的、干干净净的明澈，却不追问，就像一直内敛温存的青木瓜。原来，他一早就爱上了小苔。当她就在他触手可及的地方长久地等候时，他却一径天涯海角地逃；当他终于有勇气面对感情的真相，却是永永远远失去了他一生中的至爱。

　　不久以后，他买下了小苔居住过的公寓，他知道，那安静的女孩子曾经一天又一天，沉寂无望地坐在这里，迎着风，等待天黑，等待爱情的来临……

# 冬天的风之花

　　她曾经以为自己已经把握住了这些风之花，把握住了一世的感情，可是会飞的东西终究是难以捕捉的，宛如天佑的爱情。

　　要到落幕的时候，她才肯真正相信，天佑所能给予她的，不过是一个男孩的20岁以及他最初、最潦草的爱情。

　　她是在瑞雪纷飞的冬日遇见天佑的。起初，是天佑先喜欢她，在她尚未察觉以前，他便已用心。

　　那年她已经读到大三，是物理系的激光专业，很冷僻。在班里，她是唯一的女生。学校在一座著名的雾城里，生长着古老挺拔的香樟树，枝叶倒是苍绿，干干净净的。入了冬，她经常踩着一地落叶，在灰茫的雾里走来走去，视线里尽是模糊的人群和街景，整个人像活在一场恍惚的梦里。

　　同学里有人忙着谈恋爱，有人忙着打工挣钱，但是她只喜欢念书。除了念书，她什么都不会。别人要找她，就到实验室去。她好歹坐在那里，无论看什么书都好，或者帮忙清洗试管、烧杯。与实验室的工作人员混熟了，他们也很放心地让她待着。闷了她就做实验，重复课堂上的那些，注视着一种液体和另外一种液体绚烂缤纷地邂逅。

那一次，是在傍晚，走廊里突然一阵乱。她以为是失火，手里抱着一大叠英文书猝不及防地奔了出去。外面聚集了一大堆人，不知在吵什么，说着说着竟然动起手来。她平生最怕的就是这一招，头立即昏了，傻傻的，都忘了避开。惊恐中有位陌生的男孩把她远远地推到一边去。幸好他们很快就停止了。系里一位高年级学兄趴在地上，膝盖流了一摊血。

那个推开她的男孩在她耳边轻声说，好，走了，已经结束了。她目瞪口呆，他望着她，笑了，笑容酷似她看了好几遍的《勇敢的心》里那个好看的男主角。他顺手接过她的书。我帮你，他说。她跟着他走回实验室，呼吸渐渐平缓下来。他很准确地把书放在她常坐的桌前，四处张望着。

实验室的窗口正对着一片低缓的山坡，有密密的尚未衰枯的芒草。呵，原来这地方美得不像话，他夸张地吹了一声口哨，难怪你整天在这儿。闻言她很诧异，可是她什么都没有说。

"你不快乐吗？"他审视她。

"也不见得。"她言不由衷地应付着。她发觉他的外套上糊着血迹，不由得看了他一眼。他轻淡地解释了一句，那帮老痞，前天打了我们班两个女生。又问她，大一？她说大三了。他略微吃惊。

你的脸真是朴素，他说。他伸出手来，苏天佑，大众传播系。她茫然，老实说她从来不留意文科的门类。她没有和他握手。尽管他十分俊朗，却绝非她的经验能够接受。

隔了两天，她在公告栏里看到苏天佑的名字。一张白色的，是处分，关于那天的群殴事件，苏天佑首当其冲，受到严重警告。另外一张，是醒目的红色，正中赫然的，是他的论文获大奖的消息。

200

她有点发怔，照例这样的男孩是轮不到她的。因此当他在教室外等着她、邀约她看电影的时候，她很干脆地就拒绝了。他的脸有些发红，局促着，却没有纠缠，仅仅是问看电影，是不是很老土？她急忙说不是不是，是我真的有事。她猜想自己谨慎的模样一定是把他当成阿飞了，但是根本没有办法克制住自己的慌乱。

　　他们在微雪中行走，他沉默地一路送她回宿舍。寝室里的同伴围着她肆意尖叫，他是苏天佑、苏天佑哪！那种恨铁不成钢的样子，好像是牵着一个文盲去辨认再简单不过的字。然而她不过是漫不经心地笑笑罢了。

　　圣诞节他送了一套封面华美的外国童话集给她。她笑，发神经了，拿她当三岁小孩子。她很含蓄地告诉他，自己自小就不看这类书，里边的女主角什么都不做，遇到困难只会咬牙忍耐，流着眼泪等待男人搭救。你不觉得很乏味吗？她故意尖锐地问。他很尴尬，一时间无话可说。她温和地补充道，我们不适合做朋友的。

　　他并没有放弃，铺天盖地地写信给她，每一封开头都是，你在听吗？仿佛人就在对面，一双很深很清澈的眼睛忧伤地、忧伤地倾诉着。慢慢地她把持不住了，夜里依稀感觉到他唤她的声音，风一般轻柔地，抚摸她的皮肤。她很迷乱，不知是为了那些信，抑或是信里的爱情。

　　他再出现，是一个月以后了。她的抽屉里满满的，全是他的信，一封一封的，用很厚实的纸，落墨极重，是要她牢牢记住的。他在楼下大声喊她，她跌跌撞撞地扑下去，一颗心几乎跃出喉咙，像凶手蓦然发现自己亲手杀死的人又活了过来。

　　她站在他面前，喃喃地一口气说了许多话，譬如她终究是要回云南家乡的小镇，譬如她是那样羞怯和平常，譬如她父母要她找的男朋友是温厚纯善那一型的。他不出声，温柔而静默，在暗暗的天色里她抬头看他，他的眼神中有那么多的了解和怜惜。她再也忍不住，落下泪来，他把她的头按在自己的胸口，他的身体暖暖的，很坚实，那几秒长久似永恒。

同伴取笑她，终于还是在一起了？她回答说，难为他写了那么些信——自己也知道不成理由。她在镜子前盯着自己的面孔，一遍遍对自己说天佑不会是认真的，他怎么可能当真呢。她告诫自己别往心里去，可是有些刻骨铭心的东西却悄悄地在她的青春岁月里搁浅了下来。

一点一点地接触到他的朋友，文科生的诙谐她不大懂得，只是无端端地觉得有趣。天佑是校园里各项节目的主持人，在她看来是做秀的活动，他都在行。他身边的女孩通常是矜持的，冷淡地看她一眼，当她透明。他们一帮人热闹得人仰马翻，她插不上话，呆呆的，而天佑始终有力地握着她的手。周遭的传言里，她是那个幸福得毫无道理的简·爱。

她不怎么去实验室了，借了卡夫卡一类的东西来恶补。她对文学一点知识都没有，惨得不得了，但是她很用功，逐渐地可以帮上天佑的忙了。尤其他在电视台实习的那一段，她忙得兵荒马乱的，每日替他收集相关的文字材料。

毕业的时候，天佑决定去北方的一家电视台。她心头是一番跟随天佑去天涯海角的豪情，很轻易地就和一直盼望自己回去的父母翻了脸，若在从前，这是她不敢想象的。她在附近找到了一个中学教师的职位，没有考虑太多，只要天佑在她身边，触手可及，那就足够了。

天佑做编导，同时承担了好几档节目，常常熬夜。她带了夜宵赶到制作室去，他筋疲力尽的神情叫她阵阵心疼。天佑当着众人的面亲吻她，再自然不过的。他的人手有限，联系采访什么的，就由她代劳。虽然累，可那确实是她最芬芳最美丽的光阴，教教

202

书，养养花，再就是给天佑跑跑路，做做饭，煲一锅香浓美味的汤。有一度，她甚至以为自己已经完全地拥有了完美的爱情。

他们安静地在一起过了五年时间，然后天佑用所有的积蓄在郊外买了一间小小的屋子，门前恰好有起伏的山坡，微黄的芒草在冬天的风里轻扬，让他们记起过往种种。拿到房契那日，天佑向她求了婚。她等他的承诺等了很久了，可惜天佑的口气是多么仓促多么随意，脆弱得如同一块不堪一击的玻璃。

在寒冷的夜里，她久久看着他充满笑意的双眼，不愿把他的话想象成孩童的游戏。她说她不要钻石，但她想有一枝玫瑰，盛开的，燃烧般的玫瑰。他牵着她的手，他们在积雪的街头找寻，可是花店全都打烊了。经过广场，他们看见一个卖风车的老人，天佑一口气买下了他全部的风车。她拿在手中，迎着风，细小的风车齐齐旋转，像风中的飞花，刹那间美得令人眩目。

其实天佑就是在那时开始提到伍采，第一次他是困惑的，说台里换了个灯光师，年纪很小，而且是女孩。她没有在意。那阵子，为了节约开支，她买了油漆，自己动手粉刷墙壁，弄得身上全是油漆。她找了很多美术书，试着把一面墙漆满了碎碎的花瓣。

有一天晚上，天佑照例回来得迟，她还在努力客串油漆工，他一边欣赏着她的手艺一边又说起伍采来，说伍采有个工具箱，里头光是锥子就有八种。天佑的语气有着奇异的惊喜，她缓慢地停了下来。现在她几乎知道了伍采的一切：刚刚18岁，会吹萨克斯，灯光设置的方式是一流的，再有就是爱胡闹。

天佑还在絮絮地说着当日的拍摄，伍采选择了最好的亮度。瞬间她有了前所未有的孤独，扔掉刷子，蹲下来，双臂使劲环抱着自己的身体。她想象在耀眼如火焰的灯火里，天佑与伍采彼此凝视的目光。再是个笨人，她也知道有什么不对了。

"你不快乐吗？"天佑突然问，他静了下来。她只觉惊心的刺痛，很早他就这样问过她，这么多年了，依然是熟悉却疏远的一句，好像中间什么都没有过，好像他们原本就是不相干的人。眼泪大滴大滴汹涌而来，她遏止不住地抽搐。天佑看着她哭，居然没有安慰她，想必此刻他亦恍然大悟，懂得了自己真实的心情。

他们未曾立即结束，毕竟两个人有过许许多多琐琐碎碎的记忆，许许多多温暖深刻的痕迹。但是天佑变得消沉，他很寂闷，很厌倦。他凝望着她，有太多的歉意和隐忍。他们仍在继续筹备婚事，冷血的，若无其事的，除了贴近的甜蜜以及狂喜，什么都是正常的。

她终于看到伍采，在电视台的门外，天佑和她手拉手走出来。伍采身材玲珑，眉眼精致，在漫天细雪中竟然穿着很卡通的毛衣和长裙，是最柔软的粉红，她的唇膏也是粉色，浅浅淡淡轻轻的。天佑怀抱一大束昂贵的百合，侧身对伍采笑，他的眼中，是她从未见过的，明亮而炽烈的，那一种——深情。

她明白这就是剧终了。她伫立在新房里，望着那一面一面匪夷所思的墙壁。房间里没有花，只有很多很多缤纷的风车，窗户敞开着，风从四面八方吹进来，风车无声地飞速转动，显得光芒万丈。她看着它们，她曾经以为自己已经把握住了这些风之花，把握住了一世的感情，可是会飞的东西终究是难以捕捉的，宛如天佑的爱情。

离开时她没有跟天佑告别，她决定忍痛不哭。那日下着大雪，她带走了所有的风车，很奢侈地办理了特别托运。她走得很快，从这一日起，她要永远、永远、永远走出天佑的世界，在阳光充沛的，不会落雪的家乡小镇重新活过，新的生命里，将不再有天佑。

当初，是天佑先喜欢她的，后来，也是天佑先负她的。要到落幕的时候，她才肯真正相信，天佑所能给予她的，不过是一个男孩的20岁以及他最初、最潦草的爱情。

# 微风中的信物

　　　　森坡是个残忍的男人，他最残忍的地方是从不肯欺
骗她，从不肯给她一点海市蜃楼的幻象。

　　郁蓝是个安静而聪明的女人，对于生命并无太多奢求。她唯
一渴望的便是拥有一件温暖的爱情信物，像幸福的黄手帕那样的，
古典而坚贞。当然，有人将富士山的空气罐装起来，还有人收集
南极的石头，用来送给恋人，这些都是很好很好的。

　　遇见森坡的时候，郁蓝正在做酒店的前台。酒店是五星级的，
浮华光艳，然而郁蓝却很朴素，妆容清浅，有点淡淡倦倦的样子，
像是等着谁已经等得太久太久。

　　那是一个淡季，客人稀少，并且行影仓促。大部分时间里，
郁蓝都在发呆。她不大合群，不像那些做前台做到烂熟的同事。
表情甜腻地与来自东南亚、皮肤黧黑的富商周旋。

　　有一天傍晚，起了风，风里有簌簌的落叶的声音。有一名马
来西亚的客人到前台来结账，他的行李很多，客房部的服务员小
芝跟在后面帮他抱一只巨大的景泰蓝花瓶。郁蓝漫不经心地瞄了
一眼刻绘精致的瓷器，色泽柔润，但一定是昂贵的。古雅的中国
货向来可以卖得天价。

206

客人刷卡，他在清单上歪歪斜斜地用中文签名，森坡。郁蓝例行公事地将他入住时寄存的文件袋交还给他。森坡道了谢谢，穿过明亮的大堂，外面停候着一部酒店专用的"TAXI"，1993年的林肯。郁蓝低下头去整理账案，忽然之间，她听到一声异常尖锐的碎响，她抬起头，那只花瓶从小芝的怀里飞出，摔得粉身碎骨，在泛着蓝色光芒的地面上简直是一种尸陈遍野的惨状。小芝徒劳地伸手捡拾碎片，惶恐地解释，惶恐地道歉。

　　郁蓝心里一惊，不假思索地冲了过去，老鹰护小鸡似的遮掩着小芝的身体。阔客们往往是最最计较的，上一次发生类似的事件，同事被踢断了两根肋骨。可郁蓝是知道的，小芝刚刚有了身孕。然而森坡看也没有看郁蓝，身手矫捷地绕过她，一把抓住小芝的手臂。完了。郁蓝绝望地想。

　　森坡没有动手，他气急败坏地嚷嚷出一大串广东风味的鸟语，根本无人懂得。小芝吓坏了，流着泪，浑身哆嗦，她越是怕，森坡越是急，后来干脆举起小芝的胳膊。大家这才看见，小芝在混乱中轻微地弄伤了自己。森坡不过是急切地叫人拿药棉。那一刻，郁蓝彻底怔住了。

　　郁蓝渐渐留意到森坡。他下一次来，是在这座城市最美的辰光，客人们多半携带家眷来度假。森坡仍然独自一人，日程安排得很紧凑，不断与人在酒店的商务厅里洽谈生意。森坡五官俊秀，并不是典型的马来人，但他的肤色同样黧黑黧黑的，让人想起烈火与炽热的阳光。

　　有一晚，郁蓝值夜班，森坡回来得迟，微醺中，他穿过空无一人的大厅，伫立在郁蓝面前，递给她一枝天堂鸟，很美丽的热带花卉。然后，他一言不发地凝视着她，眼神温柔。郁蓝慌乱得无以复加。森坡突然凑近前来，静静地用英文说：

　　"我想告诉你，你的眼睛很清澈。"

他身上有微淡的香氛，隐约的，淡至若无。在那暧昧的气息里，郁蓝的心神刹那间有中蛊般的荡漾。

一直到躺在森坡暖暖的怀里，郁蓝依然有晕船一样的恍惚。这场邂逅并不是她预先想要的，没错，森坡的确相貌好看，而且善良、有修养。但总有些什么是不对的，譬如国籍，譬如家境。除了激情，他的一切都是陌生而神秘的，令郁蓝无从把握。

在寂静的夜里，偶尔郁蓝会失眠，她无声地注视着身畔的男人。森坡像个不安分的孩子，老是把被褥弄到地上去，睡衣的纽扣敞开着，露出健康的肌肤，郁蓝悄悄嗅吻他的胸口。森坡坚持用同一个牌子的香水，颈项那里，气息相对浓烈一些。那种香味是郁蓝从来没有闻到过的，蕴含着植物潮湿、温淡的清苦味，犹如置身在雨后的丛林，满眼都是吸饱了水分的树皮野草，非常自然，非常舒服。

单单从香水中，郁蓝就知道森坡的品位是一流的，而且，是专情的。郁蓝从来没有问过森坡的香水是什么名字，那里面有她永远无力涉入的繁华奢靡的世界。

森坡慢慢告诉了郁蓝自己的家世，他是华裔，祖父那一辈在马来西亚已经是出名的富有，而他，是含着银匙出生的。森坡在很小就订了婚，未婚妻与他门第相当，家里有很大一片橡胶园。

森坡坦白地说，他并不是一个循规蹈矩的人，不会荒唐到接受父母之命的婚姻。有一度，他很喜欢自己的未婚妻，她在德国读书的三年，他时常忍不住千里迢迢去探望她，有一回碰到下大雪，他在中转的机场困了两天两夜。她是他年少时的爱人，他们有过清澈的初恋，是与成年人的爱和欲望完全不同的初恋，干干净净的。尽管什么都在郁蓝意料之中，她还是忍不住怔怔落下泪来。

森坡羁留了一个冬天，春暖花开时，他回了马来西亚。郁蓝照旧做着前台琐碎的工作，电话响起来的时候，她总是不管不顾地扑过去接听，因为森坡会在猝不及防的时刻打过来。郁蓝握着听筒，脸上现出幸福而苍茫的微笑。

森坡在中国的分公司发展到了相当的规模，他留下来的时日也越来越长。有一阵子，他们谈到了婚事，森坡甚至把郁蓝的相片寄给自己的母亲。闲了森坡拉着郁蓝逛家具店，宜家的分店开张时，他们一口气买齐了全部的家居用品。郁蓝的手被森坡握在掌心，她快乐得像在做着灰姑娘的梦，患得患失，每走一步都如履薄冰，生怕一不小心踏碎了梦里的水晶石。

当森坡特意订购的婚纱从香港如期运到时，森坡的母亲来了。郁蓝在镜子前试穿婚纱，不是大蓬蓬纱那种，是贴身的白缎，脚边玲珑的裙摆像是美人鱼的尾巴。郁蓝从镜里瞥见森坡母子，森坡的眼里都是笑，他的母亲却紧抿着薄薄的嘴唇，表情异常严厉。郁蓝无端端地，觉得冷。虽然这是盛夏。

森坡陪着母亲去拜望郁蓝的家人。郁蓝住了20几年的陋巷里积着污水，两边的屋檐下挂着辣椒以及晾晒的衣物什么的。森坡帮着母亲小心翼翼地拎起华贵的裙角，郁蓝望着他们，心中骤然升起了迷路一样的恐惧，仿佛在深黑的隧道里摸索，找不到出口——郁蓝揣测了很久的结果在云遮雾障中缓缓凸现了出来。

再后来，由森坡的父亲出面结束了家族公司在中国的贸易，森坡被派往法国开拓新的市场。郁蓝照样起劲地接听电话，在电话里跟森坡窃窃私语。下了班郁蓝骑一个钟头的自行车赶去上法语课。森坡正在努力帮她办护照。郁蓝认真地念着那些法文单词，她学会了说爱、怜悯、消失，并且拼命拼命地记住它们。

法语班的课上到第三个阶段，森坡给郁蓝写了一封信。信里是英文，那是郁蓝第一次看见森坡的字迹，清秀的、整齐的，一如他本人。郁蓝没有马上阅读，她先给法语老师打了电话，终止了学习。她知道他要说什么，用信的方式，而不是他惯常的邮件电话，那一定是郑重其事地诀别了。

森坡在信里说，一周前，他的父母和他的未婚妻到了法国。他陪他们游览了名胜名景，自始至终，那无辜的女孩都很沉默。她不逼迫，不追问。她的隐忍叫森坡无所适从，面对曾经爱过的女孩，他挣扎得厉害。

信写到这儿戛然而止，没有结尾。森坡把句号留给她来完成。艰难的、婉约的、惨痛的句号。郁蓝下意识地看了看邮戳，信是23天前从法国寄出的。一个月过去了，当信息漂洋过海到了郁蓝手中，也许缱绻停留在森坡体味里的，已经是那个将要继承橡胶园的女孩了。

郁蓝很静地清理着法语书籍，她没有哭泣。森坡是个残忍的男人，他最残忍的地方是从不肯欺骗她，从不肯给她一点儿海市蜃楼的幻象。郁蓝停了手机，换了邮箱，但如果森坡真要联络她，终究是会有办法的。但他没有。

那一屋子的宜家家私，郁蓝辗转托给了森坡的一个密友，也是一位马来西亚商人，他会想办法替森坡处理。郁蓝换了一间酒店做，规模和薪水远远及不上从前，客人大部分是温州客商。郁蓝平心静气地一天天活下去。碰到森坡那一年，她对简单的、油盐柴米的婚姻生活充满憧憬，尤其是森坡，开初他给了她致命的诱惑，到头来又给了她沉重的一击。仿佛一个人只想玩跷跷板，不小心竟然上了惊险刺激的翻滚列车，吓破了胆，再没有勇气尝试任何游戏。

某一日郁蓝路过新开张的百货公司，香水柜台闪闪的姿彩吸引了她。她信步走进去，随手拿起一根试香的玻璃棍，一股熟悉的气息猛然间铺天盖地地袭来，瞬息，郁蓝感到轻轻的晕眩。呵，森坡，那是森坡的香。

KENZO。郁蓝情不自禁地念出它的名称。KENZO，翻译过来，是竹子。郁蓝终于知道那无法言说的气息是什么了。是苍绿、朗润的竹，而且是中国画里经典的墨竹，无比静美，在深秋的风里散溢出疏淡的哀伤。

郁蓝买下那瓶香水，喷洒在枕席间，她的周遭，重新有了森坡的存在。郁蓝明白，那些蛊惑的淡香，就是她拥有的信物了，也许它终将引领他们在世间重逢，也许它带来的不过是长久的、长久的怀念罢了。

谁知道呢……

# 痛并且快乐着

在感情上，我是奴隶的奴隶。我为专门替人填空档
的人填了空档。

他是我二十几年生命里唯一的温柔。

他的名字叫杜桐。

那一年，我已经读到研二。他比我小整整四岁，这场感情从
一开始就充满危险和游戏的味道。

遇见杜桐之前，我一直是一个人，不是没人追，而是我根本
没有放在心上。我时常待在图书馆，在安静、不相干的人群中，
一切都很惬意。下午五点过后，我帮忙守阅览室，反正我不忙，
有的是时间，而且看看杂志也好。

在突然暴热起来的暮春，一位穿短袖T恤衫的长发男孩闯了进
来。他把鼓鼓囊囊的大背包放在寄存处，向我借了一本摄影周刊。
他选了个角落里的座位，冷气吹不到的地方，他的背心被汗水浸
湿了一块。天擦黑了，他忘记开灯，我忍不住走过去顺手替他打
开，他抬起头，笑一笑，非常孩子气的笑容。

五月份他差不多天天来，总是黄昏，将暮未暮的时刻，一头
一脸的汗，好像刚刚从球场下来，或是淋了雨。他坐在远远的角

落，乖乖地半趴着看书，长手长脚的，总是记不得开灯。

我跟导师去了趟北方，半个月。再见到他时，他把一张票递给我，画展，我们系的。他笑眯眯望着我，不容我拒绝。

可是，明天我有课。对不起。

我查过你的课表了，这两天你总共才两堂电影史。

不得了，连课表都查过了。我不禁仔细看了他一眼，很普通的长相，只是样子特别干净，长头发在他那里仿佛天经地义，毫无反叛的因素。他告诉我他叫杜桐、美术系，九三级。我微微地感觉失望，不过呢，年纪小的男生交往起来比较自在，不会动不动就往恋爱那条路上滑。末了他问：答应了哦？我笑着，点头又摇头，不置可否。

第二天我还是去了。大厅人声鼎沸，什么都像，就不像搞画展。杜桐不知打哪儿冒出来，举着一枝大概是作静物小品的马蹄莲，郑重其事地双手奉上。我扑哧一声笑了，不是因为他的姿势，而是他的面孔，沾着油彩，活像小丑。

有人连名带姓地叫他，杜桐，准备，一、二……慌乱中我来不及反应，杜桐已拥了我，镁光灯一闪。照相的人跑过来，杜桐介绍，老鬼。我女朋友。老鬼嘿嘿一笑，杜桐常念叨你，他说你喜欢吃草莓，害他大冷天……杜桐扬手给他一拳，胡说八道！

我觉得被谁欺骗了。我不明白自己怎么会跟这种街上一抓一大把的"惨绿少年"混在一起。我说声走了，转身挤出门。他追出来，闷闷地跟着我。日光炽热，刺得我双目疼痛。进了宿舍阴暗的走廊，我一时看不清，顿了顿，我看到地上他的影子，拖得长长的，瘦削、寂寞。我说，你回去吧。不生我气了？我叹息一声，嗯。

我爬楼梯。他依旧跟着，头俯得低低，满脸油彩和委屈。我停在门口找钥匙，肩膀一沉，他垂首拿额头点了我一下："累死了。"我调脸看他，他正看着我，眼神恍惚，但是出奇的明亮，然后他凑过来吻我。

他吻了我。我想我们不熟。尤其他仅仅是个大孩子，我不可能爱他。他的手臂围着我，轻轻呓语，你别介意，我们是这么玩惯的。我迷惑：他是指画廊里的事，还是那婉约的一吻？

我的心情很灰很灰，我离开图书馆，恨不得躲到地底下。有一天在音像店碰到老鬼，他大叫，是你？杜桐满世界找你哪。我像被当场抓获的小偷，脸红得不可开交。

我找到杜桐，他在原来的位置坐着。一见我，他死死盯着我，双眼慢慢潮湿。他指指下巴，你瞧这胡髭，全是等你的时候长出来的。我笑得眼泪都跌出来了，我说好吧，我们走一段试试看。说出来了，我猛然觉得解脱，如释重负般，不似要开头，倒似结局、尾声。现在回忆起来，事情原来不得不如此。

杜桐比我小，但什么事没有呢，还有人愿与汽车结婚，你要不要？我不必征求谁的意见，我没有父母。在偌大的城市，我一向是孤独的。没人告诫我别爱上太年轻的男孩子。我把握不住固定的东西。除了杜桐。

我的生日，他候在教室外。课极长，天极冷，落了大雨，他的手指冻僵了，握着花颤抖。背包藏着香槟、卤鸡爪，要为我开小型庆祝会。

杜桐的背包啥都有，速写簿、随身听、毛巾、牙刷，他不爱待在八人一间的寝室，老是四处晃荡。有时他不在我眼前，我想着他就这样背着他的家当跑来跑去，想得胸口发疼。

从夏天到冬天，他陆陆续续搬了些乱七八糟的玩意儿到我屋里。同室的女伴三个月前去了香港。杜桐在我这儿作画、听音乐，发展到洗漱、烧饭，磨到很晚才走。一清早我没起床，他又来了，蹲在我床前要我陪他打变色龙，扑克扔得一地。我买了瓶瓶罐罐，餐餐熬汤，他喝汤像灌白开水。空荡荡的生活一下子变得充实。别人笑着打趣：

"哪里捡来的小弟弟？"

偶尔我开玩笑让他喊我姐姐，他不肯，一脸受伤的表情。有个师兄，常来和我聊天，杜桐背地评价，他挺成熟，一定适合你。

人家有老婆。

他哦一声，怅然，便没了下文。起初我以为他吃醋，渐渐发觉完全不是这回事。我淡淡对他讲，你别担心，我不会赖着嫁给你。

我不是这个意思，他挣扎着解释，却越描越黑，我怕耽误你，不到40我不结婚的。

声音低下去，似乎自己也怀疑理由不够充分。我最怕看他无辜又为难的神情，拍拍他的手背，我说你尽管放心，有人排着队娶我呢。

只是无端端的我十分疲倦。我们仍然费尽心机跑去偏僻的电影院看黑白纪录片，到植物园看活了几百年的树。我盘腿坐在脏兮兮的颜料堆里写论文宛若在废墟之上重建精神家园般混乱，他在我身后走来走去，同时倾听两种音乐，放音机效果不好了，沙沙作响。他学聪明了，避开某些忧伤的话题，我们在一起，痛并且快乐着。

然而我知道他迟早要走。因此看见他和那个女孩手牵手站在钟楼下面的瞬间，我一点不吃惊，心里平静，就像面对一部旧电影。那女孩个子小小的，细细的笑声在空气中摩擦着。

我做了件从前根本不屑一顾的事，我调查她。她的辅导员是我的大学同学，留校任教的。很快地我想我不比杜桐少了解她了：很有灵气、很懒，一大堆男朋友。

冬至的晚上，我在窗前看雪，以及灰苍的天空。我不经意似

215

的问杜桐，他简单地说：

"她和你不一样。"

而后，他注视着我，终于，他判断我有权利知道更多，他说了。他和她断续地好了有两年，中间她反复提出分手，最近分的这次最久。他永远习惯不了她的任性（他用了这个词），每一回无一例外地痛不欲生。

我很容易懂了她和我的"不一样"：杜桐对她是认真的。他是她种出来的，她不要他，他便枯死。

杜桐的手腕有不少剃须刀的细痕，我心里一阵痛，一言不发，紧紧抱着他，抱着他，悲伤如割。

我居然记着问杜桐，她是不是喜欢草莓？

他一怔，眼中闪着令我陌生的光。他小心翼翼地、试探地问：如果有一天我控制不了自己，出去买草莓了，你会怎样？

我笑了。能怎样呢？犹如生了一场大病，病好了，照样活得好好，窗外阳光灿烂。我不是个脆弱的女子。

杜桐着手为我画像，用的尽是暖色调。画面上的我伫立在风中，头发吹散了，两手按着裙子，神韵极好。他靠傍晚的天然光作画，我在画架对面，望着他。他信手将颜料涂在身上，额角渗出汗珠。他画得如此专注，想证明什么？

在感情上，我是奴隶的奴隶。我为专门替人填空档的人填了空档。也许我够不上让他产生疯狂的爱，路到了尽头，月亮消失了，到处是一片清澈的漆黑。

一个平常的日子，我推开门，屋子空了大半，我的巨大的画像摆在正中央。风从四面八方吹进来，把我的心灌得满满的。书架上有杜桐的磁带，指爪乐队的：黑人、玫瑰丛、星星的眼睛。他吃剩的面包躺在盘里，一张素描斜斜挂在墙头。他没有收拾彻底，他不可能全部带走，有些东西自己会留下来。

譬如他的气息。

　　他的名字叫杜桐。

　　他是我二十几年生命里唯一的温柔。

# 我来了，我是那个含泪的射手

你若是那含泪的射手
我就是那一只
不再躲闪的小鸟……

他是在黛之前许多年遇见西西的，那时他风头很健，经常身着黑球衣出现在学校操场上，周遭一大片很疯狂很热烈的掌声哨声。

校园左侧丁香丛的一角，西西独自坐着，安安静静地抱着书本，不笑，不语，不动，由始而终。仿佛在天长地久以后，她霍然而起，依旧无声地穿过看球的人群，消逝在暮色深处。

由此他注意到她孤孤单单的背影，但并不十分在意，西西是那种远离他的女孩，总是悄悄一个人来去，给人的感觉是可有可无，同学了三年他仍然不大想得起她的面容。

他要采撷一朵火焰中的玫瑰，而西西顶多只是一株自生自灭的雏菊。所以从同学中得知她对自己有一种爱时不由大吃一惊，然后就不假思索执着地准备逃跑。

西西握着一大束他送给她的小小的美丽的白色苍兰，她明白了这种拒绝，泪水慢慢地浸湿眼睫。她什么都没有说什么都没有做，淡淡地挥别而去。

他此时因为有了黛。那个矜持冷淡有着巧克力色皮肤的年轻女孩，远远地远远地在秋天金黄的落叶与人丛中间蛊惑着他。他毫无理由地就为她魂飞魄散。

那一段，他俩常常在漆黑飘雨的玄武湖边缓缓地走，黛撑着淡紫的伞，两个人隔一些距离，不经心地牵着手，她柔软的手指使他恍惚抓住了生命的全部健康与真实。他的梦被黛充满了，黛的舒曼，黛的斯佳丽，黛的单骑，黛的大甜橙，黛的温馨干净的头发还有黛的娉婷瘦骨。这期间西西时时有信来，暖暖的精致的信笺填满模糊又陌生的字迹，轻轻地，轻轻轻轻地吹进风中。他回忆着西西走得很急的身影，简单而快乐的心里会突然袭来一阵茫然的祈谅的情绪。

仅仅如此而已。

暑假中他与西西偶尔相见，西西改变了很多，烫了发，穿一件银红亚麻衬衫，一条白的绣花丝巾使她飘逸，笑声极放纵极响亮。他听说她转风车似的交了一打男友，又闪电般一一分手。

后来他们一大群同学邀约去爬山，在凉森森的山巅他和西西一起看落坡的斜阳。随身带着的收音机播出一支黯然神伤的老歌，*YESTERDAY ONCE MORE*（昔日重现）。细小的调子冲散在庞大喧嚣的山风里，西西默默地抬起头看定了他，有点悲伤地说："*WHEN I WAS YOUNG*——当我年轻时候，我都在做着些什么！"

他身不由己地走近她，她猝然间捉住他的双手，脸孔合入其中。他的掌心刹时充斥着温热的眼泪，他终于感觉了她千山万水的心情。

而他无法给她任何承诺，西西匆匆忙忙地奔跑下山，一路唱着歌，快到山脚时起了些微骚动，原来是西西扭伤了脚，被团团围住。他在稍稍远一点的地方看着她脚背雪白细腻的肌肤，那里没有一丝丝红肿的迹象，却一滴滴承受了眼泪。西西捂着脸，压抑地、隐忍地哭，肩膀细细地颤抖。他非常非常想扳过她窄窄削削的肩头替她擦干泪痕。他懂得她为什么痛，但他不能够欺骗自己。

他转过身去，阖上眼，扶住一棵开花的木棉树，用额头死死抵着树干，遗憾得紧。

只是遗憾，只是难过，那之后两三年他们没有再见。大学毕业他为了黛留在溽热的南京。而西西放弃去北京一家报社的机会，也留在了南京，暂时做小公司的秘书。他不去找她，似乎没有必要。

黛巧逢机缘赴美深造了，他知道无法留得住她。分别的前一夜，他不让她看见自己流了整整一夜的泪，黛痛不欲生，可她还是义无反顾地一去不回头。

天气乍暖还寒，日光灿烂，有极浅极浅的云彩涌动。飞机沉闷地穿越云层，很长时间地轰鸣不止，他独自在人声嘈杂的候机厅伫立了许久许久，幻想着异域脆薄如纸的初秋以及加州无尽的阳光。他不知道这算不算永别。

透过玻璃门，他瞥见西西兀自一动不动地僵立着，手臂绕着厚厚的呢大衣。人潮过往，喧闹忙乱，西西静止不动地以眼光询问他：可不可以不走？可不可以就此停留？

他痛楚得撕心裂肺，为黛，也为西西。冬天还没有过完，他就收到黛的结婚照，相片上的黛一袭姜红的苏格兰式露背长裙，垂着一串亮闪闪的水晶石项链，身后是明净的法式落地长窗，窗外面看得见教堂的十字架，有灰白的鸽子轻轻掠过。

寒冷的圣诞节他跟一位相识不久的女孩一块儿度过。那女孩身材很好，玲珑有致，一肩长发行云流水，不争吵的时光他重温与黛的恋爱方式：网球、游泳、旅行……红尘万丈，爱情游戏不过是这样罢了。

有一天，他在一个摄影作品展览厅看到西西，孤独地捏着一只皮包，微扬着脸，很近地仔细观看一幅有金色落日的抽象作品，他凝望着她，没来由地感动着。

那些日子那女孩去海南打工，他不倦地给她写信，不断地在邮局和信箱之间徘徊，但女孩音信杳无。而当他试着要将她遗忘时，信飘来了，她说她忙。他无条件地轻易谅解了她。他输得无力自拔。他觉得厌倦至极，他行走在杂乱无序的市街，渐渐地听见飞机的声音，他想起西西深黑的双眸。

他开始认真地对待女同学眉，眉生于高贵的家庭，温婉、开朗、富有，是她紧紧抓住了他的手，不允许他成过客。

订婚那日有个老同学专程赶来庆贺，悲伤地提起西西，西西在一天深夜里被歹徒抢劫并且刺伤，送进医院，昏迷中念念不忘地喊出一个叫人惊愕的熟悉的名字。

他惊跳起来，复又缓缓落座。

他到底去探望了她。西西平淡地说了祝福他的话，眼中有一些令人心疼的疲惫，使他刻骨铭心。他越发羞愧不安，越发自卑渺小，西西窗台有一盆金盏花，徐徐地开得绚烂一片，他想起多年前看过的一部电影，爱比死残酷，他心碎，无缘无故的。

西西伤好后决定返回故乡，知道这消息时他微微地震撼了。他坐在眉的大客厅里，放肆而疯快地亲吻她，他对眉说，明天我们结婚吧，好不好？好不好？

眉嫣然一笑，并不抗拒他的意旨，他刻意地做着令自己沉溺的事情。他拼命拼命地加劲工作，傍晚用脚踏车载着眉去玄武湖听鸟声啁啾燕语呢喃，接着去喝掉无数浓涩的苦咖啡，晚上他和朋友打台球，一输再输，弄得狼狈不堪。

夜间他拥着眉看深夜剧场的片子，眉睡着了，他捡拾起她丢在地毯上的一本书，随意地瞟到一句红笔划过的诗：你若是那含泪的射手/我就是那一只/决心不再躲闪的小鸟。

他顿时怔住了。不可遏制地，想起西西，站起身来，他走了出去。

浸在浅雾和闪烁的霓虹灯里的南京街道被西西很累很倦却毫无责备的眸光充塞满了，他无论如何也走不出去。他梦游似的走着，不知不觉间敲响了那扇门。屋外铺满落叶，西西倚着门楣，大而黑的眼眸迷蒙地瞅着他，没有什么表情。狭长的过道堆满拥挤的行囊，珊瑚红的光影清淡地印在中央空空的木地板上。

伸出双臂，他温柔地抱紧了她轻轻暖暖的身体，泪水涌进他的眼眶，这一刻他很想说声对不起，但他却低低对她说，西西，今生不要让我们错过。他想，爱是一种苦旅，一种寻求，一种命中注定的追求，你无法选择，无法逃避。

# 陪他一段

春天的雨水特别多，他们有三个月的时间，牢牢握在掌心。

檬从极寒冷的地方来。在我们寝室里是最懂事的一个女孩。她有位青梅竹马的男朋友，经常给她写信或者打电话，在遇见沂之前，檬一直相信那已经是她这辈子的幸福。

遇见沂，是在大学读到第四个年头的时候，沂自己也研三了，正着手准备关于诗歌的毕业论文。他们在一块儿其实非常简单，有一天走在下雨的街角，檬和沂身边的朋友打招呼，檬的笑容是沂所看见过最快乐无忧的。

他喜欢她笑着的样子。后来，他一看到她微笑起来，就忍不住要伸手捧着她的脸，舍不得笑意在脸上消失，但是沂带给檬的远不止这些。

有一阵子，檬十分迷恋沂，几乎失去理智。每晚她由星光下的乱梦中回来，无法自持地诉说和他的一切，他清澈的眼神以及他说过的话。夜里她根本睡不着，坐在桌子前面，燃着一支白蜡烛，呆呆地坐到天亮。

檬忍受着爱。她隔天打个电话，对沂说："我打来，只是想告诉你,我爱你。"说完立即挂断,不让他有分辨的机会。阴天的黄昏。檬挤在喧闹的电话间里,整个人显得小小的,神情恍惚得可怕。她以前是多愁善感的,想念家人了往往哭得一塌糊涂,现在倒不怎么流泪。

从前在意着的评奖学金、选优秀干部,现在都不管了。她知道沂那里是没有答案的,她跟我们开玩笑:"他是结了婚的人。"沂26岁,与女友爱了六年,起初的浪漫檬完全不能想象。沂坐夜车去找她,在她家楼下整夜地徘徊。年轻时可以用来爱的方式,所有强烈、放纵的内容,沂全试过了。

认识檬那会儿,沂的女友刚从一场短暂的背叛事件里逃离,沂迫使自己原谅她。沂说:"像一把刀子,捅进去,又抽出来。"

檬说:"我不懂。"他们牵着手去爬山,满山秋天的阳光,很苍凉的感觉。檬买了很多厚型的裙子,前所未有地穿着女人味十足的衣服,她的风情一向只在骨子里,从不曾这样拼命地外化,媚眼如丝地娇俏着。

跟沂在一起,檬仿佛时刻飘浮着,"我不害怕重重地摔下来。"檬说。他们在舞厅中,相拥坐着,并不跳舞,只是听着一些荡气回肠的流行歌曲,后来檬哭了,眼睛在沂的胸前压得发青。檬十五岁已不被任何爱情歌打动,这一次,不一样的。譬如《依靠》,我们平常听了都笑,怪声怪气地学唱。但檬,她为歌词感伤。

沂听的音乐比较单一,他架子上仅有古筝的磁带。写论文时,他把自己折磨得很苦,檬偶尔去看他,静静站在门口,他看书,她看他的背影,两个人都不动。沂轻轻肯求她:"写不出来,真想拥抱你。"檬用力握着他的手,给他勇气。过往的檬总给人冷静,有办法的印象,是很有安全感的那种人。

沂长得强壮,充满责任感,唯有檬明白他内里的聪明和脆弱。沂不提,可是檬相当善解人意。"我在他身上找自己的影子。"檬解释。过了圣诞，沂启程回南通联系工作。一定要回放乡，倒不全为女友，沂的父母在南通，年纪大了，弟妹还小，家里穷。檬说，我没有那么善良，如果想要，我会争取。小学的课本上，大雁在冬天从北方飞向南方，一会儿排成"一"字形，一会儿排成"人"字形，沂的放乡在檬的眼里不是陌生的，她向往着。这一点，檬从来不讲，也许不是刻意隐藏吧。

檬向男朋友倾诉，她说分手以后我还是记着你，"我不骗你。"檬决定的事情难以改变，她是一条路走到死的那样固执。檬习惯了独自走路，漫无目的，在南北交界的这座城市，他们不可能长久停留。檬住了四年，沂住了七年，同一个校园。

宿舍楼的电话常常占线。沂千辛万苦地打进来，他用汉语说"我想你!"又用英语说"Missing you."还用日语说，檬听不懂。他们玩各种游戏，掩饰一种真相，大概反过来才可以轻松些。秩序的问题很重要，删改了是要付出代价的。

"有了钱，我想每年去看你，去北方看雪。"

"我想知道你每分钟在做什么。"

春天的雨水特别多，他们有三个月的时间，牢牢握在掌心。他陪她上课，新建的12层教学楼，灰红色，走廊堆着没有清除的水泥石灰。隔得远远的，檬抬头望一眼孤零零的高楼，心里突然很痛，站定了问沂："它在等什么?"

沂的生日，檬叠了一千只纸鹤送他。檬的手工很好，沂拆了封，注视礼品盒内楚楚动人的鹤，顿时安静下来。那天，檬第一次见他吸烟，狠狠地往肺里吞，檬的手指沾满了香烟的气味，她坐在床边，反复闻自己的手。在我们这间寝室，大家绝口不谈沂，仿佛不太信任他，尤其是，盼望檬回头，执着地一世只爱一人，她的那个敦厚的男朋友。

我们去看一部老片子，《秋日传奇》。檬厌倦地托着下巴，黑暗中似乎距离我们很遥远。檬说，不是海市蜃楼。檬说，不该得到结果的，不必了解是狂喜抑或痛楚。电影演的什么，檬一无所知。

檬拍了几张神韵极好的黑白相片，她温柔而残忍地坚持拒绝与沂合影，檬独自伫立山巅，笑着，没有一丝忧伤袭来。沂说："我不能安慰你了，是吗？"

他们在清晨出去散步。周围有浓浓的青草味。沂要结婚了，他不拖了，拖下去，他会放弃的。檬不说话，那几天南通的一所师范学校来面试，她去了，快要签约了。人家对她满意得不得了。檬以为自己很容易释怀，她的双亲同意她去南方，她恰巧选择了南通，沂恰巧在那里，仅此而已。

沂在五月结婚，临走前一周，檬买了一堆蓝色毛线为他织毛衣，织得很缓慢，慢得出奇。系际杯女子篮球赛，檬参加了，她打篮球很棒，初赛完毕，檬发现沂立在操场边。檬拿毛巾擦汗，一脸通红。他走了过来，眼里都是寂寞。她笑笑，一点不闪避，笑容坚冰似的冷。而后她与他擦肩而过，走上台阶，把爱过的男人留在微风中。

檬终于签了约，去南通教书。签好后，她仍旧打毛衣，天气炎热起来，她手心出汗，要不停地揩。我们劝她打电话告诉沂，既然是为了他，为什么要隐瞒。檬不答应，午后毛衣织完了，她把签子抽开，迅速地把线拆开。团团绕绕地散了一地。檬淡淡地说，今天他结婚。

檬的兴趣转移到地图上，她琢磨着南通的城镇布局，"会不会某天逛街碰到他呢？"檬很怀疑。会的，当然会。不，也许不会吧，谁能预先知道呢？生命里的事，原本就沉重婉转至不可说。

# 红水芋蓝水芋，那繁花般的爱情

丰润芬芳的，是郁金香，纤细繁复的那一种，是风
信子，暗红花群聚集起来的，是新几内亚进口的凤仙
花。

天气渐渐暖起来的时候，我乘火车去遥远的北方出差，那几
日下着雨，只看得见大片大片模糊的树影。同行有一位叫作杜乔
的女孩子，刚做了新娘，年纪很轻，一张干净漂亮的面孔，她在
漫长漫长的车程里缓缓说起自己甜蜜的初恋情事。

我在大一那年遇见庄籍。我的专业是人文科学，而庄籍念的
是园艺，那是很美丽很安静的一门学问。

那时我喜欢玩，常常与一大帮同学跑到江岸边烤肉吃，夜了
就坐在桥洞里，看着月光下的河水，唱着伤感的歌。有男孩子怯
怯羞涩地将大捧玫瑰送与我，而我只是笑着，一朵一朵地信手扔
进风中。我的矜持在校园里慢慢地出了名，男生恶作剧地用小刀
在课桌里刻一行字，冷漠的杜乔。

话剧《雷雨》是学校里的传统剧目，每年三月的艺术节都会
准时上演。那一年，我参加了演出，扮演无意中爱上亲生兄长的
不幸女孩，四凤。庄籍担任灯光师，他不太爱说话，大家胡乱喧

227

闹胡乱发笑的时候，他总是靠着墙，双手插进裤袋，微笑沉默地注视着我们。

首演是在礼堂进行，陆陆续续来了好些同学，我很慌张，手心不住渗出汗水。演到四凤的父亲鲁贵戳穿女儿跟大少爷的恋情那一出，我出了糗。鲁贵狞笑着质问四凤，为什么那么晚才回家？我突然忘了怎么回答，僵在那儿，不知所措。台下哄笑起来，我急得几乎哭出来。蓦然间，舞台一阵灰暗，白色耀眼的光芒移向观众席，顿时引起骚动。混乱中我记起了自己的台词。灯光很快恢复正常，我定定神，轻蔑地大声说，您这样的父亲没有资格来问我！

散场时，庄籍挨了训，他一言不发，并不申辩。指导老师离开后，他一个人在偌大的礼堂独自整理着灯具。我情不自禁地走过去，陪在他身边，他抬起头，对我笑笑，没说什么。他的笑容是好看的，非常非常温和，一点都没有通常男孩子那种飞扬跋扈不加掩饰的孩子气。

我渐渐留意到庄籍，在开场前，我隔着层层人群凝视他的身影。他待在骑楼上，在一大堆器具间忙得不可开交。光线一点一点地亮起来，那是一盏小小的脚灯，照射在舞台中央。在微蓝苍茫的光影里，我发现庄籍有一双清澈的眼睛。

某个周末的下午，演出结束后，剧组成员快乐地嚷嚷着，约定去附近的古镇吃溪水鱼。庄籍说有事，要回园圃，看着他渐远的背影，我有点失神。我无法克制自己，托词逃离了伙伴们，一路赶到园艺系的园圃。

庄籍携着一册大大的笔记簿，正在水田里聚精会神地做记录，他穿着农人的黑色水靴，戴着一顶草编的斗笠，身旁长满了繁茂的植物。我叫他的名字，嗨，庄籍。他怔了怔，回过头来，站在炫目的阳光下，不自信似的看着我。

"我想看看你的花……"我傻傻地说。

他微笑了。来，他说，我们刚好培育出新品种的仙客来。他带我去了花棚，那里有盛开的仙客来，是深红色的。

"看它们的花蕾，是不是很像小兔子？"庄籍笑着说。我凑近一看，那些花精致卷曲，果然像玲珑的兔子。

"这种花很难侍弄，夏天会休眠，浇水时要特别注意，以根系周围的土面湿润为度，尽量保持叶片干燥。"庄籍很专业地告诉我。

他的样子很耐心，似乎把我当作了好奇的小孩，领着我逐一观赏花棚的植株，逐一描述它们的生活习性。丰润芬芳的，是郁金香，纤细繁复的那一种，是风信子；暗红花群聚集起来的，是新几内亚进口的凤仙花。

面对着花草，庄籍的眼神里有那么多的了解和怜惜，我的一颗心不禁微微荡漾。我跟在他身后，在一只圆形的玻璃箱中，我看到一丛白色马蹄莲。

"为什么会单独培育？"我惊奇地问。据我所知，马蹄莲是很容易存活的，它们一簇一簇地绽放在浅水中，充满了强劲的生长气息。

"马蹄莲本身是很普通，但我尝试着让它们开出红色与蓝色的花。"庄籍简单地解释。我弯下腰，隔着玻璃仔细观看那些大朵大朵马蹄状的花。最后我毫不讳言地宣称：

"我还是比较属意白色的马蹄莲。"

"因为你看惯了白色的，"庄籍说，顿了顿，他又说，"红与蓝是更加动人心魄的颜色。"闻言我忍不住看了看他，他的眼里尽是笑意。很奇怪，我们仿佛是一对熟稔的朋友，并没有生涩的寒暄虚伪的客套什么的，一切都再自然不过。

看过花棚，我们在储藏室稍微坐一坐，窗外有亚热带高大的

229

凤凰木，树影婆娑，红色的花瓣落在濡湿的青石板路上。庄籍替我做了一杯凤梨茶，凤梨的浓郁与茶的清淡融在一起，是很特别的滋味。庄籍忙着弄他的杀虫剂，我捧着热热的茶，无聊地望着凌乱的锄头水箱之类的东西。周遭静寂无声。

"庄籍，你喜欢这样单调的环境？"我直言不讳地问。他停下手里的活计，歪着头，很认真地想了想。

"你知道，与花木待久了，人会变得简单和善良，"他含蓄地说，"并且懂得生命的尊贵与宽容。"那样朴素的一句话，却有着荡气回肠的力量。我发觉眼前这个低调的男孩子，其实有着无比丰饶的内心世界。

那之后我迷恋于园艺系的花圃，轮到庄籍值守，他会打电话给我，约我去看刚刚盛放的花朵。我忽然厌倦了从前那些乱七八糟起哄的日子，那些酒与篝火以及颓丧的情歌。我沉静下来，很静很静地，在图书馆或是庄籍的园圃中，念着一本又一本被我忽略掉的书籍。

我和庄籍，我们都没有说到爱，也没有誓言信物那些，然而我明白，有一些什么是不一样了。《雷雨》继续演下去，在演出的空档，我们会不约而同地久久对望。演到最后一场，庄籍第一次送了礼物给我，很稀有的橙色倒金钟花，养在青瓷花盆中，由他亲手栽种。在剧组疯了一般的哄闹声中，他轻轻握住了我的手，他的掌心很温暖。

出乎意料的是，我们的恋情遭到了我大部分朋友的反对，她们认为庄籍太过寻常，她们想象中我的男朋友应当是一位俊秀出色的男孩，与我成为令人注目的一对。我只是笑，并不理会她们的惋惜。我什么都不介意，真的。庄籍是如此内敛而又有趣的人，我们彼此相爱，这就足够了。

在庄籍那儿，我学到了许许多多园艺知识，那一阵子，庄籍一直致力于马蹄莲的栽培，花了很多时日研究土壤和药料的问题，但马蹄莲的色泽迟迟未见变化。他不断地失败，不断地重新开始。我们的话题经常和马蹄莲有关，我知道了马蹄莲的别名叫作水芋，是天南星科，原产于非洲南部，土壤一般是园土加砻糠灰，可以入药治疗破伤风。

跟印象中乏味的理科生不同，庄籍会跟我聊起文学，譬如安徒生，他背诵其中的段落给我听，也是与水芋相关的——马上就会有一个长满了睡莲、水芋和野薄荷的动人的小湖出现。你只需滴两滴湖水到一本旧练习簿上，这本子就可以成为一部芳香的剧本……

有时他教我洒一滴水在马蹄莲的叶子上，水滴会很好玩地溜下来。有时他教我插花艺术的玄妙，例如花瓶最好是透明器皿，这样才能看见花束的全部结构，而且花瓶一定要小于花束，例如水中加入少许汽水，气泡会附着在花茎上，减缓花的枯萎。

大学四年的辰光，庄籍给予我温淡平静的幸福，我们之间并没有魂飞魄散的浪漫细节，他甚至很少送花给我。在他的眼中，花是有灵魂的，懂得疼痛与哭泣，不舍得离开根茎与泥土。只在生日的那一天，庄籍会送我美得匪夷所思的插花，他教我每日剪掉少许根茎，早晚各喷一次水。那些花往往会奇迹般地活上一个月。

然而毕业还是说着说着就来了，庄籍仍然若无其事地与我一道看书、种花、做论文。关于未来，他不提，我按捺着自己，不问。

盛夏的六月，庄籍慎重地告诉我，本地有一家他向往已久的大规模园艺科研所看上了他，在他的行业里，能够进入那样的单位是极大的骄傲。那一瞬间我相信自己听见了雪花飘落的声音，我目不转睛地看着他，眼泪肆意地汹涌地流了出来。

"我们怎么办？"我哽咽地问他。他诧异万分，忙乱地用纸巾擦着我源源不绝的泪水。

"别哭，乔乔，"他温柔地安慰我，"我是从来没有怀疑过，我们会永远在一起……"我哭着，拼命地摇头。我渴望去上海，庄籍是知道的。他一早就已经知道。

"乔乔，不管你选择任何地方，"庄籍轻轻轻轻地拥住我，在我耳边说，"我总是等着你。"

我哭了又哭，哭了又哭，不住地问庄籍怎么办怎么办怎么办。他叹息着，一声不响地，打印了大量求职信，纷纷寄往上海的各家园林部门，哪怕是最名不见经传的社区公园，都无一疏漏。

结局却残酷到无法言说，没有一家单位答应接受优秀的庄籍，而我呢，顺利地进入了外滩的一家韩资企业。我失眠了整整一个星期，但我终于还是决定走了，天真气盛的我，是宁愿失去深爱的男孩，也不愿放弃憧憬中的繁华。

我孤独地前往遥远的城市，起劲地工作，打仗似的努力赚钱。三年以后，我升任部门经理，有了一部小小的日本车，有了地段上佳的公寓，卧室的窗口正对着大海，海水似乎随时会溅起来。

亦有男人的约会，在情调一流的餐厅品尝昂贵的异域美味，但我的心却始终是空空荡荡的，犹如无人居住的房子。

我会在网络上遇见庄籍，抑或是在手机上，他静默地，留给我嘘寒问暖的短信。倦极了的时刻，我感觉他仍在我的生命中停留，在我触手可及的地方。

在老同学那儿辗转听见庄籍有了新女友的消息，我整个人完全呆住。老同学在电话里絮絮叨叨地说，庄籍的女朋友是一位艺术家，专门为景泰蓝瓷器刻绘作品。

我彻底崩溃掉，在房间里走来走去，痛到不能排遣，只能猛烈吸烟，一支一支地，被浓烈陌生的烟熏得咳嗽不止。

新年的长假我买了机票，我要去见庄籍，即使是隔着时光残忍的距离，即使那是诀别，我也一定要亲眼见见他。这念头折磨着我，剧烈如一场疾病。

下了飞机，我去了庄籍的宿舍，他的同事告诉我他在园圃中。我找到园圃，老远就看到了庄籍，仍旧是寒素的斗笠水靴，不同的是，他旁边有一位秀气的女孩，大冷天，竟穿着一件考究的绣花旗袍，微眯起眼，与庄籍低声细语。

眼泪失控地漫涌出来，我在花木的遮掩下，一步一步走近他们。而后，我听见了他们交谈的内容。

"我知道你对我好，"庄籍轻声地、却是斩钉截铁地说，"可我对自己发过誓，我会等着乔乔……"

"对不起，"他喃喃道，隔了一会儿，他自言自语，"我爱乔乔，她是我这一生唯一的爱人……"

女孩尴尬地走了，眼里尽是泪。庄籍回过头，恰好看到我，他脸上惊喜的神情，是我一辈子都无法忘记掉的。那一刻我明白了自己真正想要的是什么，车水马龙的街，午夜诱惑的吧，锦衣华宅，所有的一切，都比不上我对庄籍的爱。

我留了下来，嫁给庄籍。我们的婚礼并不奢华，却很是张扬。庄籍最新培育的成果，酒红湖蓝的水芋，美得叫人窒息。我们的房间里满是大蓬大蓬的蓝水芋，而我的新娘捧花，是由红水芋、红玫瑰、红色郁金香组成的，炽热浓艳，象征着最为刻骨铭心的爱情。